目次

第一章　ゴールではなくスタート

1

成田空港からタクシーに乗って新居に辿(たど)り着いたのが午後の九時。レンタルした特大スーツケース二個をとりあえず玄関に運び込んだところで力尽き、ぼくたちはリビングのソファに倒れ込むように座った。大きいソファを月(ルナ)が一人で横になって占領してしまったので、ぼくはその向かいの一人掛けのソファに。

二人ともしばらく口を利かなかった。ぼくはまだ見慣れぬリビングをぼんやりと眺め回し、月は仰向けに倒れたまま目の上に腕を載せ、眠ってしまったかのように微動だにしない。すらりと伸びた長い脚が無造作に投げ出されている。膝上(ひざうえ)まではぴっちりした黒いスパッツで、そこから下は大理石のような素肌だ。UVカットクリームのおかげで南国の陽射しを数日浴びても日焼けもシミもついていない。ぼくは苦労してそこから視線を逸(そ)らした。

二人の新居。３ＬＤＫ。茨城だけれど、玄関から品川の職場まで、特急に乗れれば一時間。充分過ぎるほど通勤圏内だ。東京の家賃は上がる一方で、これくらいがぼくたちには精一杯だが、不満はない。

一ヶ月前、結婚式の手配をしたときに、３Ｄカタログを見て家具から何から二人で決めて配置した。といっても、最初から二人の趣味嗜好、職場と収入を知った上で見せられる物件ばかりだから、ほとんど悩むことなく決められた。住み心地もきっといいに違いない。

初めて泊まるこのマンションには、もちろんまだ、自宅に戻ったというような安心感を抱くことはできない。

そしてこれから長い年月を共にするはずの新妻。その微動だにしない月の全身からは、何とも近寄りがたいトゲトゲしい空気が漂っている。

「……いやー、疲れたね」

沈黙に耐えきれず、思い切ってわざと明るく言ってみたが、返事はなかった。

ここでひいちゃいけない。そう思った。ぼくは彼女の夫なのだ。

「新婚旅行ってのがこんなに疲れるもんだとは知らなかった」

彼女は相変わらず黙っていたが、疲れ切った様子でむっくりと起き上がり、ぼくの方に身体を向けはした。ただし顔は、ぴちっと揃えた自分の膝を向いていて、長い髪が前に垂れ下がっているため、表情はまったく分からない。

「……喉、渇いたな。何か飲む？」

ぼくは嫌な予感を覚えて立ち上がり、その場を逃れようとしたが、その瞬間彼女はぱっと顔を上げ、視線が合ってしまった。

彼女は実に十数時間ぶりに口を開いた。

その台詞がこれ。

「——ねえ。思うんだけど……わたしたちの結婚って、何かの間違いじゃない？」

事前にPM社から送られてきたマニュアル（新郎用）には、旅先での喧嘩や初夜の心得について色んなことが書かれていたものの、ぼくはそんなものは笑い飛ばしてまともに読んでもいなかったし、恐らく月もそうだったろう。行為そのものについて言えば、バーチャルで散々練習済みで何の不安も感じていなかったし、お互いの肉体についても、ぼくたちのような「特A」の判定を受けたカップルが、いざ裸で向き合ったときにがっかりするなどということは考えられなかったからだ。

実際、ぼくたちは初めて会った時、お互いの容姿に満足したはずだった。少なくともぼくが「きれいだね」と言ったのは本心からだったし、彼女が「思ってたとおりの人だった」と言ったのも嘘ではなかったと信じている。

しかし、いずれにしろぼくたちに「初夜」などというものはまだない。

式を挙げた後、初めて二人だけの夜を過ごすことになった成田のホテルでは、「少し飲み過ぎたみたいだし、明日早いでしょ」と断られ、ハネムーン一日目のバンコクのリゾートホテルでは「疲れちゃった」と早々と先に寝てしまった。それでもその二晩はおやすみのキスをすることは許してくれたからまだいい。寝るのも同じ部屋、同じベッドだった。しかしハネムーン二日目、新婚三日目の夜は、同じ部屋で寝ることさえ嫌がり、ゲストルームで寝ると言いだしたのだった。

問題なのは、ぼく自身がそれを聞いて、一人で寝る方が気が楽だとちょっとほっとしたということかもしれない。もちろんおやすみのキスもなし。

次の日は、昼間からお互いほとんど会話らしい会話もせず、ただひたすら気詰まりな状態で予定の観光ルートを辿り、味気ない食事をしただけだった。

お互いの仕事の都合からハネムーンは三泊四日と短めだったのは幸いだった。

旅行——特に海外旅行などでは、予定外の状況や緊張のせいで、普段は仲のよいカップルでさえ喧嘩をしたりもするという。

ぼくと月は生まれ持った性格、成育環境などから最高の相性であると判断されたのだから、通常の状態なら何の問題もなく幸せな夫婦になれるに決まっている。お互いをよく知り合う間もなく結婚し、すぐさまハネムーンに出てしまったことが失敗の原因に違いない。

日本に戻って来さえすれば大丈夫、安定した関係を築けるものと思っていた。

しかし一方でそれが欺瞞だとも分かってはいた。

だって、今どきの結婚はみんな同じようなもののはずだからだ。でも、みんなハネムーンは楽しかったとか、初夜は二日間続いたとか、そんなことばかり聞かされる。B判定のカップルでさえそんなだというのに、特Aのぼくたちがうまくいかないなどというのは、絶対におかしいと頭のどこかでは気づいていたのだ。

だから彼女の言葉を聞いた途端、ぼくはそれが正しいと直感的に感じた。ぼくたちの結婚が間違いだったということをだ。

でもぼくは作り笑いを浮かべながら言ったのだった。

「……どういう意味？　間違いって……まさか、ＰＭがマッチングを間違えたって意味じゃないよね？」

月は、冷たい視線をぼくに向けた。結婚式から日を追うごとにその温度を下げてきた冷たい冷たい視線。

「そういう意味で言ってるのよ。何かのミスってこともあるでしょ。血液サンプルを取り違えたとか何とか。あるいはバグがあるのかも」

「馬鹿なこと言うもんじゃない！」

ぼくは怒鳴った。怒りというよりは、恐怖から。

ＰＭが間違える？

そんなことは考えただけで身体が震えるほど恐ろしいことだった。

「そんなに大声出さなくてもいいでしょ。——とにかくわたし、あなたとやっていける気がしなくなってきたの。だからその……なかったことにできないかな。この結婚」

結婚をなかったことにする——。

ぼくは一瞬その可能性を考えて、すぐに首を振った。

「駄目だ！　そんなこと……そんなこと、できるわけがない」

2

ＰＭ社が設立されたのは二十五年前。前世紀の終わりにいくつもできた結婚仲介業者の一つを支店や社員ごと居抜きで乗っ取り、「十億分の一の相手を見つける」という意を込めてパービリオン・マッチメイカーと改名してすぐ、その快進撃は始まった。

その資本が、元を辿ればアメリカのハイジーン社に行き着くことは当初から公然の秘密だった。ハイジーン社は多くの遺伝子特許を所有し、そこから莫大（ばくだい）な儲（もう）けを生み出していた会社だったが、その技術を結婚仲介ビジネスへも応用できると考えたのが、ハイジーン社で研究員をしていた日本人遺伝学者、高田才蔵（たかださいぞう）だった。

サイゾー（日本に戻ってきてからも、ハイジーン社内での愛称をそのまま使用し、平社員にもそう呼び捨てにするよう強制していた）は、性格形成における環境要因は従来思われてきたよりも格段に少ない割合で、およそ五パーセント未満だとするデータをいくつかの学会に提出して黙殺された。出生前遺伝子診断や、結婚などに際して行なわれる遺伝子差別が欧米全体で問題視されている最中で、病気の可能性だけでなく性格診断まで行なおうとするサイゾーの研究は、学会ではタブー視されたのだった。

しかしハイジーン社はもちろんそのビジネスチャンスを逃すつもりはなかった。サイゾーが日本人だったことと、日本の結婚仲介ビジネスが他国よりも定着していて業績がよいことを見逃さず、サイゾーをPM社の代表取締役兼研究所長として日本へ送り込んだ。サイゾーは、遺伝子診断によるデータと従来からのアンケートデータとの統合を行ない、極めて精度の高いマッチメイク・システムを構築することに成功した。しかもそれは同時に、大量の遺伝子情報をタダで収集できることを意味していた。そこから何か新しい遺伝子特許が取得できれば、システムの精度をさらにあげるだけでなく、ハイジーン社の利益にも繋（つな）がる一石二鳥のビジネスモデルだ。

日本ではほとんどの人間が、そもそもの由来がどこにあるかも知らないのに「赤い糸の伝説」なるものを知っていたこと（元々は中国の説話らしい）、なぜか血液型で性格が決まると思っている人間が多かったことから、ＰＭ社は「赤い糸——それは皆さんの身体の中にあります」というＣＭコピーを打った。血液を調べれば、あなたの理想の相手が見つかります、というわけだ。

ＰＭ社の背後にハイジーン社がいることはわざと噂としてのみ流され、表向きは否定された。欧米よりは拒否反応が弱かったとはいえ、遺伝子診断をするのだということは余り大きな声で言わない方が得策だと考えたのだ。

これがよかった。

漠然と「血」が大切だと感じている人間にも、先端科学を信頼している人間にも、はたまた「運命」を信じている人間にも、ぴったりはまる戦略だった。

最初はわざと、高額の入会金を設定して高額所得者のみにターゲットを絞った（初期投資の早期回収、という意味合いももちろんある）。大企業のトップや有名スター、政界の重鎮などの子供たちを会員として獲得し、その中で確実な信頼を得てから彼らが宣伝してくれるのを待った。充分に噂が拡がったころを見計らって、低価格の会員制度（中身はほとんど同じ）をスタートさせたところ、登録者数は一年も経たないうちに百万人を突破した。

「広告に見えない広告」というものが既にあらゆる媒体で利用されていたのは、一部の人間には周知の事実だ。情報番組・記事に見せかけた広告。ドラマとのタイアップはもちろん、人気ブログやゲームサイトとの契約。商品の広告はごくわずかしかないので拒否反応も少なく、自然に人々に受け入れられる。

ＰＭ社は、大手広告代理店と組んで、多額の費用を「見えない広告」に投下する戦略を行なった。ＰＭ社の宣伝を行なうのではなく、とにかくまず「結婚」をアピールすること。「結婚」「出産」「家族」といったものがいかに幸せで素晴らしいものかをドラマなどによって宣伝する。さらに、「結婚しないこと」「間違った結婚」がいかに悲惨かということも同時に伝える。その際、決して「幸せな結婚」がＰＭ社によって結ばれたカップルであるなどということはほのめかしもしないし、そういったドラマのスポンサーであることは巧妙に隠していた。

一方で、さまざまな人気ブランド商品の広告や商品自体に、血管とも赤い糸とも見えるイメージを巧妙に忍び込ませることで、識閾(しきいき)下でそういったものの実在を信じさせる。

そこへ、表現は控えめだけれども、半端ではない量の通常広告を投下する。

一部には、こうしたＰＭ社のやり口を見抜いて厳しく糾弾する人間、団体もあったものの、大手マスコミにも政財界にも、いわばＰＭ社の〝信者〟が多くいたため、そうした声はやんわりと、しかし確実に圧殺された。ネット社会の拡がりによって真に自由な発言の場ができたと思っている人間はたくさんいたが、実態はそんなものではない。多くのネット関連事業もまた広告代理店や大手マスコミと無縁ではいられず、彼らにとって不都合な発言が多くの人の目に触れることがないよう、巧妙に情報操作が行なわれた。そしてもちろん、そういった情報操作の手が及ばないアングラサーバーは一見自由である代わりに、ウイルスは蔓延(まんえん)している上に情報信頼度は著しく低いということになり、良識ある一般人は近づきづらい。「自由な発言」はできても読む人間がいなければそんな発言はなかったのと同じだ。

晩婚化、少子化への歯止めがかからない状態に悩んでいた日本政府にとっても、PM社の活動は好ましいものと映り、半公的事業並みの破格の扱いを受けることになったのも追い風となった。

しかしもちろん、「実績」があったからこその成長であったのもまた真実だ。

PM社のマッチメイクにより特A判定（「運命の相手です」）を受けて出会ったカップルの結婚率は、――あくまでもPM社の発表を信じるなら、だが――一般サービスを始めて以降百パーセント（結婚にいたる前にどちらかが不慮の事故により死亡したケースを除く）で、彼らの離婚率はゼロ。対して、マッチングレス夫婦（PM社の造語。PM社を利用せずに結婚した夫婦を指す）の離婚率は四十五パーセントだという。そして、仲介は受けずに、決まった相手との相性診断だけを行ない、レベルD（「結婚はお奨(すす)めできません」）という判定が出たにもかかわらずそれを無視して結婚したカップル――PM社では非マッチング夫婦と呼ぶ――の離婚率は実に九十六パーセントという高い値を示した。残り四パーセントの夫婦が今後も離婚しないという保証もないわけで、多くの人々はこちらの数字の方により強い衝撃を受けた。いずれうまくいかなくなる相手が結婚前に分かるのなら、誰だって知っておきたいに決まっている。

さらに、サービス開始前から、ＰＭ社は「アフターケア」の重要性も充分に認識していた。たとえベストカップルであったとしても、結婚生活にはさまざまなトラブルがつきものだし、何より出産・子育てという大事業がその後に控えている。というわけで、夫婦間トラブル、出産・子育てを巡る悩み相談室を設けて、結婚後五年間は無料で何回でも利用できるようにした。一見太っ腹だが、多額の政府補助金を獲得していたので、全国に相談所を作ってもお釣りが来るほどだったという。さらに出産、育児ビジネスを開始（後に分社化）。後発ながらも「遺伝子情報」という強みを生かしてこちらでも躍進を見せた。何しろ、いつ子供が生まれそうかだけでなく、「どんな子供が生まれるか」というシミュレーションが既に出来ているのだから、他社にはとても太刀打ちできない。両親の資質、そしてそれを受け継ぐであろう子供の個性に合わせた、商品、保育施設、育児プラン、将来設計をきめ細かく提供することで、圧倒的な支持を得るようになった。

かくしてＰＭ社は、結婚仲介ビジネスの国内シェアを完全に独占しただけでなく、海外でも多くの支社を設立、順調に業績を伸ばし続けることとなった。もはやこれは単なる結婚仲介ビジネスではなく、「家族設計」であり、ひいては「国家設計」とも言える重要プロジェクトとなっていた。ずっと低迷を続けていた日本の出生率はこの数年二・五を超えており、一億を割りかけていた人口も今や一億三千万人に回復した。貧困や人口爆発といった問題を抱える国々からはまったくといってよいほど関心を示されなかったものの、少子高齢化、晩婚化といった日本と同様の悩みを抱えていたEU各国やアメリカはとても無視できず、各国政府はこぞって自国でのPM社の事業展開に対し有形無形の便宜を図り、また国民に対しても積極的に登録を呼びかけるなどした。

この結果、あくまでもオプションではあったが、同一国籍以外とのマッチメイクも可能となり、高いマッチング判定の相手となかなか巡り合えない人や、留学先や転勤先での現地結婚を望む人々のニーズにも応えられるようになった。

累計登録者数は全世界で八億人を超え、今や「十億分の一」を謳うコピーも決して誇大広告とは言えない状態となった。

初恋をするより先にPM社に登録しておくのは、もはや珍しくないことだ。所詮結婚できない相手と無駄な恋愛をするより、いずれ結婚するべき相手が分かっているのなら、早めに出会っておくに越したことはない。

とりわけ、ぼくのように、PM社によって幸せな結婚をした夫婦の子供――いわば「第二世代」の人間にとっては。

3

「どうして？　どうして駄目なの？」

月は唇を尖らせ、しつこく聞き返した。初めて彼女の自己紹介ムービーを見たとき、そして初めて実際に会ったとき可愛いと思ったその唇は、今は何とも憎々しいものにしか見えなかった。

「だって、考えてみろよ。たった一週間……五日しか経ってないんだよ？　無理だよ。みんなに何て言って説明する？」

「馬鹿じゃないの。五日しか経ってないから、いいんじゃない。──幸い、まだ初夜も迎えてないことだし」

まるでそれは、ぼくなんかに操を奪われずに済んでほっとしている、と言わんばかりで、かあっと頭に血が昇るのを感じていた。知り合って間もない相手に「馬鹿」呼ばわりされたのも初めてのことだ。

「ぼくたちは結婚したんだぞ！　特A判定だってのに五日で離婚したなんて、何かよっぽどのことがあったんだと思われるに決まってる。そうでなくたって二人とも〝キズモノ〟だ。たとえセックスしてようがしてまいが」

PMのマッチメイクにおいて、性経験の有無は重要なアンケート項目だ。「無回答」を選択することはできるが、口頭でのアンケート作成時には、音声と発汗に加え、脳波のチェックまで行なわれるからまず嘘は通用しない。もしかしたら嘘が通っているケースもあるのかもしれないが、たとえ嘘を見抜いても、PMはわざわざそれを本人には告げない。その項目について嘘をついたというデータが残るだけだ。嘘が通用したかどうか分からないような状態で、いいマッチメイクが行なわれることを期待するのは、リスクが大きすぎる。そしてまた、PMを騙せると考える人間がPMを信頼するのは矛盾した話だ。

それに、「経験あり」「無回答」を選択した場合の性病チェックは通常より数段厳しいものとなる。

だから最近では――特にぼくのような「第二世代」は――PMに素晴らしい相手を紹介してもらうため、小さい頃からあれをしなさいこれをしちゃ駄目と山ほど小言を言われて育ったものだ。肉体の内外の健康を保つのと同時に、一番大事なのが貞操だ。結婚するまで貞操を守れない人間には、そういう相手しかマッチメイクされない。素敵な奥さんが欲しいなら、あなたが素敵な男性にならなきゃ駄目なのよ、というのが母の口癖だった。

子供の頃は「九十五パーセントが遺伝子で決まるんなら、そんな努力はたかだか五パーセントのことじゃないの？」と思ったものだが、いつしか親の言うことを素直に聞けるようになっていた。だからぼくは、二十四年の人生の中で何度かあった〝悪い〟誘惑をはねのけ、これまでバーチャル以外のセックスは我慢してきた。月もそのはずだ。

なのに、次にいい人を紹介してもらおうと思っても「結婚経験あり：一回」ということになれば、せっかく守ってきたその貞操が、何もしてないというのにもう無意味になってしまうのだ。今どき離婚なんてするのは、PMを信じない馬鹿か、登録料も払えない低所得層の人間くらいだというのに。

月はその冷ややかな目にさらに侮蔑の色を浮かべて言った。

「〝キズモノ〟だなんてそんな古臭い言葉、久しぶりに聞いたわ。――別にいいじゃない。結婚経験があろうがなかろうが、セックスしたことがあろうがなかろうが。――あなたたち男はどうせ童貞だなんだっていったって、バーチャルでやりたい放題なんでしょ？　それで貞操を守ってるとか言えるんだからお笑いぐさよね」

その行為を彼女に覗き見られたように感じ、顔が熱くなるのを止められなかった。

ついつい声が大きくなる。

「そりゃ確かに男の方が多いかもしれないけど、生理的な理由もあるわけで……女だってするだろ？」

「わたしはしない。一回やろうとしてみたけど……気持ち悪くて」

月は顔をしかめてそう答える。

「気持ち悪い……？　なんだ、そういうことか」

ぼくはすべての疑問が氷解したと思い、安堵のあまり笑い出してしまった。

「そういうことって何よ。……何がおかしいの？」

射るような視線を向けてくるが、もうぼくは怯まなかった。

「だって……だって——」

笑いすぎて、喋れない。

ぼくは笑いながら彼女に近づき、隣に腰を下ろした。距離を取ろうとする彼女の肩に腕を回し、引き寄せる。

「やめてよ、人の話聞いてる？」

少し怯えたような様子で彼女はぼくの手を振り払おうとしたが、ぼくの手はがっちりと彼女の両肩を摑んでいた。

「聞いてるよ。——怖いんだろ、男が」

「いや、何するの——」

「心配しなくてもいいよ、ぼくがちゃんと……」

そう言いながら月をぐいとソファに押し倒して唇を近づけた途端、強烈な張り手が左頰に決まって、ぼくは床に転がり落ちていた。厚めのカーペットを敷いていたにもかかわらず、肩から落ちると激しい痛みが走る。

「い……ったいな！　何すんだよ！」

「あなたが無理矢理変なことするから……。大丈夫？」

右肩を左手で押さえながら立ち上がり、痛みをまぎらすためにうろうろしていると、月はちょっと心配した様子で立ち上がり、困惑した口調で聞いてきた。

「大丈夫じゃないよ！……いってー……」

「……誤解しないでほしいの。気持ち悪いっていうのはバーチャルであんなことをするのが気持ち悪いっていう意味よ。本当に愛してる人とだったら、気持ち悪くないと思うし、怖がったりなんかしない」

「……じゃあ何、ぼくのことは愛してない、ってこと？」

否定してくれるものと思ったら、驚愕の答が一瞬で返ってきた。

「当たり前でしょ！　知り合ってまだ一ヶ月なのよ？　週一日か二日しか会えない上に、その間ずっと結婚式に新居の準備、引っ越しに家族や親戚へのご挨拶――二人でゆっくり話をする時間なんてなかったじゃない！　それで一体どうやって愛情なんか持てるっていうの？　あなたは今わたしのこと愛してるって言えるの？」

彼女の言うことは全然理解できず、ぼくは混乱したまま聞き返した。

「二人でゆっくりって……これからいくらでも二人の時間は持てるじゃないか。ぼくらは特Aの相性なんだよ？　世界にたった一人しかいない最高の相手と巡り合えたんだ。愛してるに決まってるじゃないか！　今さら何をごちゃごちゃ中学生みたいなこと言ってんの？」

彼女はやってられないとでもいうように目を伏せて首を振る。何かの間違いかもしれないじゃない」

「だ、か、ら。本当に特Aだったのかなって言ってるの。何かの間違いかもしれないじゃない」

肩の痛みが薄れるにつれ、今度は強力な張り手を食らった頬がひりひりすることに気づき、むかむかと腹が立ってきた。

何でぼくがこんな目に遭わなきゃならない？　こいつは一体何を考えてるんだろう。ぼくたちはもう夫婦だってのに。離婚なんてできるわけがないのに。ＰＭが間違いなど犯すはずがないのに。

ぼくはようやくやるべきことを悟った。

全身の力を抜いて、彼女に笑いかける。

「……分かったよ。君はぼくを愛してない。ぼくも君を愛してない」

月の顔がぱっと明るくなった。

「……ね？　おかしいでしょ？」

「ああ、おかしい。まったくおかしい。ぼくは結婚した夜に、こうするべきだったんだ」

ぼくは言って、不意をついて彼女に飛びかかると、足払いをかけてカーペットの上に押し倒した。

「ちょっと！　何する……やめて！」

ゴンゴンと殴りつけてくる小さな拳を払いのけながら、ぼくは彼女の両脚を自分の脚で押さえ込み、短いスカートをめくってスパッツのウエスト部分をまさぐり、ずり降ろそうとした。

びっくりするくらいの力で抵抗していたが、本気で押さえ込んでいるうち、大人しくなった。

油断させて反撃しようとしているのだろうと、ぼくは力を抜かなかった。正直心臓はばくばく言ってて、息もあがりそうだったのだが。

スパッツをずり下ろし、白い下着があらわになっても彼女が何の反応も示さないので、ふと顔を見やると、彼女はじっと天井を見つめたまま涙を流していた。

ぼくが動きを止めたので、見ていることに気づいたのだろう、視線だけをこっちに向けて言った。

「――好きにすれば」

冷たい声と流れ落ちる涙に胸が痛み、心が折れそうになった。でもこれは、やらなきゃいけないことなんだ。

「……ああ、するよ」

ぼくは気を取り直して下着に手をかける。

「その代わり！」

「その代わり？」

「一生、あなたのことを愛することなんてないから」

「……何言ってんだよ。君は臆病なだけなんだって。一回抱き合えば——」

　ぼくの言葉は、激しい口調で遮られる。

「いいえ。もしあなたが本当にわたしの運命の人なんだったら、そんなことはしない。だから、無理矢理わたしをものにしようとするあなたは、決してわたしの運命の人なんかじゃない。ＰＭが何と言おうとね」

　後半は、涙声で掠れてよく聞き取れなかった。

　ぼくはしばらく彼女の白い下着とそこから伸びる白い二つの太腿を見下ろしたままじっとしていた。ぼくが強く押さえ込んだ時に圧迫されたせいだろうか、太腿には帯のように赤い充血を起こしている部分があった。

　ぼくはのろのろと彼女の上から退き、膝を抱えて床に座った。月は下着を隠そうともせず、ただ天井を見つめ、荒い息で大きく胸を上下させている。

「月……その……何て言うか……」

　ぼくは必死で言い訳しようとしたけれど、ちょうどいい言葉が見つからず、拳をカーペットに叩きつけた。

「ぼくだって……ぼくだって、こんなことするつもりじゃなかった。君と、心から愛し合えるものと思ってた。だけど……くそっ。一体どうすりゃいいんだ？」

やがて嗚咽が洩れて言葉にならなくなり、涙が流れ出した。なんで泣いているのか、自分でも分からなかった。

視界は涙で滲んでいたが、むっくりと彼女が上半身を起こすのが分かった。

「――ごめんなさい。あなたにはひどいことしてるんだとは思う。でも、違和感が拭えないの。本当にわたしとあなたが最高の相性だなんて、どうしても信じられない。あなただってそうでしょう？」

彼女は太腿を露わにしたまま這い寄ってきて覗き込んだが、ぼくは顔を背けた。とてもじゃないが目を合わせられない。たった今、ぼくは彼女をレイプしようとしたのだ。

「……分からない」

「分からないじゃないでしょ？　よく考えてみてよ！」

「……考えろって言ったって……」

「あなたが好きなスポーツは何だっけ？」

月は突然わけの分からない質問をしてくるが、まだ罪悪感に包まれていたぼくは素直に答えるしかなかった。

「え？……パワード・プロレス。やる方なら、サッカーとダイビング……かな」

もちろんサッカーなんて、高校を出てからやったことはない。

「わたしはテニス。見るのもやるのもね。リーダーに購読登録してるコンテンツは？」

「……ノンフィクション。科学ものとか」

「わたしは小説とエッセイ。映画は観る？」

「インタラクティブじゃないやつはほとんど観ない」

「わたしは大好き。——ほら、ね？」

ぼくは目を上げた。涙の痕も隠さずに、月がこちらをじっと見つめている。

「こんなに趣味が違うなんて、おかしいでしょ？　聞いたことないわ」

「……成育環境が特殊なら、表面上の趣味が異なるのは珍しいことじゃない。ねえ月——」

「呼び捨てにしないで！」

式を挙げ、入籍した日からぼくは「ルナ」と呼び捨てにしていたのに、今さらそんなことを言うのは理不尽だ、と思いながらもぼくは彼女に従った。

「……月、さん」

「できたら名字で呼んで欲しいんだけど」

一旦収まりかけたむかつきが再び湧き上がってきそうだった。

五十年近く前から何度も議論されてきたらしい夫婦別姓制度が成立したのは十年ほど前

のことだ。夫婦別姓を選択した夫婦と、同姓を選択した夫婦の追跡調査を行なったところ、今のところ離婚率に差は出ていないというデータを先頃厚労省は発表したが、ぼくはそんなはずはないと思っている。何か統計に裏があるのだ。夫婦——そして家族は同じ名字になった方がいいに決まっている。うちの両親も同じ考えだ。

でも月は——月の家族も——別姓でいいじゃないかと言ったのだった。

恐らくは子供が生まれた段階でまた議論することになると思いながら、ぼくたちは別姓を選択した。

「長峰（ながみね）……さん」

「ありがと、水元（みずもと）くん」

彼女の言わんとすることが、ひしひしと実感されるようになってきた。

今現在の趣味がどうか、などということはどうにでもなることだと分かっていた。趣味が同じだからうまくいく、というものでもない。問題はその性格だ。

ぼくが好きな女性は、こんな気が強いタイプじゃない。古いと言われようが何だろうが、女性は優しく、つつましくあって欲しい。ＰＭが「特Ａのお相手が見つかりました」と言ってきたとき、てっきりそういう人を見つけてくれたのだと思っていた。

ところがどうだ。

この長峰月という女の我の強さと来たら、半端じゃない。

式の内容、新居の家具、ハネムーンの場所……あらゆる選択で、ぼくの選択をそのまま受け入れたことなど一度もない。でも、お互い一生のことなのだし、後からごちゃごちゃ言われるより、はっきりと話し合って決めるのがいいのは間違いない。ここは大人になって譲れるところは譲らないと……そう思っているうちに、ずるずるとほとんどのことでぼくは折れてきたつもりだった。

そして、それなのにこの女は「わたしたち、合わないみたい」と宣うのだ。そんな馬鹿な話があるだろうか？

でもそんな言葉はぐっとこらえ、こう言うだけに止めた。

「……確かに、君の言うとおりかもしれない。君のような女性とうまくやっていく自信は正直ぼくにもない」

お互い問題点を理解し合ったのだから喜んでくれるかと思いきや、彼女は何か気に障ったようだった。

「――参考までに聞きたいんだけど、わたしみたいな女性って、どんな女性？」

ぼくは思わず鼻で笑っていた。

「分かるだろ？　何でもかんでも自分の思い通りにならないと気がすまなくって、非科学的で、セックス恐怖症で、いまだに結婚をなんだかロマンチックなものだと思いたがってる。おまけに、男女には生物学的にどうしようもない差があるってことを理解しない、時代遅れのフェミニスト？——まあ何ていうか、一言で言ったら、コドモだよね。大体、親が親だよ。普通、第二次性徴を迎えたら、ＰＭに登録するだろ？　大学出てから登録するって、どういう神経だろ。『伸び伸び育って欲しかった』って聞こえはいいけど、親の責任放棄だよね。『月』って書いて『ルナ』って読ませるそのセンスもどうかと思ったけど、一事が万事って言うの？　あるよなー」

一瞬「やめとけ」という心の声が聞こえないでもなかったのだが、思ってることを全部口にしたら、この数日間のもやもやがすべて吹き飛ぶほどすっきりと爽（さわ）やかな気持ちになった。

しかしその結果は、予想もできないものだった。

月は目をまん丸にしてぼくを凝視し、食いしばった歯の隙間（すきま）から絞り出すように声を出した。

「な、ん、やてえええええ？」

ぼくは少しまずいと思ったものの、今さら後には引けない。

「——何だよ。違うとでも？」

キーッという甲高（かんだか）い音がした。

それが彼女の叫び声だったと気がついたのは、飛びかかってきた月に押し倒されてからだ。

ぼくは頭をカーペットに打ちつけ、月の指がぼくの頬の肉を思い切りつまんでぐいと横に拡げる。

「痛い痛いうぃたいたいたいたいたい――」

「ど・の・く・ち・が・い・う・と・お？　あたしがコドモやて？　お前に言われとうないわ！　お前なんか、アレのことしか考えてへんエロガキやろが！」

頬の肉がちぎれそうで、ぼくは思わず謝っていた。

「ごめんごめん。言い過ぎた。頼むから許して」

指を外し、上から彼女が退くのを待って、ぼくは言った。

「――暴力女。やっぱどうしようもないガキだな。口で勝てないもんだから、暴力に頼るんだ」

再び襲いかかろうとした月だったが、そう言われて固まった。

「先に暴力振るったんは、あんたやろうが！」

「暴力？　セックス恐怖症を治そうとしただけだろ。君のためにもなると思って抱いてやろうとしたんじゃないか」

「余計なお世話じゃ。――ほんま最低な奴やな」

「……ところで君って、方言キャラだったの？」

「方言キャラって言うな！　あたしは生まれも育ちも神戸や。それがどないしたん！」

「神戸なのは知ってるけどさ……神戸の言葉ってもうちょっと、お嬢様っていうか、上品っていうか、そういうイメージなんだけど。違うの？　別に無理して標準語で喋んなくてもいいけどさ、もうちょっと上品にできないかな？」

「標準語ぉ？　お前の喋っとんのはな、『東京弁』やねん。『東京弁』なんか誰が喋るか！」

呆れてものが言えない。

結局この女は、こういう下品さを、ぼくの前ではずっとこれまで押し隠して来たのだ。でも本性が分かってしまったからには、とてもじゃないけどこのまま結婚生活は続けられない。

「――別れよう」

ぼくが言うと、月は濃い眉をくっ、と吊り上げた。

「やっと分かってくれたん」

「ああ。君みたいな女とこの先やっていけるはずがない。一日でも早く別れた方がいい。野良犬に嚙まれたと思って早く忘れるよ」

「……言い方は気に入らんけど、とにかく分かってくれたんやったらそれでええわ。明日離婚や。それでええね？」

「ああ」

ぼくは答えた。

とにかくもう、彼女とやっていけないことははっきりしていた。経歴に傷がつこうがないだろうが、一刻も早く家に帰りたいと思った。

「じゃあ、明日離婚ね。――わたしは疲れたから、先に寝るわ。おやすみ」

「……ああ、おやすみ」

返事をしてから、はっと気がついたが、もう遅かった。

月は寝室に――ぼくたち二人の寝室に入り、ドアを閉めてしまっていた。

慌てて寝室のドアに駆け寄り開けようとしたが、内側からロックされている。

「くそっ」

彼女は一人でベッドを占領する気だ。

幸い、リビングのソファは、客用ベッドにもなるタイプのものを選んでいた。

ぼくはしばらくスイッチを探し回った後でようやくソファをベッドに変形させることに成功し、服のまま倒れ込むと丸太のように眠った。

4

翌朝、おいしそうな匂いでふと目を開けると、黒いスパッツと白いTシャツ一枚の月がキッチンに立って鼻歌を歌っていた。

結婚前、想像していた光景だ。

昨夜の喧嘩――と言っていいのかどうか分からないが――は夢だったんじゃないかと思いながらソファベッドから起き上がり、ダイニングテーブルへと近づいていった。

振り向いてテーブルに皿を置いた月と目が合った。

「おはよう」

「あ」

まるで、悪いことをしているところを見つかったとでもいうように、月は硬直した。

テーブルに置かれた皿はよくある冷凍の朝食プレートで、レンジに入れてスイッチを押しさえすればそのまま食べられる定食セットだ。ご飯、味噌汁、アジの干物にほうれん草のおひたしに漬け物――それらが全部適温になる。

「……水元くんも欲しかった？」

そのよそよそしい言い方で、昨夜のことが夢ではなかったのだと確認し、一瞬で暗い気分になる。

「……いや。朝はパンの方がいい」

「あ、そう」

洋食プレートもあるはずだが、月は自分には関係ないといった様子で食べ始める。

ふと箸を止めて、

「仕事行くんなら、急いだ方がいいよ」

と言った。

「え?」

今は時計表示になっている壁のディスプレイを振り返ると、八時前。シャワーを浴びて髭を剃り、食事をしていたら、完全に遅刻だ。

「起こしてくれたっていいじゃないか!」

「知らないわよ。水元くんがどうしたいか、聞いてないもの」

「だとしてもだな——」

怒鳴りかけて、ようやくすべてを思い出した。

そうだ。ぼくたちは離婚するんだった。他人に戻ると決まっている人に、良き妻がどうあるべきかを言っても始まらない。

ぼくは服を脱ぎ捨てながらバスルームへ飛び込み、シャワーを浴びる。あたりが濡れているところを見ると、月はとうに起きてバスルームを使っていたようだ。

初めてのバスシステムに四苦八苦しながら髭を剃って頭と身体を洗い終え、ボディドライヤーの熱風でざっと乾かして新品の下着を身に着けたときには、ちょうど月が出ていくところだった。

時刻は八時十五分。やばい。二十分の特急を逃したら、遅刻だ。ぼくは慌ててスーツを着てネクタイをひっつかみ、ブリーフケースに端末を放り込んで新居を飛び出した。閉まりかけているエレベーターに「待って！」と声をかけて扉を止めて乗り込む。

上階の人らしき男性が一人と、月が乗っているが、彼女は他人のような素振りを見せた。

「すみません。おはようございます」

「おはようございます」

見知らぬ男性の方が、妻よりも温かい笑顔を向けてくれるとはどういうことだ？

道路を挟んだ駅までは歩道橋で繋がっている。その道中でも、月はぼくのことなど無視して歩き、やってきた電車に乗った。

そっちがそういうつもりならこっちだって、とぼくも同じ車両の別の席に陣取り、目を合わせない。

やがて、大手町に到着して月は降りていった。それだけで何だか電車の中の空気が軽くなったような気がする。

ぼくはそれからさらに十分、終点品川まで乗って降りた。

ぼくの勤務先、パービリオン・マッチメイカー本社の虹色(にじ)に輝く三十階建てビルは、品川駅の真ん前に聳(そび)え立っている。

一見何もないように見える本社従業員入り口のエアカーテンを潜り抜けたのは、九時二十九分、ぎりぎりセーフだ。自動的にボディスキャンが行なわれ、不要品、危険物の持ち込みがないことを確認すると同時に出社時刻が記録される。一旦入ってしまえば出勤扱いなので、職場に顔を出す前に最重要案件を済ませておくことにした。

一度も行ったことのない場所――お客様相談センターだ。

従業員入り口からは九十度の位置にある一階正面入り口に、お客様相談窓口は設けられている。まだ受付は始まっていないというのに、もう既に十人近いお客様がベンチに座って待っている。

ぼくは笑みを浮かべて彼らに頭を下げながら、受付の奥にある相談センターのスタッフルームに入っていった。ぼくと同様まだ出勤してきたばかりと見える数人の従業員たちが、受付を開く準備をしている。

「すみません。営業二課の水元と申しますが、どなたかちょっとお話を聞いていただけますか？」

全員が動きを止めて顔を見合わせ、やがて暗黙の了解ができたように、一人が立ち上がって近づいてきた。四十代くらいの背の高い男性だ。

「営業……二課ですか？　何でしょう。センター長の島崎です」

ぼくは声をひそめて言った。

「実は、個人的なことなんです。『お客』としてお伺いしたいことがあるんですが……ご返事は後で構わないので、話だけ、今聞いていただけますか」

「……すぐ済むのでしたら。込み入った話なら、通常のお客様と一緒に待っていただくことになりますが」

「すぐ済みます。——実は、ですね」

ぼくは思い切って言いかけたものの、その先を続けられなかった。いざ言おうとして、やはり馬鹿げたことのように思えてきたからだ。

「何ですか？」

「実はその……」

再び言葉を切って、唇を舐める。

センター長が明らかに苛立っていると分かり、ぼくは焦った。

「特A判定を受けた女性と、一週間ほど前に結婚したんです」

「……それはおめでとうございます」

心のこもらない祝福。

「それがどうも、あんまりめでたくもなさそうで」

「というと？」

苛ついた口調で先を促す。

「あー……どうも、ぼくたち、相性がよくないようなんです」

センター長は、気でも狂ったのかというような表情でまじまじとぼくの顔を覗き込む。もしぼくが逆の立場でもそうしたことだろう。

「……何だって？」

「だからその、うまくいかないんです。とても暮らしていけそうにないんです。だから、もしかしたら、マッチメイクに何かミスがあったんじゃないかと、彼女は疑ってるんです」

センター長は薄ら笑いを浮かべた。

「馬鹿馬鹿しい。そんな話は聞いたことがない」

不穏な雰囲気を察し、離れたところにいる従業員たちが聞き耳を立てているのを感じながら、ぼくは囁いた。

「もちろん、ぼくはミスなんてあるとは思ってません。……でもとにかく、ぼくたち、うまくやっていけそうもないことは事実なんです。だからその……結婚を、なかったことにできないかと思ってるんですが」

センター長は、ぼくの気持ちも知らず、声を張り上げた。

「正気か？　離婚したいって言うのか？」

スタッフルームが静まりかえった。全員が、ぼくを見ている。犯罪者を見るように。

「……はあ、まあ。取り消すってことができたら、それに越したことはないんですけど……それは無理ですよね。だったら、しょうがないです。離婚します。……どうしたら離婚ってできますか？」

センター長の表情は、すっかり青ざめていた。

「……無理だよ。離婚なんかできるわけがない。そんなことはうちの社員なら、分かってるだろう！」

もちろんぼくは、離婚が簡単なことではないのは分かっていた。

でも実はこの時、ぼくは何一つ知らないに等しかったのだ。

第二章　エクボもあばた？

1

大手町で電車を降りると、ここ数日――いや、この一ヶ月味わったことのない解放感がわたしを包んだ。

もう迷いはない。あの人と同じ空気を吸わなくてもいいというだけでこんなにもすがすがしい気持ちになるんだから、やっぱり結婚したこと自体が間違いだったのだ。特A判定が何だ。一生を共にする相手くらい、自分の目で判断したい。PMなんかくそくらえだ。

人波に流されるようにして歩いているうちに、自然と会社に通じるエレベーター前に来ていた。大手町の各駅と接続し、地下に飲食店街を抱える複合ビルの十五階ワンフロアがわたしの職場、「大地な生活」社の本社編集部だ。『月刊・大地な生活』は元々は「農家を応援する」総合情報誌としてスタートしたのだけれど、安全でトレーサビリティ（追跡可能性）の高い野菜や畜産物の流通・販売にも手を染めて大きくなった会社だ。大学時代から、農業にも、雑誌編集の仕事にも興味のあったわたしにとって、第一志望だったこの会社の、しかも編集部で働けるようになったのは望外のことで、結婚なんかとは比べものにならないくらい重要で大切なことだった。

ここ数年、女性の結婚年齢の平均はずっと二十五歳くらいだけれど、実際最も多いパーセンテージを占めているのは二十二、三歳——大学を卒業するなり結婚、というパターンだ。つまり、中学や高校の頃に早々とＰＭに登録して、大学卒業前にお相手は見つけておき、卒業するまでは恋人期間を楽しみ、卒業したら就職せずに即結婚というわけだ。相手が見つかるなり大学（あるいは高校）を辞めてしまう人もいる。結婚して子供を産み育てることが一番の幸せで、経済力が許すなら法定年齢に達したらすぐにでも結婚したいと思っている女の子たちは決して少なくない。インタラクティブドラマの大半が、結婚しないとか子供を産まない選択をすると悲惨な結末が待っているというのって、子供の頃から何か変だと思ってきたけど、同級生のほとんどがそんな疑問は微塵も持っていないようだった。

ＰＭで知り合って結婚した両親を持つ女の子たち——〝第二世代〟の人たちは特にそうだ。

そりゃもちろんわたしだって、「運命の相手」と思えるような人と早く出会えたらいいと憧(あこが)れたことはあるし、そんな人と会えたならすぐにでも結婚して家庭を持ちたいとは思っていた。

でも、女の人生がそれだけで終わっていいなんて思ったことは一度もない。

幸い、うちの両親はＰＭとは関係なく、普通に出会い、普通に恋に落ちて（詳しく聞いたことはないけど）、普通に結婚した夫婦だ。それが今では「普通」とは見なされないことはさておき。

そんな両親でも結婚前には、占い程度の軽い気持ちだったとはいうものの、ＰＭのマッチング判定を受けたらしい。結果は「Ｂ」――「歩み寄りの心を忘れなければ添い遂げることは難しくありません」

「たとえＤ判定でも、結婚するつもりだったんだよ」とは父の言葉だが、いざそんな判定が出ても気持ちが揺るがなかったかどうかは今となっては分からない。

娘のわたしが見る限り今の二人は充分幸せそうだし、わたしも二人の子供として生まれてきたことを嬉しく思っている。でも、二人はまったく喧嘩をしないわけでもないし、「一回だけ離婚しようと思ったことがある」と母がこっそり教えてくれたことがあるから、Ｂという判定は妥当なものなのかもしれないな、とずっと思ってはいる。だからといって水元くんのように「ＰＭが間違うはずがない」などと盲信することは絶対にありえないけれど。どんなにいい相性の夫婦だって、歩み寄りの心は必要だと思うし、まったく喧嘩をしないなんてことも考えられない。違うだろうか？　実際、わたしたちがいい例だ。特Aだというのに一緒にいて楽しくもないし、ゆうべはとうとうお互い暴力を振るう羽目になった。それなのに判定そのものは疑わないなんてどうかしてる。

水元くんは第二世代だし、おまけに就職先までPMなのだから、仕方がないといえば仕方がないのだろうが、まずPMの判定ありきというあの態度は救いがたい。自分の目でものを見て、自分の頭で考えるということを放棄しているとしか思えない。人間の性格の九十五パーセント以上が生まれた瞬間に決まってるなんてこと、わたしはとても信じられないし、よしんばそうだったとしても、それが二人の人間の関係性までも決定してしまうなんてどうにも納得できない。人の気持ちなんて、もっともっと複雑なものじゃないだろうか？

そういったことをわたしは以前出会った頃、水元くんに（自分としては）極めて控えめに言ったものだが、彼は鼻で笑って取り合わなかった。遺伝子のことも、生理学のことも、データベースのことも、何も分かっていないからそんなことを言うのだと。PMのマッチングシステムには最先端の科学が詰まっているのだから、素人には魔法や占いのように見えるのも仕方がないけれど、これまでの実績を見ればその正しさは一目瞭然じゃないかと言うのだった。

確かに、日本は欧米に先駆けて少子晩婚化の危機をとりあえず脱したようだし、離婚率も劇的に低下した。でもそれはＰＭ社の力だけではないと思うのだ。余りにも少子晩婚化が進んだことへの社会的危機感が揺り戻しとなって、逆の波が来ているだけなんじゃないかとわたしは思っている。

少子晩婚化を脱したこと、それ自体は悪いことじゃない。ただ嫌なのは、前世紀の終わりから今世紀にかけて、せっかく築かれ始めていたらしい男女同権への動きが、さまざまなところで停滞し、ある部分においては前世紀に逆戻りしてるんじゃないかとさえ思えることだ。

結婚して子供を産み育て、家庭を守ることが女の第一の役割だとしつこいまでに教育・洗脳されるのもその一つ。不妊治療が進んだこともあって、「子供がいない」ことはほぼ百パーセント「子供を持つ気がない」と判断される。結婚した以上、最低二人は作らなければ、まるで非国民扱い。父の妹であるわたしの叔母などは、ＰＭに登録もせず、自由気ままな独身生活を送っているのだが、兄である父でさえ彼女には手厳しい。結婚にしたって、ＰＭに登録さえすればＢ判定くらいの相手はすぐ見つかるのだから、三十を過ぎても結婚しないで働いてる女なんていうのは単なる「わがまま」「高望み」としか見られないのだ。五十近くなった叔母は今でも溌剌(はつらつ)として見え、実はわたしの小さい頃からの憧れでもあるのだが、そんなことは父にも母にも決して言えない。

かつてはほとんどの会社で、産休を取った女性が元の職場に復帰するのは難しかったののだと聞く。男性が産休を取ることは許されず、育児に協力してくれることも少なかったら、認可された保育所はいつも満杯で、子供を預けて働くこともままならなかったらしい。現代では、そういうところは確かに「改善」したと言えるのかもしれない。でも逆に、だからこそ、仕事をしたい女性にとって「結婚をしない」「結婚をしても子供を作らない」という選択は、昔より難しくなっているように見える。「仕事を続けたければどうぞ続けなさい。でも子供は産みなさい」というわけだ。

水元くんはそれを「偏見に基づく差別と生理学上仕方のない区別がはっきりしただけ」と言い切る。女は子供を産むように作られている、子供が生まれなければ国は滅びる、だから女が子供を産むのは社会に対する義務なんだ、というわけ。わたし自身はどうしても子供が欲しいとも、絶対産みたくないとも思っていないのだけど、「義務」などと言われるとカチンと来る。産むか産まないかは本人の自由だし、産まないことは誰の迷惑にもならないはずだ。育て方を誤って犯罪者を送り出すことに比べれば、産まないという選択の方がよっぽど社会のためにもいいと思う。それにそもそも、誰も子供を作らなくなって国が滅びたからって、一体何の問題があるというのだろう？

こういったことを全部彼にぶつけたわけではない。わたしだって、特Aの判定を受けた「運命の相手」に対して一応は大きな期待もしていたし、実際よりもよく見られたい、一日も早く愛されるようになりたい、と思い猫を被ってもいたのだ。だからこそ違和感を覚えながらも結局結婚式を挙げ、ハネムーンから戻ってくるまで本当の気持ちを打ち明けられなかった。今から考えれば馬鹿だったと思う。

そう、水元くんほどではないとしても、わたしもPM社の判定をある程度信頼していた。高校の同級生で特Aの判定を受けた相手とつきあい始めた女の子がいたが、彼を紹介されてすぐ愛し合うようになり、大学には行かず、彼が就職するのを待ってすぐに結婚した。噂ではもう子供も二人目がお腹にいて、本当に幸せそうだとか。水元くんとの結婚を決めたときには（つまりは特Aの判定が出たとき、ということだけど）自分ももうすぐ彼女たちのようになるのだと、有頂天になって喜んだし、友人や同僚にも言い触らし、羨望の混じった祝福を楽しんだものだった。

そう、これからも勤め続けるつもりの職場の同僚たちにも——。

2

「おはようございます」

雑誌編集部というのはそういうものなのか、出勤時刻のコアタイムは十一時と遅かったが、わたしはまだまだ新人でもあるし、ハネムーンの休み明けということもあり、できれば早めに出社しておきたかった。疲れたような顔でギリギリに来たのでは、どんなふうにからかわれるかは大体想像がつく。男性社員はセクハラと見なされるのを恐れてはっきりとは言わないだろうが、嫌なのはむしろ女性の方だ。

幸いわたしの部署――月刊の本誌ではなく、隔月で発行している増刊号編集部――ではまだほとんど人はいなかったが、一番苦手な柏木編集長はいつものように早々と来ていて、デスクから顔をあげ、意外そうな表情でこちらを見ている。

「あら、長峰さん――いや、もう水元さんだったわね。おはよう。もうちょっとお休みかと思ってたけど」

「別姓にしましたので、これまで通り長峰でよろしくお願いします。ご迷惑おかけして申し訳ありません」

名字のことは式の前から言ってあったはずなのに、覚える気がないからなのかわざとなのか。どっちにしろむかつくけど、多分、わざとだ。

それに、残念ながら離婚することにしましたので、と言いかけたものの、言葉が出てこなかった。

まだ正式に離婚したわけじゃないし、今ここで言わなくてもいいか、と思ってしまったのが失敗だった。ある程度人が揃ったところで言うか、それとも年の近い先輩にこっそり言ってみんなに伝えてもらうか。

「あ、ル～ナ～、おかえりー」

後ろから誰かがぶつかってきて、首にぶら下がる。

そんなことをする人間はこの会社に一人しかいないから、振り向かなくてもそれが相澤深尋だとすぐに分かる。百七十センチ近くあるわたしより十センチ以上低い、小さくて可愛らしい女の子だが、それだけに後ろから首にぶら下がられると窒息しそうだ。

配属は本誌の方だけれど、同期入社で披露宴にも来てもらった、社内では一番の親友だ。仲の良さとは関係なく、べたべたするのもされるのも嫌いなわたしは、やんわりと彼女の腕を首から剝がし、振り向いた。

「ただいま。この間は、ありがとね」

両手で彼女の手をぎゅっと握りながら、言う。こうしておけば、接触を嫌がっているのだと思われにくいだろうと考えてのことだ。

深尋はにっこり笑って無言で片手を突き出してくる。

「……何？」

「おみやげ。ハネムーンの。タイに行ったんだっけ？」

すっかり忘れていた。

「……ああ。ごめん。向こうを出るときにまとめて送ったんで、今晩着くのよ。だから、明日ね」

そう答えながら、離婚することになってもやっぱり明日おみやげを配らなければならないのだろうかと考えていた。――買っちゃったんだから、しょうがないよね。お祝いをもらった人たちに、せめてもの謝罪になればいい。それともやっぱりこんなスピード離婚だと、ご祝儀返せって言ってくるだろうか？

「……出勤したんならしたで、仕事にかかってね。勤務時間に入ってるんでしょ」

柏木女史は顔も上げずにそう言った。フロアに入った時点で出社は記録されているから、彼女の言うとおりだ。

「はい。すみません」

そう答えつつ、そっと深尋の袖を引っ張って手近なパーティションの陰に引っ張り込む。

「何？　何？」

「……後で話したいことあるから、お昼一緒に。ね？」

「うん。いいけど……なに、新婚生活の悩み？」

のろけでも聞かされると思ったのだろう、いたずらっぽい目つきでわたしを睨み、肘でつつくふりをする。変に気を回されないよう、わたしもあえて否定せず、頷いておいた。

「うん。まあ、そんなとこ。じゃ、お願いね」

深尋に手を振って自分のデスクにつくと、すぐに端末を起動し、部内LANのスケジュールを確認する。案の定、わたしのところの「やるべきリスト」は山ほど溜まっている。何が「もうちょっとお休みかと思ってたけど」だ。これ以上休んでたら毎日十六時間働いたっておっつかない。

溜まっているのは本当につまらない、でも誰かがやらなければいけない雑用ばかりで、わたしは頭を空っぽにしてリストの上位——優先度の高い順——から一つずつ片付けては「済」のフォルダに放り込んでいった。

仕事の途中でも誰かにコーヒーやお茶を要求されると、サーバーまで取りに行くのはわたしの役目だ。ほんの何十歩か歩いていってカップに注ぐだけのことなのに、忙しい人たちにはそれすら時間が惜しいらしい。今は一番新入りだからある程度当然と思ってやっているけれど、同期や下に男の子が入ってきたらどうなるんだろう？　やっぱりお茶くみは女の仕事と言われそうな気がする。

「女の子は気が利くのが一番なのよ」というのが柏木女史の決まり文句だ。男性社員の何人かは逆に自分でお茶を入れたりするけれど、既婚の女性社員はまず若い女の子を見つけて頼む。自分がかつてそれをしていたからだろう。

「そろそろご飯行く？　まだ忙しいの？」

深尋が後ろから声をかけてきたのでふと気づくと、いつの間にか十二時半を回っていた。昼休みの方が捕まりやすいライターさんなどもいてなかなかお昼が食べられないことも多いが、今日残っている仕事はいつでも構わないものばかりのようだった。

「——ちょっと一休みしたいし、行くわ」

端末をスリープモードにして立ち上がる。当然スリープの間は休憩時間も自動的に記録されるし、わたし以外の人間が盗み見ることもできないシステムだ。でもこの会社は勤務時間に関してはそんなにうるさくないから、あくまでも評価はこなした仕事の質と量。それもLANにしっかり記録されているのだから、いくら上司が意地悪く査定しようとしたって実績は変わらない。まだまだ未熟なのは分かってるけど、頑張り甲斐はある職場だ。

「おごり？　おごってくれるの？」

並んで歩き出すと、期待に満ちた目でわたしを見るので、仕方なく頷いた。

「やった。じゃ、『アヴァンティ』のパスタコースでいい？」

「アヴァンティ」は、このビルの二階にあるバールで、昼も夜も編集部（特に女子）御用達の店だが、お金のないときには近寄らない。

「昼からコース？　ランチにしときなさいよ。太ってもいいの？」

ランチセットでも、同じ階にある定食屋の倍の値段だ。

「いいの。夜、軽めにするから」

ひどい話だけど、しょうがない。とにかくわたしはどうしても誰かに話を聞いてもらいたくて仕方がなかったのだ。コースにするというからには昼休みもたっぷり取るつもりなのだろう。

「アヴァンティ」に辿り着くと、ちょうど第一陣のランチ客が出て行くところで、待つことなく席に座り、パスタコースを二人分注文する。グラスワインは二人ともノンアルコールの白に変更してもらい、乾杯。

「改めて、おめでとう」

「ありがと……いや、それなんだけどさ」

わたしはテーブルに身を乗り出して言ってから、近くのテーブルに顔見知りがいてもおかしくない、と気づいてちょっと周囲を見回す。

大丈夫。今はいない。

「『それ』って、何？」

深尋は聞き返しながら、満足げにノンアルコールワインを口に含んで味わっている。

「――わたしたち、別れることにしたの」

最悪のタイミングだったのは確かだ。でも深尋も、あんなふうに見事にワインを吹かなくてもよかったと思う。

口からだけでなく、鼻からも吹き出たワインはわたしの顔目がけて飛び散り、顔や胸元、テーブルまでぐっしょりと濡らした。

「ひどい……ごほっ」

わたしが言いたい台詞を先に言ったのは深尋だった。どうやら吹き出すときに逆流したらしく咳き込んでいる。

呆然としている間に、気の利くウエイターが二、三人駆けつけてくれてテーブルや周囲を拭き、わたしたち二人は揃って化粧室に案内された。ワインが白だったことと、スーツの生地が撥水性の高いものだったのが不幸中の幸いだった。

鏡を前にひとしきり服を確かめ、化粧を直したところで深尋がうんざりしたように言った。

「――もう。つまんない冗談言わないでよ。あー、鼻の中が気持ち悪い。吐いた後みたい」

「冗談？　冗談なんかじゃないって。本当に別れるつもりなの」

わたしが改めて言うと、まじまじとわたしの目を覗き込む。

「――あのね。あなたと水元さんは特Aなんでしょ？」

「そうよ。そうだけど――」

「だったら、ふざけたこと言わないで！」

そう言って、洗面台に両手を叩きつける。

つきあいは短いけれど、深尋がこんなにも怒ったのは初めて見た。

「あたしなんか、もう中学の時から十年も登録してるのに、最高でBよ？　会う気にもなりゃしない。それが、一月は登録して、たった数ヶ月で特A！　それなのに、ハネムーンから戻った途端に別れたいって？――冗談やめてよ」

わたしには全然分からないけれど、特A判定の相手と結婚した、ということは、もしかしたら相当なステータスだったんだろうか？　Bの相手としか巡り合えないなんてことを深尋が辛く思っていたんだとしたら、わたしは余りにも無神経に「特A」だ「特A」だと言い過ぎたのかもしれない。わたしにしてみれば、占いでいい結果が出たのよ、程度のつもりで、決してそんなにひけらかしているつもりはなかったのだけれど——。

「お願い、ちょっとだけ落ち着いて聞いて。わたしたち——わたしと水元くんは、ゆうべ話し合って、離婚しようってことに決めたの。お互いのことを愛してないし、どうにも気が合いそうもない人だって気がついたのよ」

深尋はわけがわからないといった表情で首を振る。

「……気が……合いそうもないって……どういうこと？　だって、あなたたちは——」

「そうよ、確かに判定は特Aだった。でも、間違いってことだってあるんじゃないかと思うの。バグとかね」

「バグ？　PMのマッチメイクにバグなんてあるわけないじゃない！　そんなこと大きな声で言ったら大変よ！」

PMのことについて深尋とゆっくり話したことはないけれど、もしかすると彼女も第二世代なのかもしれない。彼女にとってPMを疑うなんてのはタブーなのかも。

厄介だ。唯一悩みを分かってくれて、必要なことがあれば手伝ってくれそうな友達だと思っていたのに。

「……水元くんも同じこと言ったわ。でも彼も、わたしと気が合わないってことは認めたの。離婚するって、二人で決めたのよ。覚えてると思うけど、彼、PM本社に勤めてるのよ」

その彼が離婚を決意したのだから、決してわたしの気が触れたのではないと分かってもらえるだろうと思ってそう言うと、深尋の表情は怒りから当惑、そしてある種恐怖ともとれるものに変わっていった。

「でも……でも、そんなことって……あるの？」

「他にもあることなのかどうかは分からない。水元くんも『間違いなんてありえない』って言ってたんだから、公式にはゼロなんでしょうね」

「公式には？　じゃあ何、PMが嘘をついてるって言うの？　特A判定のカップルの離婚率はゼロのはずじゃない」

「そういう話ね。――でも、そんなのって、おかしいと思わない？　結婚とか恋愛に、絶対、なんてことはないと思うのよ。そもそも遺伝子で性格が決まるのだって九十五パーセントだっていうんでしょ。なら、いくら特Aだっていったって、百組に一組くらいは合わないカップル、いて当然じゃない？」

「だからこそ特Aはレアなんじゃないの！　ルナは、自分がどれだけ運がいいか分かってない！」

再び怒りモードになりそうだったので、必死に宥めなければならなかった。

「分かってる分かってる。——とにかく、一旦戻ろ？　料理も来てるだろうし」

そう言って彼女を促しながら、どういうふうに話せば協力してもらえるのか、それともそもそも彼女にまず打ち明けたことが間違いだったのかと考えていた。とりあえずこの場では聞かなかったことにしてもらって、食事だけして仕事に戻った方がいいか？

気を利かせて待っていてくれたのだろう、席に戻るとちょうど一皿目の前菜が運ばれてきたので、わたしたちは急いで食べ、ほとんど無言でコースを次々と片付ける。

食後のコーヒーが来る前になってようやく、わたしは心を決めていた。

「あのね、深尋——」

「あたし思うんだけど」

珍しく深尋はわたしの言葉を無視し、目を伏せたまま言った。

「……何？」

「月の言うことには一理あるかもしれない」

「でしょ？　そうなのよ、だから——」

「人間の相性に絶対なんてことはないのかもしれない」

「そうよそうよ。そういうことなのよ」

「でも！」

きっ、と目をあげてわたしを睨みつける。

「……でも？」

「だからこそ、どんなにいい判定だったとしても、努力を怠っちゃ駄目だと思うの」

テーブルについた肘が、がくっと崩れそうになった。

「え」

「月はさ——それにもしかしたら水元さんも、特Aだっていう判定に胡座をかいて、お互いのこと、深く理解し合おうともしなかったんじゃないの？」

「そんなことない……と思うけど」

特Aという判定に流されて、自動的に結婚を決めてしまったというのは確かだ。でも、わたしはそれなりに自分自身の目と耳で彼のことを知ろうとしたつもりだ。彼の方は、わたしの肉体以外、さほど興味を示しているようには見えなかったけれど。

「それに、月は特Aっていうのを、誤解してるんじゃない？」

「誤解って？」

「ルックスも中身も最高で、仕事もばりばりやって稼いでる、そういう男の人を紹介してもらえるんだって、有頂天になったんじゃない？」

確かに、そういう感じはなくもなかった。しかしわたしは言った。

「もちろん、わたしだって分かってるわよ。相性が最高だっていうことと、相手の人がかっこいいかどうかは別だってことくらい。――でも、PMが色んな点を総合して、わたしの望みをかなえてくれるような相手を選んでくれたんだと思うのは、変なことじゃないでしょ？」

「あたしが言ってるのは、月がすっごい高望みをしてたんじゃないかっていうこと。その落差にがっかりして、水元さんのいいところとか、相性の良さみたいなものが見えなくなってるんじゃないかってこと」

「そんなことない！　そうじゃないの、聞いて、深尋。わたしは別に水元くんが、期待してたほどかっこよくないとか、そんなことどうでもいいの。趣味も性格も合わないのよ。見事なくらい。それって致命的じゃない？」

深尋はすべて分かっていると言わんばかりに大きく頷く。

「ルックスも、趣味も、性格も、同じことよ。あなたの期待と違った。ただそれだけ」

「……どういうこと？」

わたしは少し考えてみたが、やっぱり彼女の言わんとすることは分からなかった。

「いーい。一見、すっごく好みで、パーッと恋の炎が燃えあがるけれど、結婚してみたら全然合わなくって、あっという間に離婚って人たち、昔はたくさんいたらしいわよね？」

「……らしいわね」

もちろん今でも、そういう人たちが完全に絶滅したわけではない。

「子供まで作って、離婚して。また結婚して、離婚して。——PMがマッチメイクするのは、そんな夫婦じゃないってことは、分かるわよね？」

「……そうね」

離婚率が低いというのだから、そんな二人をくっつけるわけがない。

「ほら！　もう分かったでしょ？」

深尋は勝ち誇ったように言うが、わたしには相変わらず意味が分からなかった。

「何が？」

「もう！　PMは、末永くやっていける二人をマッチメイクするの。パッと熱くなってすぐ冷めるようなのじゃない。逆に考えたら、最初そんなにうまくいかないように見えるカップルもいてもおかしくないのよ。でもお互いよく知り合えば、ベストカップルなの。そういうことよ」

「えー」

言葉の意味だけ取れば何となく説得されそうだったのだが、水元くんの顔を思い浮かべ、わたしは首を振った。

「ありえない人って、いるでしょ？　それに、ルックスは別にしても、趣味も性格も合わないのに、どうやってお互いを理解できるの？　同じ話題で五分と話が続かないのよ？」

そう言うと深尋はたじろいだようだったが、意見は変えなかった。

「……だからそこで努力するのよ。相手が興味を持ってるものは一所懸命勉強する。こっちが面白いと思うものも何とか面白さを伝えてあげる。そういうもんじゃない？」

彼女の言葉はある意味正論だと分かっていた。でもそれなら、ＰＭのＢ判定――「歩み寄りの心を忘れなければ添い遂げることは難しくありません」と一体何が違うというのだろう？　判定がよくなればなるほど、そういった努力とか我慢とかが少なくならなければ、「相性がいい」などとは言えないのではないだろうか？　Ｂ判定のわたしの両親は、無理をしなくても恋に落ちたし、今も仲良くやっている。

「――わたしだってね、簡単にこんな結論に飛びついたと思わないでね。すごく悩んだの。決断がもっと早かったら、と後悔してるくらい。そしたら結婚なんか絶対しなかったんだから。結婚までしてしまって、ハネムーンで二人きりの時間を何日か過ごして、ようやく悟ったのよ。やっていけないって。分かる？　すごく、すごく辛かったの。努力で何とかなるんなら、そうしてるわよ。でも――無理なの。無理なのよ」

わたしは冷静に話しているつもりだったのに、段々と声が震え、目頭が熱くなるのを覚えていた。何で？　わたし――泣いてる？　まさか。

いつの間にか運ばれていたコーヒーに手を伸ばして口をつけ、その動作に紛れて、頬を伝う涙を手の甲で拭った。

気づかれないようにしたつもりだったが、深尋が急に黙り込んだところをみると、うまくはいかなかったらしい。

やがて消え入りそうな声が聞こえてきた。

「――ごめんね。偉そうなこと言って。嫌な人との結婚を我慢しろなんて言うつもりはないのよ。でもあたし、絶対に月に幸せになって欲しいの。せっかくの運命の人を取り逃がすようなこと、して欲しくないの。分かって」

「……うん。分かってる」

深尋はある意味素直で分かりやすい女の子だ。わたしの結婚を、羨ましく思っていたのは確かだし、先を越されたと悔しがっているのも見え見えだった。でも同時に、心から祝福してくれていたのも間違いない。

「――もう一度、よく話し合った方がいいと思う。何だったら、あたしが水元さんと話してあげてもいいよ？　きっと二人とも、今ちょっと普通の状態じゃないだろうし」

確かに彼女の言うとおりかもしれないと思えてきた。出会いから結婚式、ハネムーン、という人生の一大イベントに際し、わたしも水元くんも冷静な状態だったとは言えないだろう。そういう異常な状態だけを見て人柄を判断するのは間違っていたのかもしれない。

冷静な第三者の判断というのを仰いでからでもいいのかもしれない。

「――今晩、予定ある？　もしないんだったら、うちに泊まりに来てくれないかな。あの人と二人だけで過ごすのも気が重いし」

考えてみたら、わたしにはあそこ以外帰る家はないし、水元くんだってそうだ。ホテルに泊まってもいいけれど、自分からそれをするのはなんだか非が自分にあると認めるみたいな気がする。彼の方から、今日はホテルに泊まると言い出してくれればいいけど……。

「……うん。いいよ。じゃあまた、どっちか仕事が早く終わった方が声かけるってことで。ね？」

「うん。ありがと」

やっぱり、持つべきものは友達だ。そんなふうに思い、その時は気が軽くなったのだった。

3

自分のデスクに戻って端末のスリープを解除すると、メールのアイコンが点滅している。開いてみると、いくつか仕事のメールに混じって水元くんからのものも来ていたので、真っ先にそれを開いて読んだ。

『問題発生。至急TEL乞う』

古文かよ、と思うような文面に眉をひそめながら、わたしはすぐに電話をかけた——もちろん自分の端末で。

『遅いよ、月……長峰、さん』

「急用なら電話すればいいじゃない」

『……仕事中だったら、迷惑かなと思って』

こっちがかけるのだって同じことなのに、その気の回し方がよく分からない。

「それで、問題発生って、何」

『その……何て言ったらいいのか……離婚、するんだよね、ぼくたち』

「そうね」

深尋も加えてもう一度話し合うつもりではいたけど、話の流れに合わせてついそう答えていた。

『なかなか、難しそうなんだよね……離婚』

内容よりも、その言葉の歯切れの悪さに苛々した。

「難しそうって、どういうこと？　離婚届をもらってきて、市役所に出すだけのことでしょ？」

もちろん、その後、色々と大変だろうなと思いはするものの、今は考えたくない。とにかくすべては離婚してからのことだ、と昨夜は思っていたのだ。

『うん、まあ、そうなんだけど……何だか大変なことらしくて』

「離婚届をもらうのが？　それを出すのが？」

わたしは苛々が口調に出るのを抑えられなかった。何だか、人を苛々させる天才じゃないかと思えてくる。

『そうじゃないって。離婚届をもらうのも出すのも勝手だけど、もしそんなことをしたら……クビになるかもしれない』

あまりの意外な言葉に、わたしはしばし返事ができなかった。

「……はあ？　どういうこと？」

『ぼくの立場も分かるだろ？　PMの社員が、特A判定で結婚したってのに、一週間も経たないで離婚だなんてことになってみろよ。PMのマッチメイクの信用はガタ落ちだ。離婚したいんですけど、ってお客様相談センターに行ったらさ、緊急の役員会が開かれたんだぜ。さっきそこに呼ばれてさ、こんこんと諭されたよ。考え直せって。さもないとぼくの未来はないって』

むかむかしてきた。PMという会社のやり口にも腹が立つし、そんなことを言われておめおめと引き下がってきてわたしに泣きつく彼も許せなかった。もちろん、一流企業の職をあっさり投げ打って離婚届をもらってこいと言うのが、彼には少々酷だとは分かってはいたのだけど、そんな同情を遥かに超える怒りがわたしを支配していた。

「そんな不当な解雇が許されるわけないでしょ！　クビにできるもんならさせてみなさい

よ！　訴訟を起こせば絶対負けないはずよ」

『そんな！　訴訟なんて……天下のＰＭ相手に勝てるわけないだろ。ＰＭがクビと言ったらクビだよ。どうしようもない』

　わたしはなおも反論しかけて、口を噤んだ。彼の言うとおりかもしれない。資金力では比べものにならないし、国や政界のバックアップもある。少々の無理が通せる会社であることは確かだ。もし不当解雇を訴えて裁判を起こしても、控訴だ上告だで、決着するまでには何年もかかることだろう。その間、収入源がなければ、普通の人間は干上がってしまう。ＰＭもある程度のダメージは避けられないだろうけれど、それと引き替えにできるようなフェアな取引ではない。

　夫婦としてやっていけないからと言って、いきなり彼一人をそんな苦境に追い込むことにはさすがに抵抗があった。

　もしかしたら、ＰＭの社員は全員、特Ａ判定なのではないだろうか、とふと思った。職を人質に取られているがゆえに、どれほど相性が合わなくても離婚が出来ないという仕組みなのではと勘ぐったのだ。もし特Ａ判定のカップルのどちらか一人が全員ＰＭやＰＭの子会社の社員だったら、「離婚率ゼロ」もありえない話ではない。

　わたしは目を閉じて深呼吸してから言った。

「……今晩、友達連れて帰るから」

『え、何言ってんの？　人の話聞いてる？』

わたしは無視した。

「覚えてる？　会社の同期で、深尋っていう子。相澤深尋」

『……相澤……ああ、あの子。祝辞で泣いてた子だろ？　そんなに長いつきあいでもないのに、大げさな子だなあって思ったから、よく覚えてる』

その言い方が何だか刺があるように感じられて、わたしはちょっとカチンと来た。

「優しい子なの。親身になって相談に乗ってくれると思うから、離婚のこと、彼女だけに話したのよ。もう一度よく話し合うのに、同席してくれるって」

『もう一度よく話し合う、って？　離婚を考え直そうってこと？』

昨日あれだけ強く別れを切り出したのに、あっさりとそれを撤回するのもおかしいかと思い、わたしは素直に答えられなかった。

「離婚は、するわよ。だって、やっていけると思えないし。でも、色々とよく考えた方がいいのかなって」

『……そうだな。――じゃあ晩ご飯は、どうする？』

「深尋と二人で食べて帰る」

それくらい想像がつくだろう、と思いながらわたしは答えた。

『あっそ。ふーん。……じゃ、ぼくも食べて帰ることにする』

「そうして」

素っ気なく答えて電話を切ってから、首をひねった。

何これ？　離婚しようとしてるのに、わたしにご飯を作ってもらおうとしてたわけじゃないよね？

結婚前、一度横浜にある水元くんの家へお邪魔して、いたって家庭的なお母様（専業主婦）と一緒に台所に立ったことはあった。名目は、「水元家の味を教えてもらう」ということだったのだが、新妻のお手並み拝見という意図がそこにあったのは明白だ。

残念ながら、最低限のことしかできないわたしは、ただお母様の周りをうろうろとしながら食器を並べ、味見をしては「おいしい！」と賛辞を繰り返していただけだった（実際、悔しいことにおいしいのだ、これが。我が母の料理と比べても格が違うのだから、わたしなんぞに太刀打ちできるはずがない）。

それでも、結婚生活がいざ始まれば、基本的に食事はわたしが何とか用意するものという暗黙の合意があったのは確かだ。それがいちからの手作りなのか冷凍食品なのかデリバリーなのかはさておき。

仕事が仕事だけに、お母様は「きっとおいしい野菜の料理をたくさんご存じなんでしょうねえ」と皮肉なのかプレッシャーなのかよく分からないことを言っていたものだ。わたしは苦笑いを浮かべるしかなかった。

「長峰さん」

後ろから声を掛けられてびくっとした。

振り向くと立ってこちらを見下ろしていたのは、もちろん柏木女史だ。

「はい」

「長いお昼休みから戻ってきたと思ったら、私用電話？　『やるべきリスト』が山になってるのは見たでしょ？」

「はい、分かってます。これからバリバリ働いて遅れを取り戻す所存です」

ついい、いらぬ敬礼までしてしまった。

「……そう。とにかく頑張って。早く帰りたいでしょうけど、よろしくね」

「はい」

別に早く帰りたくなんかないんだけど、という言葉は今は飲み込む。

端末に向かうと、午前中を上回る勢いで仕事をこなした。離婚問題をいっときでも忘れていたい、という思いがいつになく仕事に集中させてくれたようだ。メールを書き、お茶を入れ、ライターさんに連絡を取り、社内のデザイナーとページレイアウトや特殊効果について話し合い（といってもまだまだ教えを乞う程度だが）、コーヒーを入れ、配信前の本誌をチェックした（これは本誌編集部だけでなく全社員の義務）。

どうにかこうにか六時には、今日しておかなければならない仕事は全部「済」のフォルダに放り込むことが出来た。帰る支度をして深尋を迎えに行こうと思ったら、彼女はすぐそこに立って待っている。

昼間食事をしたときと服が違うのでおやっと思った。昼間は地味なスーツだったのに、今は何だか旅行にでも行きそうなピンクベージュのドレッシーなワンピースだ。

「どうしたの、それ」

深尋はスカートの裾をつまんで拡げてみせる。

「ワインかかっちゃったでしょ。お泊まりならどうせ着替えもいると思って、『アリサ』のページで色々注文してたら、ついこれも買っちゃったの」

『アリサ』はここから歩いて十分くらいのところにリアル店舗もある、深尋のお気に入りのブランドだが、カタログページから注文したら、ものによっては数十分で届けてくれる。急に泊まりになったのだから着替えがいるというのは分からないではないが、それにしてもこの服は――。

「……可愛い、ね。うん。よく似合ってる」

ほんとに、彼女にはこういうのがよく似合う。わたしは似合わないのが分かってるから欲しいとは思わないけど。

「晩ご飯、何がいい？　そろそろ寒くなってきたし、あったかいものがいいかな？」

エレベーターに乗ると、わたしは訊ねた。夕飯もおごらなきゃいけないのかな、と思いながら。

「あったかいもの？……お鍋？」

「お鍋。いいかも。何鍋？　鶏？　ちゃんこ？」

「うーん……あ、そうだ」

彼女は何か閃いた様子で顔を上げる。

「何？」

頼むから、カニとかフグとか言わないでよね、と念じる。しかし彼女が言ったのは意外な言葉だった。

「お鍋だったらさ。新居で食べようよ」

「うん、いいけど……」

鍋くらいならわたしでもできるし、面倒くさければセットを買って帰ってもいい。『大地な生活』編集部員としては余り褒められた選択ではないのだけれど（セットものの具材のトレーサビリティはとにかくいい加減だから）。

「水元さんも一緒に呼んで、ね？」

「……えー？」

「そうよ。絶対それがいいと思う」

深尋は不気味な笑みを浮かべながら高らかに言うのだった。

第三章　給料袋

1

月（ルナ）からの二度目の電話を切ってからぼくは考え込んでしまった。

彼女の友達と一緒に鍋？

一体どういうことなのだろう。月は一体何を考えてる？　冷静になって話し合ったら、何とかうまくやっていけるかもしれない、そんなふうに考えているんだろうか。昨日の今日でそんな心境の変化があったとも思えないのだが、向こうから少しでも歩み寄ろうという気があるのなら、ぼくだって彼女を許してやらないでもない。

いきなり背中をどんと叩かれ、むせ返る。

「おい、水元。臨時役員会って、何だったんだ？　特Aの夫婦にご祝儀か？」

同じ営業二課の先輩、乾（いぬい）さんだ。がさつなのが少々問題だが、悪い人ではない。上には媚びへつらい、下には高飛車な人間が多い中、こんなにも後輩の面倒見のいい人は少ない。少しいかついご面相と歯に衣着せぬ物言いのせいか特に女子社員などの第一印象は余りよろしくないようだったが、そんな彼女たちにしても仕事面ではいつも彼を頼りにしているのだから、やり手なのは間違いない。

ぼくはすべてを打ち明けそうになったが、役員会でもきつく口止めされていたことを思い出し、ぐっとこらえた。離婚はするな、しようと思ったことも口にするな、さもなければ——というわけだ。

実際にしなくても、離婚しようなどと考えた特Aカップルがいたという風評だけでも、会社にダメージを与えるというのだった。

「ええ、まあ、なんかそんな感じで……」

言葉を濁しながら、ふと思った。月が友達を連れてくるというのに、こちらが一人というのは分が悪いのではないだろうか。友達の相澤というのがどんな子なのか知らないが、口のうまい子なのかもしれない。離婚するにしても、一方的にぼくのせいにされてしまうのではたまらない。クビになった上に慰謝料でも請求されるなんてことになったら踏んだり蹴ったりだ。それもこれもあの女が、結婚してしまってから文句を言い出したからだというのに。ぼくには断じて責任はない。こっちが慰謝料をもらわないといけないくらいだ。

「……乾さん、今晩、予定ありますか？」

乾さんはぼくより二年先輩だが、まだ結婚していないし予定もない。ＰＭに勤務している以上、登録はしていると思うのだが、まだ当分独身でいたいらしいことが会話の端々から伝わってくる。結婚するまでにたくさん恋愛をした方がいいんだなんて、役員が聞いたら眉をひそめそうなことさえ平気で言う。

結婚する前はよく晩飯に――というか飲みにつきあわされたものだ。

「予定？　いや、飯食って帰るだけだけど」

「……彼女が――月が今晩は鍋にするとか言ってるんですけど、乾さんも一緒にどうですか？　できれば泊まっていただくってことで」

「え？　いやいやいや。滅相もございません。ハネムーンから帰ってきたばかりのところにいきなりってわけには。いくら俺でもそこまで無粋じゃ」

大げさに手を振り、遠慮しているポーズを見せる。

「彼女も友達を連れてくるって言ってるんです。覚えてませんかね、披露宴で挨拶（あいさつ）した彼女の同僚で、すごく大泣きしてた子」

さすがにそんなことまでは覚えてないかと思ったが、意外な答が返ってきた。

「ああ、深尋ちゃん。覚えてるよ。二次会で結構喋（しゃべ）った。大人しそうで、可愛い子だったな」

披露宴でも二次会でも、主賓のぼくたちはとにかくプログラムをこなすことに精一杯でとても周囲を見ている余裕はなかったものだが、客はそうでもないということか。乾さんのことだから、しっかり品定めしていたのかもしれない。

「あの子が来るのか……ほんとにいいんだな？」

「いいも何も、できれば来て欲しいんですよ。鍋はたくさんでつついた方が楽しいし、ほら、男一人に女二人だと、バランスも悪いじゃないですか」

もちろんぼくは彼女らと対決することになるかもしれないと思っていたのだが、案の定乾さんは違う意味に受け取ったようだった。

「そうか。そうだよな。どうしても邪魔になったら、俺が彼女を家まで送っていってもいいわけだしな」

「そりゃもうお好きなように」

もちろん月と二人っきりになどなりたくはなかったので、そうなりそうだったら引き留めるつもりだが、とりあえず今はそう言っておいた。

「よし。じゃ、さっさと終わらせて、新居にお邪魔するとするか。――彼女……月さんはワインとか、好きかな？」

「え？　ええ、好き……だと思いますよ」

ハネムーンでも何度か口にしていたはずだから、飲めなくはないはずだ、と思いながらぼくは答えた。

「じゃあ何か買っていくよ。――五時半か。じゃあ、六時には出るからな」

乾さんはぼくの肩を叩くと、口笛を吹いているような口をして自分のブースに戻っていった。

ぼくは折り返し月に電話を入れた。

「あ、ル……長峰さん？　ぼくの方も、先輩を一人連れて行くから」

『え？　先輩？』

「ああ。乾さんっていって、いつもお世話になってる人。披露宴にも来てくれてた。だから食事は四人分用意しといて。じゃあよろしく」

『ちょっと、水――』

月が何か言いかけるのが聞こえたが、構わずぼくは切った。どうしても何か言いたいことがあるならかけ直してくればいい。何かよからぬ計画を企んでいたのかもしれないが、思いどおりにさせてたまるものか。

六時過ぎに会社を出て、品川駅に向かう。乾さんは駅ビルのワイン売り場にさっと入ったかと思うと、あっという間に袋を提げて出てくる。感覚的には十秒くらいだ。

「え、もう買ったんですか」

「ああ。新婚夫婦へのお土産で、適当なやつはって聞いたら、これですって言ったから」

「はあ」

特に急いでるわけでもないというのに、この決断力にはほとほと感心する。ぼくなら最低でも十個くらい候補をあげて、そこから絞り込んでいくだろうから、十分はかかるだろう。逆にそれくらい考えないと不安で仕方がない。

ほぼ満員の車内に乗り込んだ途端、乾さんが大きな声で聞いてきた。

「どうだ、本物の女はいいだろ、やっぱり？」

当然のことながら、周囲の目はぎょっとしてこちらを向くが、乾さんは気にもしていない。

「ちょっと、やめてくださいよ。こんなところで」

「何で？」

別にこれが嫌がらせというわけでもないのだから始末が悪い。

本当のことを打ち明けるタイミングを探っている間に、特急はあっという間に新居のある駅へと着いてしまった。

まあいい。なるようになれ。

2

ドアロックはもちろんぼくと月の静脈で登録してあるから指一本で開けられるのだけど、何となくそうするものかなと思ってインタフォンを鳴らした。月はどんな顔でぼくたちを出迎えるだろうと緊張していると、何のことはない、ドアを開けたのは月ではなく友達の相澤さんの方だった。改めてまじまじと見直したが、小さくて可愛らしい女の子だ。披露宴の時の服装を思い出した。あの時もこんな感じのピンクのドレスに身を包んでいたものだ。

「どうも、お帰りなさい。先にお邪魔してます。月、今ちょっと手が放せなかったんで。――あ、乾さん、ですよね。覚えてらっしゃらないと思いますけど、あたし――」

「深尋ちゃんだろ？ 覚えてるよもちろん！ ミトコンドリア占いで小野小町だった」

「覚えててくださったんですか。嬉しーい！――あ、寒いでしょう。早く中に入ってください。って、あたしが邪魔なんですよね、すみません」

そう言ってぺろりと舌を出しながら後ろへ下がり、甲斐甲斐しくぼくたちのコートと鞄を受け取ってリビングに持っていってくれた。

ぼくは靴を脱ぎながら乾さんに言った。

「何ですか、ミトコンドリア占いって」

「知らないのか？　ミトコンドリアDNAのタイプを十個に分類して、それぞれどんな性格を受け継いでるかって占う——」

「そんなことは知ってますよ。そうじゃなくて、そんなのが非科学的だってことは分かってるでしょうに。日本人のミトコンドリアDNAを辿ればそりゃ確かに九個や十個の群に分けられますけど、それで性格が分かるなんてことは絶対ないし——」

「女の子はそういうのが好きだって分かってんだろ？　話、合わせてくれる男とそうじゃない男、どっちが好感度高いと思う」

「そりゃまあそうですけど、相性が合わない相手と無理につきあう必要なんかないし——」

「馬鹿だなお前は。結婚は一人としかできないけど、恋愛は何人としたっていいじゃないか」

ぼくはショックのあまり立ちすくんだ。

「乾さん、まさか——自由恋愛主義者なんですか!?」

そういう思想を持つ人が今でも大勢いることは知識として持ってはいたものの、まさかそんな人がPM社員であるはずはないと思っていたのだ。

乾さんは顔を近づけて声をひそめる。

「人聞きの悪いこと言うな。俺は一夫一婦制を壊そうなんて思ったことないからな、誤解すんなよ。あくまでも、結婚するまでの話なんだから。結婚を決めるまでには、いっぱい恋愛した方がいい。そうだろ？」

「でもそれじゃ、ＰＭのマッチメイクは一体――」

「どうしたんですかあ？」

相澤さんが顔を覗(のぞ)かせて呼びかけたので、ぼくたちは口を閉じ、急いでＬＤＫへと向かった。

ダイニングテーブルでは、もう鍋が湯気を上げ始めていて、その傍らには瑞々(みずみず)しい野菜と得体の知れない魚らしきもののぶつ切りが盛られている。魚か、とぼくは少しテンションが下がるのを覚えていた。鍋と聞いて何となくしゃぶしゃぶか何かを期待していたのだった。

エプロン姿でキッチンから振り向いた月の姿に一瞬、胸が締めつけられる。本当なら、毎日こんなふうに彼女が笑顔で迎えてくれるはずだったのに。ぼくたちは今でも夫婦だというのに。

乾さんはそんなぼくの気持ちなど気づくはずもなく、いかつい顔を精一杯綻(ほころ)ばせて月に話しかけた。

「いやあ、立派な新居ですねー。改めて、おめでとうございます。これ、好みかどうか分かりませんが。ワインです」

　ちらっと、月がぼくの方に鋭い視線を向ける。言いたいことはよく分かった。『この人、離婚すること知らないの？』というわけだ。

　ぼくは微かに首を振って応えた。

　一瞬月は呆れたように天井を見上げたが、すぐに作り笑いを浮かべて乾さんの差し出すワインを受け取った。

「――どうも、お気遣いありがとうございます」

「さあさあ、もうすぐにでも始められますから、お二人は座ってください」

　相澤さんが勧めるままに椅子に座ると、ぼくと乾さんはリビング側に、キッチン側に月と相澤さんが座ることになり、何となく、予想どおり男性軍対女性軍の様相を呈してきたように思える。月がもらったばかりのワインの一本を開けると、相澤さんはそれを奪い取るようにしてみんなに注いでくれたので、何だか妙な雰囲気だなと思いつつ一応グラスを触れあわせて乾杯する。

「どうも、おめでとうございます」

　何の疑問も持たない様子で言った乾さんに続いて、小声で「……おめでとう」と呟く相澤さん。ぼくと月はちらっと視線を交わしたものの、困ったように「どうも」と言うのが精一杯だった。

「……おっ。アンコウですか。大好きなんですよ、アンコウ」

乾さんはグロテスクな皮やら頭やらを見つめて眼を細めている。

「アンコウ？」

これはアンコウだったのか。生まれたのは横浜だけれど、両親は元々九州で、アンコウなんて食卓に出たことはないし、この先も食べる気なんかなかった。嫌悪と落胆が声に出てしまっていたようだ。月がちらっとこちらに蔑むような視線を向けてから、乾さんに笑いかける。

「冬はやっぱりアンコウですよね。——水元くんも、食べてみたら分かるから。見た目は悪いけど、おいしいのよ」

「あたしも初めてなんです。食べられるかどうかわかんないって言ったんですけど、月が絶対おいしいからって」

と相澤さんはフォローを入れるように口を挟んだ。

「——あ、じゃあこれは、もしかしてキモですね？」

乾さんは目の前に置かれた小鉢を指して言う。各人の前に置かれた小鉢には、確かに魚の肝臓らしきものが大根の千切りと一緒に盛られている。

「さっきまで生きてた、純国産のアンコウだからね、生で食べられるのよ」

「生のアンキモ。高かったでしょう」

「そうでもないんです。深海魚の養殖技術も進んでるみたいだし。天然物の方が、寄生虫の心配があって生は危険なんですって」

何でそこまでして、こんなグロテスクなものを食べる必要があるのか理解できない。

「じゃ早速。——ん。うまい！　とろっとして、コクがあって、最高ですね。ワインじゃない方がよかったかな……」

そう言いながら乾さんは白ワインを口に運び一口含む。

「いや、意外といけますよ。これ合います。お店の人に無難なの勧めてもらっただけなんですけど、悪くない」

「そうですか？……あ、ほんとだ。合います合います！　おいしい」

月はアンキモとワインを味わいながら、ぼくが今まで見たこともないような幸せそうな顔をしてみせる。

そんなにおいしいんだろうか？

ちらっと相澤さんを見ると、彼女と視線が合った。どうも、彼女も少し気味悪がっているらしく、困ったような笑みを浮かべる。ぼくも笑い返し、アンキモに箸をつけた。

予想したほど生臭いわけではないが、生の肝の食感に、魚の脂の濃厚さが鼻をつき、急いでワインで流し込んだ。

「どうだ。うまいだろ？」

「……ん、んー？　ぼくはやっぱりちょっと、苦手かも」

「そうか？　こんなうまいもの、なかなかないぞ」

「もしよかったら、これもどうぞ」

小鉢を乾さんの方へ押しやると、彼は嬉しそうにしたものの、月がちらりと向けた視線はさらに冷たくなったようだった。

いいじゃないか別に、苦手なものがあったって。君にだっていくつかあるだろ？

ぼくはそんな言葉を飲み込んだ。

普段よく食べるものにはそんなに好き嫌いなんてない。こんな珍味が苦手でも、誰も困りゃしない。ちゃんとした奥さんなら、安上がりで済むって、喜んでくれたっていいはずだ。

と、相澤さんも同じ感想だったらしく、声を上げる。

「あ、あたしもちょっと苦手かも。月、食べて」

何となくだが、そんなに苦手ではなかったものの、わざとぼくに賛同してくれたように感じた。ちょっと笑ってみせると、嬉しそうな笑みを一瞬ぼくにだけ向けたのでドキッとした。

何だかとても可愛かったのだ。

「そう？——まあ、身の方は普通の白身だから、深尋も安心して食べられると思うよ。食べられたら、この皮とか唇のとことかも試してみて。美容にもいいし」

月は何も気づかない様子で鍋を用意し始めた。味噌仕立てらしい汁に、アンコウの身や皮や何だかよく分からない部位と野菜を放り込んでいく。

「味噌仕立てですか。はは──、どぶ汁ってやつですね。そういやあれは、この辺の料理だ
ったっけ。こっちの人に教えてもらったんですか？」

その時何やら月は奇妙な笑みを浮かべて、乾さんに目配せをしたのを確かに見た。乾さんは何か分かったというように頷いて、口を閉じる。

「何だよ、今の」

「……え？　何のこと？」

「何だか変な合図したじゃないか」

「合図？　合図って何のこと？」

あくまでもとぼけるつもりらしい。

「とにかく食べようじゃないか。な？」

乾さんまでごまかすようにして、鍋をつつき始める。

「ほら、この辺はすぐ煮える。──うん。うまい。味つけが最高ですね。この味噌と……味噌の味が」

「味噌と味噌ってなんですか」

「とにかく食ってみろって。最高だな、こんな美人の上に料理もうまい奥さんもらいやがって。おまけに相性は特Aと来た」

残りの三人に微妙な空気が流れる。

「あ、わたし、料理なんてほとんどできないんです。お鍋くらいは何とかなりますけど他はもう、全然」

慌てた様子で月が言い繕う。

「鍋ができたらいいじゃないですか。俺だったら、一年の半分は鍋でいいな」

何を調子のいいこと言ってんだか、と思いながらついぼくは訊ねていた。

「……残りの半分は？」

「残りの半分は、俺が作るさ。当たり前だろ？」

「──お料理、得意なんですか？」

「得意なんてことはないけどね。一人暮らしが長いもんで、それなりに作りますよ。まあ、酒の肴みたいなのばっかりですけどね」

心なしか月の目が輝いているようだった。その視線がぼくに移動してくると、途端にすっと冷たくなる。

「一人暮らし……？　じゃあまだご結婚は？」

「はあ。まだなんです。そろそろ身を固めないと、出世もできないって、言われてるんですけどね。これぱっかりは巡り合わせですから」

「でも、PMには登録されてるんですよね？」

勢い込んで訊ねたのは、相澤さんの方。

「ええ。でもなかなかいい判定の方とは会えませんね。B判定ってのは何回かありましたけど、会ってみたら何だか気持ちが動かなかったんで、申し訳ないけどお断りしました」

「B判定の相手を、全部断られたんですか？」

月は驚きというより、感心したような口調でそう言った。ある程度の年になればB判定でも出れば妥協するものだ。結婚が遅れれば出世も遅れるし、その後の家族設計にも支障を来す。

「向こうもね、あんまりこちらを気に入ってなかったようなんで、一方的に断ったってわけじゃないですよ。まあ、ご縁がなかったってことで。——ここだけの話ですけどね、俺はあんまり、PMだけに頼るつもりはないんです。最後に信用できるのは、自分の直感でしょう。直感を無視して後悔するより、信じて後悔する方がいい」

月がうんうんと大きく頷く。

「そうですよ！　わたしもほんと、そう思います」

「会社でそんなこと言ったら、出世できないどころじゃありませんよ！　分かってるんですか？」

ぼくはつい責めるように言ったが、乾さんがこんなふうな考えの持ち主だったということは、例のことを打ち明けるのには都合がいいのかもしれない、と気づいた。

「会社では言わないさ、決まってるだろ。……早く食べないと煮え過ぎてうまくない」

そう言うと、乾さんは目の前の相澤さんの器を取って、身やらネギやらを丁寧によそって手渡し、続いてぼくにもよそってくれた。

「ほら、月さんも」

「いえいえ、お客さんにそんな——自分で入れますから」

ぼくは恐る恐る出汁をすすってみた。確かに悪くない。白身の部分は、グロテスクな元の姿を想像しなければただの魚だ。パクッと口に入れ、さほど味わうことなく飲み込んだ。

「どうだ？　うまいだろ」

「ええ、まあ」

実際それは、濃厚な旨味があってなんとも言えずうまかった。

「どぶ汁ってのは、この辺の郷土料理でな、最近あんまり作る人もいないって聞いてたんだけど、養殖アンコウのおかげでまた作れるようになったってことなのかな」

何か言いたいことがあるらしく、ちらちらとこちらを見ながら話しかけてくるのだが、何を言いたいのかよく分からなかった。

乾さんはぼくがさらに鍋に箸を出すのを待ってから、にやりと笑って言った。

「どぶ汁を作るには、キモが不可欠だからな。この出汁がうまいだろ？　キモを潰して溶かし込んであるからさ」

ぼくは箸を止めた。

「……ここに、キモが入ってる……？」

「食べてみて分からなかったか？　いい味が出てるだろ」

「なんで先に言ってくれないんだよ！」

ぼくは月に向かって言った。

「だって水元くん、先に言ったら食べないかもと思って。おいしかったんだったら、いいでしょ。――ねえ？」

月は全然悪びれる様子なくそう言って、乾さんと頷き合っている。さっきの妙な目配せはこれか、とようやく気がついた。

なんて女だ。人を騙して面白がってるんだ。

「……もういい。食欲なくなった」

「まったく、お子様の口なんだから」

月がぽつりと呟く。

「何だよ、お子様の口って」

「……お子様の口だからお子様の口だって言ってんの。魚は嫌いで肉が好き。カレーだっていつでも甘口、匂いのきつい野菜は全部ダメ――それってお子様の口でしょ？」

「そ、そんなの、勝手だろ！　君だって好き嫌いくらいあるだろ！」

「ないわ」

月は平然と言い放った。

「嘘つけ！」

「嘘じゃないもん。好き嫌いなんかないもん」

「お願いだからもうちょっと仲良くやろ。そのためのお鍋なんだし」

と相澤さんが妙なことを言いながら、大して減ってもいないぼくのグラスにワインを注ぎ足したので、つい勢いで少し飲んでしまった。

「……もうちょっと仲良くって……？」

乾さんが不思議そうに聞き返す。

「ご存じないんですか？　月と水元さん、別れるって言ってるんです。だから、何とかならないものか、ゆっくり二人の話を聞いてあげようと思って……それでお鍋にしたんです。でもやっぱり、あたしじゃ無理だったのかな」

相澤さんは泣きそうな顔をして言った。

「なん……だって」

当然のことだが、乾さんはあんぐりと口を開け、きょろきょろと瞳だけを動かして、ぼくと月を交互に見つめていた。

「何かの冗談か？　そうだよな？」

月が責めるような視線でぼくを見ていたので、仕方なく口を開いた。

「……いやそれが、冗談ってわけでもないんです」

「だってお前たちは特Aだろ？　なのに何で――」

「そんなの関係ないんです！　わたしたち、合わないんです。結婚しちゃってから、気づいたんです、どうしようもなく合わないって。今もご覧になってて、分かったでしょ？　何から何まで趣味は合わないし、この人と話してると、何だか苛々してくるんです。だから昨夜、二人で話し合って、離婚するって決めたんです。それなのに水元くんは、会社が許してくれないとかなんとか言って――」

「くれないとかなんとかってなんだよ。本当に許してくれないんだよ！　クビなんだよ、クビ！　離婚したらクビなんだ。君がその責任を全部取ってくれるんなら、喜んで離婚してやるよ。ぼくの一生分の給料、払ってくれるのか」

「ちょっと待て！」

乾さんが立ち上がって叫んだので、ぼくと月は口を閉じて彼を見上げた。

しばしの沈黙の後、彼が言った。

「落ち着いて、最初から説明してくれ」

「だからわたしは――」

「月が昨夜突然――」

乾さんが指揮者が最初にするみたいに両手を振り上げたので、ぼくたちは言葉を切った。

「――まず、水元から。月さんは口を挟まないように。反論は、後で聞きます。さあ、話せ」

そう言って乾さんがどっかり椅子に座ったので、ぼくは説明した。

途中、何度も月は口を挟みたそうにしたが、我慢していた。やがてぼくの説明が終わると、堰を切ったように彼女は罵倒としか言いようがない「補足説明」を始める。彼女の話を聞いていると、自分が恐ろしくダメな人間になったような気がしてくる。しかし、いつでも訂正はできる、とぼくはあえてぐっとこらえて黙っていた。

二人の話を聞き終わると、乾さんはふうっと息を吐いた。

「――まだ信じられないな。特Aの二人が、別れたいだなんて」

「でも乾さん、さっきおっしゃいましたよね？　ＰＭにだけ頼るつもりはない、直感を信じるって」

月が救いを求めるような表情で言った。

「……確かにそう言ったし、思ってるけど……でも特Ａってのはな……」

「特Ａは信用できる、そうおっしゃるんですか？」

「……他の判定とは違う。何しろ、百パーセント結婚して、離婚率はゼロなんだから。ＰＭだって余程の確信があるからこそ出せる判定だ」

「でも、水元くんは、離婚したらクビだって役員会で言われたんですよ？　これって脅迫じゃないですか！　ＰＭがあの手この手で離婚を引き留めてるから離婚できる人がいないだけなんじゃないですか？」

「ああ……役員会に呼ばれたのは、その件だったのか……」

反論したいところだったが、自分自身が脅された今となってはそれもできない。

「ええ。実は、そうなんです。きつく口止めもされたんで、乾さんに打ち明けたものかどうかも迷ってたんですが……」

ぼくは少しすまなそうに頷いた。

「離婚したらクビ……か。そりゃひどいな」

「そうでしょう？　訴えたら、こっちが勝つに決まってると思います」

月は鼻の穴を膨らませて言う。

「……ＰＭと裁判？　そりゃ無理だ。話にならない……と思いますよ。それに、裁判するのは水元一人だ。離婚してしまえば、月さんには彼のクビは関係ない話ですからね」

そのことは気づいていなかった。確かに、もし本当にぼくたちが離婚した後、ＰＭをクビになったとしたら、ＰＭと戦わなければならないのはぼく一人だ。月がいたからって勝ち目のある戦いではないが、ぼくだけが辛い目に遭うのは理不尽としか言いようがない。

「やっぱりダメだ！　離婚は無理だ。無理なんだ」

絶望的な気分でそう口にすると、月はきっ、とぼくを睨んだ。

「じゃあ何。このまま一生我慢して生きていけって言うの？　わたし水元くんのこと、今は全然愛してないけど、一生一緒にいなきゃならないってことになったら……憎むようになると思う」

あまりにひどいその言いように、ぼくは心底腹が立った。何で憎まれなきゃならない？何にも悪いことしてないのに。

「ねえねえ。形式的には結婚したまま、別居すればいいんじゃないかな？　ね？」

相澤さんが手を挙げて発言すると、月も少し考えて頷く。

「……現実的には、それしかないのかな。わたしはそれでも構わないけど」

ぼくは慌てて言った。

「ちょっと待てよ。離婚すれば再婚できるけど、結婚したまま別居って……つまり永久に再婚──結婚できないってことじゃないか」

「仕方ないじゃない」

大したことではないように、月は肩を竦める。

「だってそれじゃ、子供は？　子供はどうするんだよ！　子供がいなきゃ、家庭とは呼べない！」

「……別にわたしは、子供いなくてもいいし、家庭が必要だとも思ってないもの。一生一緒にいたい、と思える人に出会えたらいいなと思うけど、出会えないなら無理に結婚なんかしたくない」

ぼくは呆れてしばらく口が利けなかった。

「自分の遺伝子を残すのは、国民の──ていうか、人類の義務だろ！　いや、本能だよ！」

「本能が壊れてて悪かったわね。たくさんいるんだから、たまにはこういう不良品も出るわよ。当然でしょ」

不良品、という言葉にぼくはカチンと来た。ぼくと彼女はＤＮＡレベルでベストマッチングと判定されたのだ。ぼくにあてがわれた人間が不良品なら、ぼくも不良品ということになりはしないか？

「君が不良品だってことがはっきりしてるんなら、返品できるといいんだけどな」

「何ですって？　返品はこっちがしたいって言ってんの」

「不良品だって認めたのはそっちの方だぜ。ぼくはどこにも問題なんかない」

「問題がない？　言わせてもらえば——」

「分かった！　よく分かった！」

乾さんはぼくの両肩に指を食い込ませながら立ち上がって言った。どうやらお互い今にも摑みかからんばかりだった様子で、見ると月の肩にも相澤さんの手がそっとかかっている。

「……二人がとことん合わないのはよーく分かったから、頭を冷やして冷静に話し合おうな？　喧嘩したって何の解決にもならん」

月はばつの悪そうな顔を背ける。

「まともな結婚生活が送れないのははっきりしてるから、ともかく当面は別居をするしかないのは確かだが、それも根本的な解決とは言いがたい。何とかして結婚解消の道を探らないと、この調子じゃどっちかがどっちかを殺しかねない」

「え？」

ぼくと月はふとお互いを見合った。

……殺す？

「いやいやいやいや！」

「それは――」

「ないよな」

「ないわよ」

お互いそう言いながら、瞳の奥を探らずにはいられなかった。月さんみたいな人がそんなこと、するわけがない。

「いやもちろん、本気で言ったわけじゃありませんよ。冗談のつもりなのは分かっているが、何だか気に入らない。応援をしてもらうつもりでわざわざ連れてきたのに、これじゃ誰の味方だか分からない。

乾さんが少し慌てた様子でフォローする。――こいつの方は分かりませんけどね」

しかし、一旦頭を冷やした方がいいというのは彼の言うとおりだ。月と言い合いをしたって状況が好転するわけではない。

「とりあえず食べよう、な。ワインも飲んで」

しばらくぼくも月もなるべく言葉少なに食事をし、ワインを飲んだ。直接何かを言えばすぐまた喧嘩になりそうだったからだ（気持ち悪いと思ったどぶ汁も少しずつ舐めるように食べているうちに案外いけると再確認し、最終的には結構な量を食べた）。気を使って相澤さんはしきりにぼくに話しかけ、乾さんは月に話しかけた。

食事があらかた済んだところで自然と居間の方へ移動し、さっきは開けなかったもう一本のワインを開けていた。ぼくと月がなるべく距離を取ろうと対角線に座ると、ぼくの隣には相澤さんが、月の隣には乾さんが腰かけた。

「どうぞ」

「あ、ありがとう」

なくなりかけたグラスに素早くワインを注いでくれる相澤さんの赤く火照った顔が驚くほど近くにあり、ぼくはどぎまぎした。

「相澤さん……暑い？」

「あ、いえ、そんなことないです。あたし、お酒弱いから……」

そう言って顔を伏せ、熱くなった頬を冷やそうとするみたいに掌を押し当てた。

可愛いよなあ、やっぱり女の子はこれくらいの方が――そう思いながらちらりと月の方を見やると、彼女はソファに背中をどっかりと預け、足を組んで踏ん反り返っていた。一人分ほどの距離を空けて座っている乾さんは、見惚れたように完全に彼女の方を向いている。

まさか乾さん――いやいや、そんなはずはないだろう。見た目はともかく性格が最悪だってことはさんざん見せつけられたんだし。

待てよ。

急速にぼくは酔いが醒めてゆくのを感じていた。

もしかしたら、これはチャンスだ。そうじゃないか？

万が一、乾さんが月を好きになったら――彼女と結婚したいと思うようになったとしたら？

彼には、ぼくたちの離婚に真剣に協力する理由ができるってことになる。

もちろん彼ら二人の判定がどんなものかはＰＭに聞かない限り分からないが、この二人なら少々悪い判定が出たって気にしないだろう。

ぼくは深く考えずに、今度は相澤さんの方を見ていた。彼女もそっとぼくの横顔を見ていたらしく、慌てた様子で視線を逸らす。

今のところ特にそんな様子はないけれど、乾さんと相澤さんがくっついてしまうようでは、二人ともにぼくらの離婚は他人事だ。それを避けるには、やはり乾さんには月の方を見ていてもらったほうがいい。とすると相澤さんには……？

彼女がぼくたちの離婚に役立ってくれるかどうかは疑問だったが、乾さんの気を引くようなことはしないでいてほしいものだ。幸い、同情からか何なのか、今のところ乾さんよりはぼくに関心を持ってくれているようだから、これを利用しない手はない。

「……相澤さんって、優しいんだね」

ぼくはなるべく寂しげに聞こえるよう、ぽつりと呟いた。

「そんな……普通ですよ」
「相澤さんみたいな子なら、きっといい奥さんになれるだろうなあ……」
「ええっ、そう……だといいですけど」
素直に照れる反応も可愛らしい。しかし、月の耳にも届いていて神経を逆撫(さかな)でしている
だろうことも計算ずくだ。
「どうせわたしは優しくもなきゃいい奥さんにもなれませんでしたよ！　はっ！」
と、ここですかさずぼくは珍しく殊勝に謝ってみせる。
「――ごめん、そんなつもりで言ったんじゃないんだけど。月だって――長峰さんだって、
きっといい奥さんになるんだと思うよ。本当にぴったり合った相手とならね。でも残念な
がらそれは、ぼくじゃなかった。ぼくには君を受け止めてあげることができなかった」
受け止めてあげることができなかった――このセリフは、よかったんじゃないだろう
か？　心から申し訳ないと思ってる感じが出てたんじゃ？
「……なんで突然殊勝なフリしてんの？　何か企んでるんでしょ」
酒で据わった目をこちらに向け、月は鋭い質問を向けてくる。
いつもはこっちの気持ちなんかこれっぽっちも汲(く)み取らないくせに、どうしてこんな時
だけ考えてることが分かるんだ？
ぼくは怒りをぐっとこらえて言った。

「企むも何もないよ。正直な気持ちだ。――乾さんみたいに、もう少し進歩的な考え方ができてたらよかったのかもしれないけど、ぼくみたいな〝第二世代〟には無理だ」

「水元さん、〝第二世代〟なんですか？」

相澤さんが訊ねてきた。

「うん、そうだけど……」

ぼくが答えると彼女はぱちんと両手を合わせた。

「あたしもそうなんです！　うちの両親、特A判定ですっごく仲がいいものだから、子供の頃からずっと特Aに憧れてて……」

「特Aだったんだ。凄（すご）いね」

そう答えてから、自分たちもそうだったんだと思い出す。

「あ、えーと、その……」

「あたし、月から、水元さんと別れたいって聞いて、考え直すように説得するつもりでした」

相澤さんは考え考え、話し始めた。月も乾さんもちょっと姿勢を正して耳を傾ける。

「でも、ここに来てお二人の様子を見てて考えが変わりました。何があったのか分からないけど、判定にミスがあったんだって。お二人が特Aのカップルであるはずがないって」

「だからそう言ったでしょ？　ね？」

大きく頷く月に、ぼくは「判定ミスなんてありえない」と言いかけて口を閉じた。今そんな議論をしても意味はない。

「きっと、凄く低い確率だと思うけど、たまにミスはあるのよ。運悪く、月と水元さんはそれに当たっちゃった。そういうことなのね」

何だか妙に嬉しそうに、相澤さんは何度も頷く。

「……もしそうだとしても、ＰＭは絶対にそんなことは認めないだろうけどね」

と乾さんが口を挟み、問題点を思い出させてくれた。

結局は、ＰＭ自身が問題の元凶であり離婚への最大の障害なのだ。

「何とか、ＰＭに離婚を認めてもらう方法はないもんでしょうか？」

ぼくよりは会社にもシステムにも詳しいだろう乾さんなら、何か思いついてくれるかもしれないと思って聞いてみた。

「一つ、なくはない」

「ほんとですか」

ぼくと月が同時に身を乗り出すと、乾さんは慌てた様子で手を振った。

「ああ、そんなに期待してもらっても困る。まだ具体的なアイデアじゃないんだ」

「具体的じゃなくてもいいです。何か考えがあるんなら、教えてください」

月がそう言って、乾さんの膝に手を置いたので、ぼくは一瞬むっとしたが、すぐにいい兆候だと思い直した。案の定、乾さんは少しどぎまぎした様子で月から目を逸らす。

「PMにとっては、特Aのカップルが離婚、なんて事態が好ましくないのは当然だ。でも、離婚しようがしまいが、実際問題、特Aのカップルの相性が最低だとしたら、そんなことを公にされるのは絶対に避けたいわけだ。離婚したらクビだ、と言うことはまだ許されたとしても——いや、そんなことは許されないんだが——仲良くしなければクビだ、なんてことは言えないだろ？　そこに取引の余地があるかもしれない」

「取引の……余地、ですか？」

ぼくは理解できずに聞き返した。

「そうだ。お前たちの仲が悪いこと——恐ろしく仲が悪いことがマスコミに漏れるくらいなら、そっと静かに離婚する方を選ばせてくれるかもしれない。その方が会社に与えるダメージが少ない、と思わせることができればな」

「……脅迫、ってことですか」

「それはちょっと人聞きが悪いが、まあ、そんなようなことだ。会社のやり口だって、とてもじゃないが褒められたもんじゃない。それに対抗するには、こっちもある程度腹をくくらなきゃならないだろう」

確かにそうだ。ＰＭが恐れているのはイメージダウンなのだから、それを逆手に取らない手はない。

「じゃあどうしたらいいんでしょう」

「さあそこだ。お前は、ＰＭを騙して、うまく離婚できればそれでいいってわけじゃないだろ。その後も、ＰＭで働いて、順調に出世していきたいんだよな？」

「そりゃもちろんです」

「じゃあ、何と言ってもしこりが残っちゃまずい。こちらには何の悪意もないことを示しつつ、あくまで円満に、取引をしなきゃならない。それは——難しいだろうな」

「難しいですか」

「ああ。でも、俺の見るところ、不可能じゃない」

乾さんはぼくたちを見回し、自信ありげに言った。

第四章　子の心、親知らず

1

翌朝、わたしたち四人は赤い眼をして一緒に朝食を摂(と)り、一緒に出勤した。わたしと深尋(みひろ)は寝室で女子高生みたいに遅くまでお喋りをしていたのだが、男性陣も同様だったらしい。お喋りというよりは、ただお酒を飲んでいただけかもしれないけれど。

電車から降りるとき、わたしは乾さんに向かって頭を下げ、深尋は二人に――主に水元くんに対してのように見えたが――手を振った。

電車を見送りながら、深尋が言う。

「水元さん、素敵じゃない。あれで不満だなんて、月(ルナ)、贅沢(ぜいたく)だよ」

「また言ってる。だから、別にわたしはあの人の外見とか第一印象とかで文句言ってるわけじゃないんだって。どうして分かってくれないの？」

「ふーん。――じゃあさ、もし二人の離婚がうまく行ったら、あたしが水元くんもらっちゃってもいい？」

わたしはぎょっとして深尋を見返した。

「本気で言ってるの？」

「うーん、まあ……半分くらい本気かな」

ちょっと冗談めかして答えたが、わたしの知る限り、こういう時の深尋は本当の本気だ。深尋はさらに驚くような言葉を付け加える。

「だって、水元くん、キュートじゃん」

キュート？ 一体彼のどこをどう見たらそんな言葉が出てくるのかわたしには理解できなかったが、あえて異論は唱えなかった。彼女がそんなふうに思ってくれていれば、わたしたちの離婚にも協力してくれるだろう。

ただ、一言釘(くぎ)は刺しておかねばならなかった。

「あのさ、分かってると思うけど、くれぐれもこの件は誰にも言わないでね。会社の人には特に。たとえうまく離婚が成立しても、わたしから発表するまでは黙ってて」

「分かってるわよー。あたしの口が固いの、知ってるでしょ？」

そんなことは知らない。わたしが何か秘密をばらされた、ということがないので（というか、そういう事実を確認していないので）、彼女の口が緩いとも思ってないけれど、あちこちから色んな噂話を拾ってきては披露してくれることを考えると、そんなに信用できるタイプとも思えない。といって、こんなことを相談できるような相手が他に誰もいなかったのだから贅沢は言えない。

「絶対誰にも言わないでね」

改札に向かって歩き出す深尋を追いながら、わたしは念を押した。

「大丈夫だって。月はほんと心配性なんだから」

——わたし、心配性かな？

一瞬そんなことを真剣に考え込んでいるうち、深尋はずんずんと先へ進んでしまっていた。

その日も前日に引き続き仕事が溜まっていたので、しばらくの間わたしは離婚問題を頭から追い出して機械的に業務に専念した。昼休み前に、柏木女史から珍しくこんなお褒めの社内メールをいただくまでは、ほとんど忘れることに成功していたくらいだ。

『よく頑張ってるようね。いい結婚はお互いを高め合うものですからね。これからもその調子で』

何だこのメール。そっと腰を浮かせてパーティションの上から柏木女史のデスクを見ると、タイミング悪くすっと顔をあげた女史とばっちり目が合った。仕方なく礼のつもりで頭を下げると、向こうも軽く頷く。『いいのよ。気にしないで』と言わんばかりだ。

思い出したくないことを思い出させられたという以上に、その勘違いっぷりが何だかむかつく。わたしが今まさにそのことで悩んでいるのだと教えてやったら、彼女は一体何と説教するだろう。そう思うとすべてをぶちまけてしまいたくなったが、もちろん、離婚なんて考えるのもどうかしてるとか、マリッジブルーじゃないのとか言うのは分かり切ってるし、悪くすると仕事の評価まで下げられてしまうかもしれないから、すぐにそんな考えは頭から追い払った。

そうだ。水元くんのように、離婚したらクビ、なんてことまでは言われないとしても、わたしだって離婚はきっと仕事面でもマイナスに響くだろうと今さらながら気がついた。柏木女史なら、それをわたしの人格的欠陥のせいだと判断してもおかしくないし、昇進だって望めなくなるかもしれない。

では、ゆうべ深尋が提案したように、実質別居ということで我慢するべきなんだろうか？――わたしは別に再婚できないことについてはさほど問題視していないけれど、やっぱり長い間欺瞞(ぎまん)的な生活を続ければ、きっとどこかに無理が生じてくるだろう。それよりはすべてをオープンにして、そのことによる不利益は堪え忍ぶしかない。その方がすっきりする。

あれこれ考え出すと仕事が手につかなくなったので、休憩を取ってそのまま昼ご飯でも食べに行こうと、端末をスリープにして立ち上がった時だった。

何だか妙な視線を感じて柏木女史のデスクを振り返ると、見慣れない男の人が彼女と話をしながらこちらをちらりと見ていて、わたしの視線を避けるように顔を背けたのだった。

何だか葬式帰りの人みたいに見えたのは、黒いスーツのせいだけでもないと思う。今は背中しか見えないにもかかわらず、悲しげな、それでいて何だか忌まわしい雰囲気を漂わせているのだ。

——いやきっと何か神経が過敏になっているのに違いない、そう思ってわたしはあえて威勢よく歩いてエレベーターホールに向かった。

深尋も特に何も言ってなかったので、今日は一人で安上がりに済ませるつもりだった。そうそう毎日高級ランチをたかられていたのでは財布が持たない。こちらは結婚のおかげで貯金（自分で稼いだものじゃないけど）もあらかたなくなっているというのに——。結婚にかかった諸々（もろもろ）の費用のことを思い出すとまた暗い気分になった。それは水元くんも同様なのだから、ちょっと申し訳ない気もする。

地下のレストラン街に降りてわたしが選んだのは、カウンターのおにぎり屋さんだった。安い値段の割に、おいしいお米をその場で握ってくれる店なので重宝している。お米はもちろん『大地な生活』も推奨しているナンバーワンブランド米・スーパーフジだ。病気に強く、害虫を寄せ付けない無農薬米なので自然環境にも優しいし、何よりおいしい。遺伝子組み換え作物に対する根強い抵抗感も最近ではほとんど消えつつあって、「農薬よりまし」とこれを選ぶ人の方が多い。

三種類のおにぎりとシジミの味噌汁、それにほうれん草のおひたしを食べて、とりあえずお腹は満足する。できればカフェでお茶したいなと思いつつ、ウォレットのチャージ残高を思い出して、会社のコーヒーサーバーで我慢することにした。

おにぎり屋さんを出て、何気なく、会社へ戻るのとは反対側を振り向くと、さっきの黒スーツらしき背中が見えた。何だかすごく不自然に、トンカツ屋のディスプレイを食い入るように見つめている。まるでわたしが出てきたものだから、慌ててそっちを向いたかのように。サングラスまでかけていて、同じ人かどうか自信はないが、怪しいことこのうえない。

わたしはまだ昼休みはたっぷり残っていることを確認して、何気ない足取りでエレベーターのある方へ向かい——そしてそのまま通り過ぎた。

駅へと向かう地下街を歩きながら、わたしは時折ファンシーショップやショコラティエの前を通りかかるとわざと興味があるふりをして立ち止まってディスプレイを覗き込み、そっと後ろを振り返る。

目の隅で、何気ない振りを装いつつもついてきている黒スーツがはっきりと確認できた。

間違いない。わたしは尾けられているんだ。

まさか、ＰＭがわたしの様子を探りに来たというのだろうか？　もしそうだとしたら、柏木女史にはもう既に、わたしたちが離婚するつもりだということも伝わってしまっているのかもしれない。

一瞬頭にかあっと血が昇ったが、まだそうと決まったわけじゃない、と必死でそれを静めた。

そうだ。もしあの男がＰＭに雇われて様子を探りに来たんだとしても、わたしたちの離婚は極秘事項のはずだ。何よりも評判が落ちることを気にしているんだから、軽々にそのことを第三者に明かすはずがない。わたしの様子を聞き出すにしても、何か別の理由をつけて面会したのではないだろうか。

あるいはＰＭとか離婚とかとはまったく関係のない理由で、変な男に目をつけられただけなのかも。それって、どっちの方が嫌だろう？

しばらく考えたが、答は出なかった。

さらにわたしは歩き続け、とうとう大手町駅の改札までやって来てしまった。改札で立ち止まり、ちらっと横目で後方を見ると、人の陰に隠れようとしている黒スーツがいた。きっと、何しにここまで来たのかと訝しんでいることだろう。

えい、仕方がない、とわたしは改札を通り抜けた。そのままどんどん進んで、人の隙間わたしは慌てた様子の黒スーツが改札を走り抜けていた。わたしは怖くなって、人の陰で身を縮めながら、ちょうど滑り込んできた電車に飛び乗りドアの脇に隠れた。

もし男が後を追って飛び乗ってきたら、すぐさまそのドアから飛び出るつもりで、どきどきしながら待っていた。そんなわたしが不審な気配を発していたのか、周囲の人はちらちらとこちらを窺う。

ドアが閉まって動き出して、わたしはドアの窓から片目だけ出してホームを覗いた。見当たらない。まさか、別の車両に乗り込んだんじゃ——そう思ったとき、いきなり目の前にサングラスの顔が現われてわたしはドアから飛び退いた。

乗り損ねた男が、電車と一緒に小走りに走りながら中を確かめていたのだ。

ぎょっとした様子で立ちつくす男が急速に後ろに消えていった。

気づかれた。わたしが尾行に気づいていたことにはっきりと気づかれてしまった。

どうしよう。これからわたしはどうしたらいいんだろう。

電車は、このまま乗っていればＰＭ本社のある品川に着くことに気づいた。もしかすると無意識にそのことを考えていたのだろうか？

まず乾さんの顔が浮かんだ。水元くんの顔ではなく。

そのことに若干の罪の意識を感じてしまい、次いで、そんなものを感じる必要などないのに、とむっとした。

水元くんではなく乾さんに相談した方がいいと思われる理由をわたしは考えてみた。

1.乾さんの方が先輩なのだから、水元くんよりPMのことに詳しい。

2.そもそも、乾さんの方が頼りになりそう。

3.………。

あ、そうそう。3.水元くんはわたし同様監視されているかもしれない。

これだけ理由が揃えば充分だ。わたしは迷わず、昨日登録しておいた乾さんの番号に電話をかけた。

『乾ですけど、どうかした?』

ほとんど昨晩が初めてみたいなものなのに、いきなり電話をかけてくれれば驚くだろう。〝ひそひそモード〟にして、わたしは囁くように喋った。いわゆるラウドネスで、周囲の雑音は拾わず、わたしの声だけをはっきり届けてくれる。

「――突然すみません。今ちょっと、困ったことになってて」

『一体何です?』

馬鹿にされそうな気がして一瞬言葉に詰まったが、思い切って言ってみた。

「……わたし今、尾行されてたんです」

『尾行? 誰に』

驚いた様子ではあったが、呆れた口調ではない。

「分かりません。黒いスーツの、怪しい人でした。もしかしたら、ＰＭに雇われた人なんじゃないかと」

わたしはどこかで乾さんが一笑に付してくれることを望んでいたのかもしれないが、返ってきた答はまったく逆だった。

『ああ……それは多分、〝アフターケア〟担当の連中だ』

「〝アフターケア〟？　一体どんな〝アフターケア〟？」

その疑問に対する答はなかったが、どのみちわたしも答を期待していたわけではない。

『……それで今は、どうしてるの？』

「今は、尾行を撒いて……電車に乗ったら、たまたま品川行きで」

そっちに行くつもりじゃなかったけど、今は向かってるんだと伝えておきたかった。

さすがに乾さんは察しがいいのか、ちょっと考えてすぐこう言ってくれた。

『分かりました。俺も今なら外に出られるから、ちょっとどこかで落ち合いましょう』

乾さんがすぐ問題を解決してくれるというものでもないだろうけど、その一言でわたしは少しほっとした。この人、女心を分かってる。少なくとも水元くんよりは。

2

品川駅周辺はまずいということで、一つ手前で降りたところの駅前のホテルを指定された。大きなホテルで出入り口もたくさんあるから、万が一どちらかに尾行がついていても、撒きやすいという判断だろう。

なるべくどこからも死角になっていそうな壁際に置かれたソファに座り、自分が入ってきた玄関をそっと見張る。どうにかしてさっきの男が追いかけてくるのではないかと心配したが、さすがにそんなことはなかった。もしかしたらわたしがＰＭに行ったとでも思ってくれたかもしれない。

五分ほどして乾さんが入ってきたが、わたしはすぐには立ち上がらず、しばらく様子を見ていた。彼の方に、尾行がついているかもしれない。

きょろきょろと広いロビーを見渡し、こちらへと近づいてくる。

怪しい黒スーツはもちろん、それ以外の人も、誰も乾さんには注目していないようだったので、彼の視線がこちらを向く瞬間を狙ってさっと立ち上がり、小さく手を振って再びソファに座った。

乾さんも心得た様子で、それまでの歩調を保ちながらゆっくりとこちらへやってきて、一旦行き過ぎてから、二人分ほどの間を空けてソファに腰かけた。

「……どうもすみません。お忙しいのに」

わたしは前を向いたまま、小さく頭を下げた。

「いやいや。尾行なんて、普通のことじゃないですからね。怖かったでしょう」

乾さんもこちらを見ずに話しているらしいことが横目で分かった。

「……ええ、まあ」

ほんと言うと別に怖いとか思う暇はなかったのだが、とりあえずそう答えておいた。

「どんなふうだったのか、教えてもらえますか」

わたしは記憶を辿りながら、フロアで男を見たことから始めて、成り行きで電車に飛び乗ってしまったことまでを簡単に説明した。

「そうでしたか。尾行に気づいたと、連中に気づかれたのはもったいなかったな」

「……すみません」

「あ、いやいや。月さんはよくやりましたよ」

わたしがつい頭を下げたもので、乾さんはこちらを向いて首を振った。もう誰にも見られていないと確信したか、意味がないと判断したのだろう。わたしもその判断に賛成だった。

「――でも、連中が再び監視をするつもりなら、もっと慎重にやるでしょうからね。どうせなら、そんないつでも撒けるような監視役がついててくれた方がありがたい」

次はあんな目立つ黒スーツじゃなくて、地味な格好をした〝プロ〟が来るだろうか。

「でもそも、PMはどうしてわたしの尾行なんか、する必要があるんです？　〝アフターケア〟担当っておっしゃいましたよね」

乾さんは少し厳しい顔つきになった。

「社内でも他の部署の人間にはよく知らされていませんが、ただ、普通の社員とは少し違う連中がお客様相談センターのアフターケア部門の中にいることはみんな薄々気づいてます。得体の知れない連中ですよ」

「どんな人たちなんですか」

「月さんが見たような連中です。揃いの黒スーツで、多くはサングラスをしてます。背格好も同じくらいなんで、仲間でも見分けがつかないんじゃないかってくらい」

「……コスプレ？」

乾さんは少し苦笑する。

「なんなんですかね。CIAで訓練を受けてきたって噂もあります。何となく社員の多くは、PM社の持つ重要機密を守るためとか、個人情報漏洩防止とか、内務調査とかそんなことのために雇われてるのかな、と思ってたはずなんですが。自分のいるフロアに連中が来たりすると、みんな緊張しますよ。――ほら、悪いことしてなくても警官を見るとどきっとしたりするじゃないですか。それを考えるとあんな格好にもそれなりの効果はあるような気がしますね」

威嚇のためにあんな格好をしてるんだとしたら、少なくともわたしには充分過ぎるほどの効果があったということだ。

「……じゃあ、最初からわたしが尾行に気づくことを前提で、あんなことを？」

「その可能性はありますね。警告、なのかも」

「警告？」

乾さんは頷く。

「自分たちの手は色んなところに伸びてるんだから、つまらんことは考えるな――とかそんな感じかな」

むかむかと腹が立ってきた。もしそれが本当なら、絶対に許せない。

さっきあの男をひっつかまえて警察に突き出してやればよかったんだ、と悔やんだが、今度また同じことがあったとして、そんなことが自分にできるかどうかは自信がない。

「でも、ただ単に、月さんたちがまだ離婚する気でいるのかどうか探ってただけってことも考えられる。まあともかく様子を見るしかないんじゃないでしょうか」

わたしは昨日から気になっていたことを思い切って訊ねてみることにした。

「……あのー、特A判定の夫婦が百パーセント結婚して、離婚率はゼロだっていうのは、本当なんでしょうか？」

「そりゃ全員自分の目で確かめたわけじゃないけど……そこで嘘はつけないと思うんだけど」

「ああ、いえ……つまりその、もちろん結婚前に死別したり、結婚後に死別したりってことは、あるわけですよね」

「これだけ多くの人がＰＭに登録してるんだから、そういうケースも出てくるだろうけど……なに、まさか、月さんは――」

こちらを向いて目を丸くした乾さんに、わたしはこくりと頷いた。

「特Ａ判定を受けて、結婚しなかったカップルがいたとしても、どちらか一人、あるいは両方が亡くなってしまえば、それは『結婚しなかったカップル』にはカウントされない。そうですよね？　それにもし、離婚しようとしたカップルがいたとしても、離婚前にどちらか一人、あるいは両方が亡くなれば――」

「……ＰＭが、いざとなったら人殺しをやってるって言うんですか？　マッチメイクの信頼度を守るためだけに？」

馬鹿げて聞こえるのは分かっている。自分でも口にしてみて、呆れたくらいだ。でも聞いてみずにはいられなかったのだ。

「……すみません。今のは忘れてください。でも、結婚率百パーセントだとか離婚率ゼロだとか言ったって、それが何か人為的な――それこそ〝アフターケア〟のせいで守られている数字なんだとしたら、あんまり信用できないんじゃないかって」

「確かにね。俺も、百パーセントって言葉自体はうさんくさいとは思いますよ。でも、マッチメイク・システムそのものの原理の正しさは確信してます。それにね、こういうことも考えてみてください。ある夫婦が喧嘩して、離婚したくなったとき、高い相性判定を受けていれば、思いとどまる率も高くなると思うんですよ。待て待て、俺たちは特Aの夫婦なんだぞ。一時の気の迷いで離婚なんてするのはもったいない、仲直りできるはずだってね」

「……プラシーボ効果みたいなものも発生するってことですか」

「そうそう。そして今回の月さんたちのケースでも分かるように、周囲だって必死になって止める。特Aのくせに馬鹿なことは考えるなってね。となると、相性判定が高い夫婦ほど離婚率が低くなるのは当然じゃないでしょうか」

これまで思ってもみなかったことだった。水元くんのように、「PMが間違うわけはない」なんて盲信している人とはまるで別の視点で、すごく受け入れやすい考えだ。

「でもそれは、PM社のマッチメイクを当人がどれだけ信じているかによって変わるわけですよね？」

「そうですね。今回でも、もし月さんがもっとPMを信じていたら、少なくともこんなすぐには言い出せなかったかもしれないんじゃないでしょうか？　もうしばらく辛抱しているうちに子供でもできてしまえば、離婚なんてますますありえなくなったことでしょう」

確かにそうかもしれない。少しは信じていたからこそ、よく考えもせずに結婚してしまったわけだし。もしこれがB判定だったら、水元くんと結婚していたはずがない。

「……昨夜もそうでしたけど、乾さんって、あんまりPMを信用してないみたいですね」

乾さんは困ったような笑いを浮かべた。

「うーん、そんなふうに言われると……。それなりに信用はしてますよ。これでも一所懸命営業やってますからね。でも、人の心はそう割り切れるもののはずはないし、ましてや二人の人間が出会って何が起こるかを全部シミュレートできるなんて思うのは傲慢以外のなにものでもない。そう思ってはいます」

「じゃあやっぱり、PMの判定なんて意味ないってことじゃ……」

恐る恐る口にすると、乾さんは今度はきっぱりと首を振った。

「そんなことはありませんよ。PMのマッチメイクのおかげで、日本はここまで立ち直ったんです。それは統計的に見て明らかです。各国でのデータからもそれははっきりと表われてるんです。PMのシステムを導入した国の少子化傾向は止まり、内需は拡大し、景気も回復する。それは事実です」

「国のためになってるから、結果オーライだってことですか」

「統計的に見て、この国は幸せになってる、そういうことです。昔の哲学者の言葉を借りるなら、『最大多数の最大幸福』というやつですね。もしかするとその幸福は、ごく少数の大きな不幸の上に成り立っているものかもしれません。でも、国や大きな組織というのはあくまでも統計的にしかものごとを考えられないものでしてね」

わたしたちがその「ごく少数の大きな不幸」に遭ってると言いたいのだろうか。大多数のために我慢しろと？

そんなわたしの心を読んだかのように、乾さんは慌てて言い添えた。

「勘違いしないでくださいよ。だから我慢しろなんて言うつもりはありませんから。俺は、月さんが不幸になるのなんて、見たくないですから。絶対幸せに、してみせます」

「え」

わたしが驚いて聞き返した途端、乾さんのいかつい顔が赤くなった。

「あ、いや、そんなつもりで言ったんじゃないですよ。その、水元にだって幸せになって欲しいし、そのためには月さんにも幸せになってもらいたいわけで……」

その慌てて否定する様子が意外でおかしくて、わたしはついくすっと笑ってしまった。

と、ぽかんとした表情でわたしの顔を見つめている。

「ごめんなさい、笑ったりして。――どうか、しました？」

「え？　あ、いや、その……ルナさんの笑った顔、初めて見たんで」

「そんな。披露宴の時、笑ってなかったですかね？」

昨夜は水元くんといがみ合うところばかり見せたような気がするから、笑ってはいなかったかもしれないけれど、披露宴の時はそれなりに笑顔を作っていたはずだ。確か。

「そう……です、ね。笑ってはいたけど……こう言っちゃなんだけど、幸せそうには見えなかったな」

そりゃそうだ。あの時わたしは幸せなんてものとはほど遠い気持ちでいたのだから。でもそのことに、ずっとそばにいた水元くんは気づかず、ゲストとして来ていただけの乾さんは見抜いていたなんて。そんなことって、ある？

「今、一瞬だったけど、ほんと、いい表情でした。月さんにはずっとそんな顔でいて欲しいな」

何だか息が詰まりそうだった。心臓が、今まで止まっていたんじゃないかと思うほど突然に、どきどきと鼓動を打ち始める。何だか耳が熱いような気もする。

わたしはそれをごまかそうと話を元に戻した。

「──それで、黒スーツの人のことなんですけど、どうしたらいいと思います？」

まだ少し赤みの残る顔の乾さんもほっとした様子で答える。

「そうですね……多分、何もしないで様子を見てるのが一番だと思います。実害がない以上、警察は相手にしてくれないだろうし。社内でどういうことになってるのか探りを入れてみますから、それまでは我慢してください」

「分かりました。――お忙しいのにお時間とらせてすみません。わたしもそろそろ戻らないと」

「そうですよね。俺はこれから外回りなんで、全然大丈夫ですから。――もしまた連中が現われて怖かったら、いつでも電話してください。俺が話をつけてもいいですから」

そんなことをさせるわけにはいかなかったが、気持ちだけでも嬉しかった。

「ありがとうございます。――じゃあ、また」

時計を見ると本当にやばい時間だと気がついて、わたしは慌てて立ち上がった。

「ええ、また」

念のためロビーに怪しい人影がないか見渡してから、わたしだけ先にホテルを出て駅へと向かった。

3

ＰＭ社が、わたしたちの離婚を阻止するために労力を惜しまないことは分かったものの、気分は軽かった。乾さんという人が、水元くんより頼りになる上に、こちらの微妙な気持ちも察してくれる人だと分かったからだ。

彼の赤らんだ顔を思い出すたび、口元が綻んで仕方がない。

キュート。

深尋は水元くんのことをそんなふうに言ったけれど、本当にキュートなのは乾さんみたいな人だ。

ちょっとこわもてでぶっきらぼうにも見えるけれど、でも実は結構シャイで優しい。

あの人が、わたしの相手だったら——。

そう、多分離婚なんて考えもしなかっただろう。

あの人だってPMに登録してるというのに、なぜPMはわたしと水元くんを引き合わせたんだろう？　やっぱり大変な間違いが起きたのだとしか思えない。わたしはその間違いの犠牲になんかなる気はない。

そう意を強くしながら急いで社に戻ると、ちょうど昼休みが終わるところで、柏木女史に嫌みを言われることもなく無事に席に着いた。黒スーツの男にも会わない。

とりあえずあと数時間そのことは忘れて仕事をしよう、と思ってスリープを解除した途端、電話が鳴った。

水元くんだ。

「——何？」

なぜかは分からないが、いつも以上にぶっきらぼうになってしまった。何だかほとほと愛想が尽きた、という感じだったのだ。

『ちょっと面倒なことになってさ』

「面倒？　何が？」

『――うちの親が、泊まりにくるって言うんだ』

「はあ？　どういうこと？」

わたしは数度しか会っていない彼の両親の顔を思い出そうとした。人は良さそうだけれど、なかなか記憶に残らない普通の二人。

『二人の暮らしぶりを見たいって』

「……だって、まだハネムーンから戻ったばかりよ？　泊まりには来ないでしょ、普通」

『……来るって言うんだから、仕方ないじゃないか』

「断りなさいよ。立て込んでるから、無理だって言って」

『言ったよ。今はちょっと困るって。でも聞かないんだ』

なんて情けない男。わたしは苛々して歯嚙(はが)みしたが、はっと気がついた。

「それって、ＰＭの差し金じゃないの？」

『どういう意味だよ』

「……ＰＭに仲を取り持つよう頼まれたんじゃない？」

『まさか』

自分でも半信半疑だったが、考えれば考えるほどそうとしか思えなくなってきた。

「絶対そうよ。情に訴えようって作戦なのよ。お互いの両親に『早く孫の顔が見たい』とか言われたら気が変わるとでも思ってるのよ」

気は変わらないけど、きっと罪の意識を感じることだろう。嫌だ。今彼の親には会いたくない。

『そう……かなあ？　そんなことするかなあ？』

「なんにしろ、来てもらっちゃ困るわよ。寝るとこないんだから」

彼らをリビングで寝かせたら、わたしと水元くんは寝室で寝るしかない。それは絶対嫌だ。

『……でももう、あっちに向かってるらしいんだ。もうすぐ着いちゃう』

「だって鍵が――あ」

マンションを買うとき、保証人も静脈認証登録をしたことを思い出した。住人に何かあったとき、鍵を開けて入れる人が必要だとかで。その保証人が、水元くんのお母さんだった。

「追い返して！　絶対追い返してよ。わたし、今日は遅めに帰るから。その時もしお義母さんたちがいたら、わたし帰らへんからね」

『帰らないって、どうするんだよ』

「ホテルにでも泊まる。――じゃ、よろしく」

わたしは返答を待たずに電話を切った。言い訳なんか聞きたくない。

「私用の電話が多いようね」

突然後ろから声をかけられて心臓が止まるかと思った。

恐る恐る振り向くと、柏木女史が冷たい目で見下ろしている。

何か、まずい会話を聞かれただろうか？　分からない。しかし、仲睦まじい様子でなかったことだけは確かだ。

「すみません。もう終わりましたので。これからバリバリやります」

わざと明るく言ったが、女史はにこりともしなかった。

「そうしてくれないと困ります」

そう言い置いて女史は自分のデスクに向かって歩いていく。

くそ。一体何なのあいつ？　ロボットか何か？

必死で色んなことを頭から追い出そうとするものの、なぜかうまく行かなかった。諸々のトラブルのことで落ち込んだかと思うと、乾さんの顔を思い出してぼーっとしたりと、浮いても沈んでも仕事にならない。

六時になった頃、もう帰るらしい深尋が覗きに来たが、まだやるべきリストは大量に残っていた。

「――大丈夫？　まだ帰れないの？」

「うん。ありがと。仕事残ってるのよ。今日中に来ないと困る原稿もあるし。――どっちみちあんまり帰りたくないけどね」

尾行のことや、水元くんの両親のことはめんどくさいので黙っておいた。またそのうち話せる機会もあるだろう。

「そう。じゃあお先に」

「お疲れ」

深尋が帰ってから、気合いを入れ直して仕事に専念し、結局八時までかかってようやくリストをすべて「済」に放り込んだ。ちょうど切りもいいようだと退社して、地下のレストラン街をうろうろして一杯飲むことに決める。

関西風串カツの店で揚げたての串カツとビールを頼んだら、これがまた予想外においしくて、健康にも美容にも財布にも悪い、と思いつつ、ついつい食べ過ぎ、飲み過ぎてしまった。

ほろ酔い――というよりは泥酔一歩手前の状態で電車に乗り込んで意識を失ったと思ったら、次に気がついたときにはもう自宅のある駅だった。

何か忘れているような気がする、そう思いながら自宅マンションのドアを開けると、見慣れない靴が並べて置いてある。男物の黒い靴は水元くんのものでもおかしくはないけれど、その隣にある臙脂色の女物は絶対にわたしのものではない。

「あら、月さん、お帰りなさい」

わたしは靴を脱ぎかけたまま硬直し、しばらく顔をあげることができなかった。

「――ああ、お義母さん……ろうも」

「ふらふらしてるみたいね。大丈夫？」

「らいじょうぶれす」

くそ。舌が回ってないのが自分でも分かる。こんなときに。

――いや、別にいいのかな？　どうせ離婚するんだし。気に入られる必要なんかないんだから。

澱んだ思考のまま、靴を脱いで、お義母さんに肘を支えられながら居間へと入っていく。

「お邪魔してます」

水元くんのお父さんがでんとソファに座り、その前で水元くんは居心地悪そうにうつむいている。

そこにいたってようやくわたしは、二人を追い返せと命令したことを思い出した。

「――みるもとくん。ちょっと」

わたしは寝室に向かって首を動かし、先に立って入った。

ベッドの上に鞄を放り出し、水元くんが入ってくると、ドアを閉めて詰問した。

「どういうこと。追い返してって、言うたよね」

「だって、しょうがないだろ。──それにやっぱり、あの二人、PMに何か吹き込まれたみたいなんだ」

「何かって？」

水元くんは首を振る。

「遠回しなことしか言わないんで、よく分からないんだ。とにかくぼくたちに話があるって。だから月も──長峰さんも、一緒に聞いてやってくれよ」

「なら話が早いんちゃうの。言うたらええやん。離婚するんらって。どうして言えへんの？」

「……君が言い出したんだから、君が言ってよ」

わたしは思わず怒鳴りそうになったが、この人はこういう人なんだから、と諦めることにした。これから一緒に暮らしていくのならともかく、他人になる人だと思えば余り腹も立たない。

「分かったわ。わたしが言うわ」

アルコールで少し気が大きくなっていたこともあって、わたしはずんずんと居間へ出ていって、お義父さんお義母さんの向かいに正座した。

「お義父さん、お義母さん、ごめんなさい。わたひたち──」

「まずこれを飲みなさい」

横手からすっと水の入ったグラスを差し出される。お義母さんが気を利かせて、持ってきてくれたようだった。

「あ、すみません」

正直邪魔だったが、仕方なく受け取り、先に飲み干してしまうことにした。

ごくごくごくっと一気に飲み干し、テーブルに置こうとしたグラスはお義母さんがひったくるようにして取り上げキッチンへ持っていってしまう。

再び口を開こうとしたが、今度はお義父さんに機先を制された。

「ノリアキから聞いたんだけど、揉めてるんだって？」

ノリアキ？　ノリアキって誰だっけ？――あ、水元くんは憲明っていうのか。離婚のことはPMに聞いたんじゃなくて、あくまでも息子に聞いたということにしておきたいのだろうか。

「揉めてるってわけじゃなくて――」

「いくら相性がいいからって、今まで赤の他人だった二人が一つ屋根の下で暮らしていくってことは、当然色々あるもんだよ。ぼくたち夫婦だって、ずっと平穏に来たわけじゃない」

「ええ。そうでしょうね。でも――」

「子供が――憲明や翠（みどり）や創太（そうた）がいたからこそ、ぼくたちは本当の家族になれた。夫婦の本当の価値は子供ができてから分かるもんなんだ」

　こちらに話をさせる気はないようだ。わたしはつい曖昧（あいまい）な相づちを打っていた。

「はあ。そんなもんですか」

「月さん。子供を産むのは、怖いことじゃありませんよ」

　お義父さんの隣にちょこんと座ったお義母さんが、そんなことを言い出した。

「はい？」

「子供を産むのは、女の人の義務みたいに言われてるけど、あたしは全然そうは思わないの」

「――そ、そうですよね」

　意外にも意見が合いそうだと思ってわたしはぱっと顔を上げた。

　しかしお義母さんはこう続けた。

「子供を産むのはね、女の人の権利なのよ。この素晴らしい権利を使わないなんて、ほんともったいないことなの」

　わたしは顔を上げたまま、次の言葉を失って硬直していた。

「今はまだ分からないかもしれないけど、産んでみれば分かるから。あの時あたしの言うことを聞いておいてよかったと思う日がきっと来るから。――だからね、月さん。憲明の子供を産んでちょうだい」

ちょっと待って。わたしはその段階の前の話をしたいの。そもそもこの結婚をなかったことにしたいと思ってるの。

そう叫び出したかったのに、言えなかった。

助けを求めてわたしは水元くんの顔を見たが、彼はうつむくばかりで誰の顔も見ていなかった。

お義母さんはさらに続けた。

「憲明にはまだまだ大人としていたらないところがあるのは分かってます。でも、長い目で見てあげて。あなたたちがいい夫婦、いい家族になれることは約束されてるんだから、心配しないでいいの」

これではまるで「ＰＭ教」の洗脳、折伏だ——そう思った途端、絶対に屈してなるものかという思いが溢れてきた。呑まれちゃダメだ。この人たちが悪い人たちでないのは分かってる。でももしここで流されたら、みんな傷を深めるだけだ。酔いから醒めつつあった頭にも、そのことははっきりと分かった。

わたしは勢いよく立ち上がった。少しふらついたけれど、体勢を立て直し、三人の顔を見回す。

お義母さんもお義父さんも水元くんも、驚いて何事かと見上げている。

すかさずわたしは深々と頭を下げた。

「お義父さん、お義母さん——それに、水元くん……憲明さんも。本当にごめんなさい。わたしのわがままなのは分かってます。でも、きっとこの結婚はうまく行かない。何かの何かの間違いだとしか思えないんです。無理をして傷を拡げたくないんです。——子供を産んだ夫婦がみんな円満だなんて、そんなこと、ないですよね？　子供がいるのに離婚した人は、今でもたくさんいるはずです」

「でもそれは特Aの人じゃないでしょ？」

お義母さんが痛いところを突いてくる。

「子供を産むことが円満の条件にはならないってことです。子供のことで喧嘩する夫婦だっているじゃないですか。お義母さんたちは、そういうこと、なかったですか？」

二人は顔を見合わせて、目を伏せる。

「水元くんは、どうなの？　何とか言ってよ！　どう思ってるのか、お義父さんたちにははっきり言って！」

水元くんはしばらくまたうつむいていたが、ゆっくりと顔をあげた。その顔は苦痛に歪んでいる。

「父さん、母さん、ごめん。もう結論は出てるんだ。ぼくたち、離婚する」

第五章　昨日の友は今日の敵？

1

　父さんと母さんはすっかり頭に来た様子でぼくたちの家を出て行った。終電が行った後だったので引き留めたが、タクシーを呼ぶと言って聞かなかったのだ。

『いいから引き留めないで』と月（ルナ）が睨（にら）むのが分かったので、ぼくもそれ以上は言わなかった。

　二人が出て行った後、ぼくは気が抜けて再びソファに座り込んだ。月も向かいに腰を下ろす。

　まだ正式な離婚にはハードルがありそうだが、後戻りできなくなったのだということは理解していた。

「やれやれ。勘当されるかもな」

まったく困った親だと思いながら言った。

「……ありがとう」

「え？」

彼女の意外な言葉にぼくは顔を上げた。

「はっきり言ってくれて。……お義父さんたち、がっかりさせちゃったね」

確かにそうだ。紹介された相手が特Aだと分かったときの二人の喜びようといったらなかった。

「親のために結婚するわけじゃないんだから。——大体、君が言ったんじゃないか。はっきり言え、って」

「そうだけど……でも、きっと無理だと思ってたから」

「何だよそれ。ぼくだって必要なときはちゃんと言うよ」

よっぽど馬鹿にされているらしいとかちんと来る。

「ごめんなさい。——とにかく、ありがとう」

月はわざわざ膝を揃え、頭を下げてもう一度そう言った。こんなふうに礼を言われる筋合いじゃないと思いながらも、もちろん悪い気はしない。

「そういや、乾さんから聞いたけど、誰かに尾けられたんだって？」

夕方戻ってきた乾さんから事情を聞いて驚いたのだが、両親をどう説得して追い返すかで頭が痛くて、忘れてしまっていたのだ。

「ああ……そうそう。そうだった」

「何でぼくじゃなくて、乾さんに相談したんだよ」

月の表情が強ばる。

「あ、いや、わたしがせっかく尾行を撒いたのに、もし水元くんも尾行されてたら連れて来ちゃうことになるでしょ？　だから、乾さんの方がいいと思ったの」

目を泳がせ、何だか言い訳がましく早口で答えた。

「だとしても、一言ぼくに相談したっていいじゃないか」

彼女は反論しようと口を開いたようだったが、すぐに閉じてまた頭を下げる。

「……そうね。ごめんなさい」

えらく素直で気持ち悪いくらいだ。また言い争いになるものと思って身構えていたのに拍子抜けする。

「――乾さん、他には何か言ってた？　ＰＭと取引する方法って見つかったのかな？」

「いや、まだ固まってはないらしい。まずは敵の――ＰＭのことをできるかぎり調べてくれると言ってた。その上で対処法を決めた方がいいって」

あの黒服の連中のことは、ぼくたち社員でさえよく分からない。ただ単に行動を見張っていたのか、脅しをかけてきたつもりなのか、あるいは何かまた別の意図があるのか。

「とにかくさっさと離婚届は出しちゃった方がいいんじゃないの？」

「それはまずい……と思う。婚姻・離婚・出産に絡んだデータは全部、役所からすぐＰＭに渡されちゃうんだ。ぼくはその時点でクビになるかもしれない。クビにならないと分かってからじゃないと、怖くて届は出せないよ」

情けない言い方だが、仕方がない。ぼくだって食べて行かなくちゃならないのだ。ＰＭをクビになった人間を雇ってくれるところがあるならまだいいが、連中のやり口を見ているとそれも不安になってくる。たとえ彼らが手を回さなくとも、ＰＭをクビになり、特Ａの相手と離婚するような人間というだけで、雇い主は敬遠するかもしれない。

「とにかく、少し待ってくれ。君にしたって、ＰＭを怒らせて得になることはないはずだ」

「確かにそうね。とにかく乾さんが何とかしてくれることを祈るしかないのね。……ごめん。急に眠くなって来ちゃった。――悪いけど今夜もベッド、使ってもいい？」

わざわざ許可を求めるのも意外だった。彼女のことだから、ずっと当然のように一人で寝室を使い続けるものと思っていたのだ。

「ああ、いいよ。――その代わり、明日からは交替にしよう。いつまでかかるか分からないけど」

「うん。そうする。じゃ、お休み」

「お休み」

知り合って以来初めてじゃないかと思うほどそんな自然な言葉が出たことに、我ながら驚いた。

寝室によろよろと入っていく月を見送りながら、どうして最初からぼくたちはこんなふうに当たり前の言葉を掛け合えなかったのだろう、と不思議に思った。そんなに難しいことでもなかったはずなのに。

「約束された二人」として出会ったことが、二人のどちらをも甘えさせてしまっていたのだろうか。

――いずれにしても、あんな女は絶対に願い下げだけどな。

ぼくは心の中でひとりごち、片付けをしてから寝ることにした。

2

翌朝、これまた驚いたことに、月がぼくを起こしてくれ、しかも朝食まで用意してくれていた。といったってプレートごとレンジに入れたというだけのことなのだが、ちゃんとぼくの好きな洋食――トーストにオムレツ、スープ、温野菜のついたプレート――を選んでくれているのはちょっと嬉しい。

「どういう風の吹き回し？」

そんな気持ちを押し隠したせいか、必要以上にぶっきらぼうな、喧嘩口調だったかもしれない。しかし月はかちんと来た様子もなく、答える。

「決めたの。どうせ二人でここに住むのも、あと数日とか一週間――もしかしたらもうちょっと長いかもしれないけど――なんだし、だったらせめて『赤の他人』に気を使う程度のことはした方が、お互い気持ちいいんじゃないかって」

「赤の……他人」

月は鯖の塩焼きをつまんでご飯を頬張りながら頷く。

「そう。昨夜はわたしが寝室を使わせてもらったから、先に起きて朝食を用意することにしたの。だからもし今晩水元くんが寝室を使ったら、明日の朝は水元くんが用意して。ね？ いいでしょ」

ぼくはしばらくその提案を頭の中でひねくりまわしていたが、なかなか悪くない気がしてきた。

確かにぼくたちは「赤の他人」だ。いきなり夫婦になろうとして失敗したけれど、最初から「赤の他人」、たまたま同居することになっただけの人間と思えば、距離を取って礼儀正しくもできるというものだ。

「分かった。――君の言うとおりだ。ぼくたちは名実共に『赤の他人』になるために共闘しなきゃいけないんだし、これ以上無駄な喧嘩をするのも馬鹿馬鹿しい。ルールを守って、お互い気持ちよく残された日々を過ごそう」

月は、にっこりと微笑んだ。

「よかった。――あ、もちろん自分の使った食器の後始末は、自分でやるってことで」

「分かってるよ」

朝食プレートの皿は洗ってリサイクルボックスに入れればいいだけだ。元々家事分担は共働きを続けるつもりだったぼくたちにとっては当たり前のことで、それを厭うほど古いタイプではない。金持ちの贅沢とも言える「専業主婦」というのに憧れる気持ちもなくはないが、収入がぼくだけのものになることを考えるとやはり二の足を踏んでしまう。子供は最低でも二人、できれば三人は欲しいし、子供にはいくらお金をかけてもかけすぎということはない時代だ。ＰＭはもちろん超一流企業だから、順調に出世しさえすれば一人で全員を養えるかもしれないと思っていたのだけれど――。

でもそれもこれも、養うべき家族がいないのでは意味がない。無事に離婚できたとしても、もう一度特Ａの相手と巡り合える可能性は恐ろしく低いだろうし、そもそもこうなった原因であるＰＭの判定に再び身を委ねるのもどうかと思う。

ふと、相澤さんの顔が浮かんだ。

目の前の月の代わりに、ちょこんと座っている相澤さんを想像した。

もちろん彼女がどんな人なのか、よく分かっているとは言いがたいけれど、それを言ったら月だって似たり寄ったりだ。

「何考えてるの？」

月が不審そうに眉をひそめる。そんなに変な顔をしていたのだろうか。

「……いや、別に」

ぼくは、顔を伏せて朝食プレートに手をつけた。

「じゃ、わたしは先に行くね。何か進展があったら報告して。わたしもそうするから」

「分かった。——行ってらっしゃい」

立ち上がった月に何となくそう声をかけると、彼女はまじまじとぼくの顔を見つめ返し、やがてにっこり微笑んで答えた。

「行ってきます」

ぼくも自然と微笑んでいたと思う。

挨拶をし合うのは悪い気分じゃない。たとえ相手が「赤の他人」でも。

朝食プレートを平らげて準備をし、恐らくは月に遅れること三十分ほどでぼくも家を出た。月が余裕を持って起こしてくれたので、会社に着いたのもいつもより十五分ほど早い。

「おはようございます」

営業二課に入って挨拶すると既に自分のデスクに着いていた乾さんが、ちらっとこちらを見て軽く目で合図をし、休憩コーナーに立つ。ぼくは一旦座り、用もないのにデスクの上のものをあっちからこっちへ動かしたりして数十秒を潰し、乾さんの後を追った。

サーバーのコーヒーをマイカップに入れて、窓外の街並みを見下ろしながらコーヒーを飲んでいる乾さんに近づいた。

声の聞こえる範囲には誰もいないことを確認して、ぼくは話しかける。

「おはようございます」

「おはよう」

乾さんはちらっとこちらを見て答え、すぐに視線を戻す。ぼくも横に並んで外を眺める。

どんよりした雲が街を覆っていて、何とも陰気くさい。街もいつもより汚く見える。

「月さん、怯えてなかったか？」

「いえ、大丈夫みたいでしたよ。——珍しく酔っぱらって帰ってきたくらいで」

「酔っぱらって？　それって実は参ってるってことなんじゃないのか？」

ちょっと鋭くこちらを睨みつけて意外なことを言う。

「え？　いや、違うと思いますけど」

うちの両親に会わなくてすむようわざと時間潰しをしていたのだと思うが、そこまで説明する気はなかった。でも実はああ見えて怯えてたなんてことがあるだろうか？　分からなかった。

「——何にしろ、今はまだお前は彼女の旦那なんだから、いざとなったら守ってやれよ」

「はい」

ぼくが彼女を守る？ 今ひとつぴんと来ない言葉だったし、何でそんなことを乾さんに言われなければならないのか分からないが、とりあえず頷いておく。

「……それで、何か、分かったんですか？」

きっと何か進展があったから呼ばれたんだろうと思って本題に水を向ける。

乾さんは再び窓外に顔を向けて、厳しい表情になる。

「……色々と、過去の記録を調べてみたんだ」

「過去の記録、ですか」

「ああ。これまでの特Aのカップルのその後についてのデータだよ。もちろん、俺のアクセス権限で手に入る範囲だけだがな。トップシークレットには到底届かないだろうが、手に入った中でも、妙な点はいっぱい見つかった」

「妙な点ですか。一体どんな？」

「例えば、PMでマッチングされた夫婦は、結婚後に悩みを抱えた場合、無料でカウンセリングを受けられるわけだから、大抵うちのお客様相談センターにやってくる。お前がそうしたみたいにな」

「……ま、そうですよね。ぼくたちは悩みっていうか、ほとんど離婚が決まった状態でしたけど。でもまあ、どうしたらいいのかよく分からなかったんで、まずあそこに行けばいいかと思って。紙切れ一枚出せば済む話じゃないですもんね」

「だろ。それで、その相談内容までは俺の権限じゃ見れないんだが、お客様相談センターに来た日時とか回数は見られるようになってたんだ」

「なるほど」

「ところが、特Aのカップルでお客様相談センターを訪れたものは、PM社が創業して以来、一件もないというんだ」

「……やはりそれだけ相性がいいってことですか」

ぼくがそう言うと、乾さんは吐き捨てるように言った。

「馬鹿だな、お前は。そんなわけないだろうが。いくら少ないと言ったって、特Aのカップルは毎年常に一パーセントは存在する。延べにすれば相当な数の特Aカップルを送り出してきてるんだ。その彼らが一組も相談センターに来ないなんてことが考えられるか？」

「つまり、特Aのカップルは、たとえお客様相談センターに来たとしても、記録には残らない――そういうことですか」

「そうだ。というか、少なくとも俺レベルが見ることのできる記録には残らない、というのが正確だろうな。もちろん、お前の利用記録もない。――もっとも、お前はここの社員だし、ちゃんと受付をして相談したわけでもないから、特別なケースになるだろうが」

ぼくは立場上、客として自分の個人データを見ることができるのと同時に、会社側での管理データも見ることができる。月とのマッチングがうまくいった段階で、勤務中にこっそり自分たちのデータを眺めてみたこともあった。もちろんその時にはお客様相談センターを利用することなど考えてもいなかったし、そんな利用データが記録されていくなどとは気づきもしなかったのだが。

「つまり、特Aのカップルのトラブルは特別扱いされて、トップシークレットになる、ってことですか」

「ああ。間違いない。そして離婚に繋(つな)がりそうな深刻な悩みの場合、あの黒服連中が出動したりしているんだろう」

「でも……でもですよ。特Aのカップルはそもそもすごく少ないわけだし、しかも相性がよくて問題が少ないのも確かでしょう。ゼロってのは変ですけど、相談はもしあったとしてもすごく少ないはずですよね？」

「普通の相談に比べればな。でもPMの相談センターは、全国で年間三十万組、二百万件以上の利用がある。確かに、判定がいいカップルほど相談件数は少なくなってはいるようだが、それほど劇的なカーブは描いてないし、A判定のカップルの相談件数だって年間一万組を下回るようなことはない。別に深刻な悩みだけを受けつけてるわけじゃないからな。

相談センターはみんな気軽に来てもらえるような雰囲気になってるはずなんだ。それが、特Aに関しては、たとえ些細(ささい)な相談で来たとしても、決して他の記録とは一緒にされることはない。おかしいだろう？」

「はあ」

　それが本当なら、少なくとも特Aのカップルに関しては陰謀めいたことが行なわれていると考えたくなる。

　特Aのカップルは絶対に結婚させ、離婚はさせない。それがPMの信頼に繋がるとでも考えているのだろうか。でもいくら少ないといっても、年間八十万組をマッチングしているのだから、一パーセントといっても八千組。それが毎年だ。現在累計でどれだけの数になるのか分からないが、そのすべてが離婚しないようになど画策できるだろうか？　結婚して何年間監視を続ければいい？　どちらかが死ぬまで？

いや、やはり特Aのカップルのほとんどは、離婚しようなどとは思わないのかもしれない。数万組のカップルの中で、離婚しようと思うのがさらに数パーセント、一パーセント以下だったとしたら。そしてぼくたちが知っている以上に、アフターケア部門は巨大で、日夜離婚を防ぐ努力を続けているのだとしたら。

　乾さんはちらりとオフィスに視線を向けるとコーヒーを飲み干して言った。

「……まずい。課長がこっちを見てる。そろそろ仕事にかからないと。また後で。——社内メールなんか使うんじゃないぞ。会社が読んでないとも限らん」

社内メールは業務用と限定されているものだから、管理者が中身を読んでもプライバシー侵害には当たらない。通常の雑談程度は問題ないが、交わす内容によっては処分されることもあるということは、ぼくだって知っている。

監視カメラは街中だけでなく会社の中のいたるところにあるし、音声だって拾っている場合がある。こうやって休憩コーナーで話をしているのも、休憩コーナーや食堂などの施設における個人的な会話の撮影・録音が禁じられているからだ。もっとも、ＰＭがそれを律儀に守っているという確信も今はないのだが。

デスクに戻った乾さんの後を追ってぼくも仕事を始めた。二人で外回りとかなら少なくとも移動の間に話せるのだが、まだ結婚前後に休んだ分の仕事が残っていて、今日もデスクから離れられそうにない。話が中途半端に終わったので、気になってなかなか集中できない。

つい魔が差して、別画面で「お客様データベース」を呼び出し、検索条件に「特Ａマッチング」と入れて検索した。当然、件数が多すぎて表示されない。この六ヶ月間に結婚したカップル、東京都に限定して再検索。まだ千件以上ある。この中にぼくたちも含まれているはずだが、さてこのデータをどう調べよう、と思ったときだった。

社内メールが届いた表示が出たので仕方なく開くと、課長からだった。

『話がある』

たった一行。それも四文字。やばい。

そっと立ち上がると、隣のデスクで黙って仕事をしていた乾さんがちらりと目をこちらへ向ける。ぼくの表情が強ばっていたのか、すぐに何かあったらしいと心配そうな目つきになる。ぼくは気がつかない振りをして、課長のデスクまでゆっくり歩いていった。

「何でしょうか」

営業二課の常盤（ときわ）課長は、三十代で五児の母だが、見た目はまるで高校生かどうかすると中学生にも見える幼い顔立ちで、背も百五十センチそこそこと低い。でもその見かけとは正反対に、仕事に関しては一片の容赦もない。「血も涙もない女軍曹」と乾さんも恐れている。

「ちょっとこっちへ」

課長が立ち上がって歩き出すのについていくと、小会議室に入っていった。

顎（あご）で示されたので、手近な椅子を引き寄せて腰かける。課長は、ぼくの前でテーブルによいしょと安産型の尻を載せ、はちきれそうな太腿（ふともも）に肘（ひじ）をついて、ぼくを見下ろした。

「今、何してた？」

「何って……仕事です」

すべて見られていたに違いないと半ば確信していたのに、つい嘘をついてしまった。

「嘘つけ！　今やってる仕事に、何で特Aのデータがいるんだ」

やっぱりだ。課長の端末からは、部下の端末画面が覗けるようになっているのだろう。うかつだった。

「……すみません。ちょっとした好奇心で」

実際、今までも勤務中に関係ないデータを開いたことは何度もあるが、注意を受けたことなどない。どうして今回に限って……？

「だから、嘘をつくなと言ってるだろ？　例の件は聞いてる。お前には注意しとくように上からも言われてるんだ」

「えっ……ご存じ……だったんですか？」

「当たり前だろ」

急に課長は優しげな声になって、ぼくの肩に手を掛けた。なぜかそれまで以上に怖くなり、背筋に戦慄が走る。

「可愛い部下が家庭のことで悩んでるんだ。上のものはみんなお前のことを心配してくれてる。早く立ち直ってくれるようにな」

「立ち直るとか、そういう問題じゃ……」

課長はびっくりしたような顔をして、声を荒げた。

「まさかお前、まだ離婚とか本気で考えてるんじゃないだろうな？」

一瞬本当のことを言いかけたが、ぐっとこらえた。今はまずい。

「とんでもありません。ただその、月……妻、とうまくやっていくにはどうしたらいいのか、悩んでまして、はい」

「馬鹿だな。そういうことこそ、わたしに相談してくれたらいいのに」

あんたなんかに相談できるわけないだろうが、と思いながら、曖昧な笑みを返す。

課長はしみじみと懐かしい思い出でも語るみたいに続ける。

「こう見えてもわたしは、結婚して十二年、旦那とは喧嘩一つしたことがないんだよ。判定はBだったけどね。でもそれもこれも、あの人がよくできた人だからってことは分かってる。他の人だったら、とてもじゃなかったけど、わたしなんかとやってはいけなかっただろうね」

どうだ、分かっただろう、と言わんばかりにこちらを見返す。

「はあ……えーと、つまり？」

「分かるだろ？　要は、男が折れなきゃ駄目だってことだよ。何が何でも女を立てる。そうすりゃうまくいく」

何だそりゃ。

「はあ……しかし、立てるとかなんとかとか、喧嘩しないとかそういうことじゃないんですよ。彼女はもう、ぼくとはやっていけないの一点張りで」

月に悪役を押しつけるような形で悪いが、嘘ではない。

「なるほど。だったら二人でカウンセリングを受けるしかないな。お前はいつでも休ませてやるから、彼女の都合を聞いて、二人で相談センターのカウンセリングを受けるんだ。うちのカウンセラーは優秀なのが揃ってるから、それで万事解決するって」

カウンセリング。特Aの夫婦に対して行なわれるそれは、一体どんなものなのだろう。二人ベッドに寝かされて、頭に電極を繋がれる光景を想像した。ビリビリビリビリ。

まさかそんなもののはずはない。でも、月は絶対にPMのカウンセリングなど受けはしないだろうし、ぼくもできれば避けたかった。

「そうですね。一度相談してみます」

「相談してみますじゃねえだろ！　首に縄つけてでも引っ張ってくるんだよ。それがお互いの幸せに繋がるんだから。分かったな？　カウンセリングだなんて言わなくてもいいんだよ。離婚の手続きだとかなんとか言って、連れて来りゃいい。そうすりゃ無事元の鞘に収まる。夫婦円満、楽しい家族計画続行ってわけだ」

一瞬、心が動いた。どんなカウンセリングだか分からないが、もしかしたらそれを二人で受ければ、離婚しなくて済むかもしれない、それもまたいいかもしれない、と。たとえそれが洗脳のようなことでも、二人幸せになれるのなら、それが一番楽なんじゃないだろうか？

駄目だ。そんなのは本当の幸せじゃない。バーチャルの楽園に中毒してる連中と同じだ。ぼくは嫌だ。本当に愛せる女性と、家庭を築きたい。

ぼくは慎重に答えた。

「……何とかそうしてみます。今しばらく、時間をください。すみません」

「ああ。いつでも相談に乗るから。――それと」

テーブルからぴょんと降りて立ち去りかけた課長は振り向いて言った。

「はい？」

「下らんことは考えるなよ」

「下らんこと、と言いますと……？」

課長はうんざりした様子で天を仰ぎ、答える。

「分かってるだろ。うちの判定に疑いを持ったりするなってことだよ。会社のことを調べてる暇があったら、彼女のことをもっとよく知らなきゃ。そうだろ？」

「……はい」

ある意味正論のような気もしたが、こちらの行動がすべて見透かされているようでぞっとする。

「分かったら仕事に戻れ」

そう言って課長は会議室を出て行く。ぼくも後をついて出て、ドアを閉め、自分のデスクに戻った。

「どうしたんだ、またお小言か？」

乾さんが、もの問いたげな視線を向けながら、軽口を叩く。課長なり誰かに聞かれることを前提としての言葉だ。仲が良くて、なおかつ離婚の件を相談していなければ、当然こういう会話になるだろうという言葉の選択で、乾さんの機転には頭が下がる。

「え、ええ、まあ。——またやっちゃいまして」

そう答えながら、目で頷く。例の件だ、と伝わると思ってのことだ。

「俺は今日も外回り行ってくるけど、ま、へこたれずに頑張れよ」

また乾さんは出て行ってしまうのか、と少し心細くなったが、どっちみちここでは話せないのだから、いざとなれば電話をかければいいと気を取り直す。

「行ってらっしゃい」

数人が声をかけ、乾さんはオフィスを出て行ってしまったので、ぼくは課長の監視をぴりぴりと背中に感じながら自分の仕事に戻った。何ともやりにくい。

それでも何とかかんとか午前中の仕事を一段落させ、そろそろ昼飯でも食おうかと思っていた時、意外な来客があった。

3

「よう、久しぶり……でもないか」

受付に呼び出されて下へ降りると、中学高校大学と同じところへ通った親友、橋爪の姿があった。大学ではライト・スキューバをやりによく海に行ったものだった。もちろん披露宴にも呼んだから、その時に顔は合わせているのだが、ゆっくり話したのはもうずいぶん前のことになる。ぼくの顔を見つけると嬉しそうに片手を挙げ、にっこりと笑った。

「よう！　新婚。近くの病院まで来たんで、飯でも一緒に食おうかと思って」

旧友の顔というのが、こんなにほっとさせてくれるものなのだと初めて知った。乾さんは頼りになる先輩だけれど、長年の友達とは比べものにならない。何だか急に涙腺が熱くなるほど嬉しかった。

しかし、明るい表情には似つかわしくない言葉が引っかかった。

「……病院？　病院って何。具合、悪いのか？」

たとえそうだったとしても、こうして会いに来ている以上そんなひどい病気のはずはないが、と思いながらも、つい心配になる。

橋爪は破顔一笑して言った。

「違うよ！……ま、それは後で話すわ。とりあえず飯行こ、飯」

急かされるまま、会社を出る。ぼくは定食屋に案内しようとしたのだが、「ここがいい、ここにしよう」と、我々には少し高級過ぎるんじゃないかと思うような老舗の洋食屋に無理矢理押し込まれる。

「高いんじゃないのかな……」

「何言ってんだ。俺が誘ったんだから、おごるよ」

元々そんなにおごり合うようなことをする仲ではないし、彼にしてもぼくと同様まだまだペーペーのサラリーマンだ。親だって特に金持ちというわけではない。どういう風の吹き回しか分からないが、何か理由がありそうだと思い、素直にご馳走になることにした。

お昼のコースというのを頼み、彼はアルコールの入った普通のワインを、ぼくはジンジャエールをもらう。

「乾杯」

一応グラスを合わせて一口飲んでから、我慢しきれず訊ねた。

「なあ。何だよ一体。何があった？　いいこと……みたいだな」

橋爪は鼻を鳴らして呆れたような顔でぼくを見る。

「まだ分からないのかよ。結婚式の時に言っただろ、うちの嫁さん臨月だって」

「あ」

　ぼくは間抜けな声をあげていた。

　橋爪は友人の中でもとりわけ結婚が早かった部類で、就職とほとんど同時だった。

「生まれ……たのか？　今日？」

「三日前。毎日顔見に来てるんだけど、そういやお前の会社近かったな、と思って」

「そうか。そりゃおめでとう」

　何だか妙な気分だった。祝福したい気持ちはやまやまだったが、とてもじゃないが自分の今の状態を相談する雰囲気じゃないし、何よりお互いの違いに愕然(がくぜん)とする。

　順調に結婚し、子供が生まれ、心から喜んでいる彼と、わずか一週間で結婚生活が破綻(はたん)しようとしているぼく。

「ほら、こんなんだ」

　橋爪は端末を操作し写真を表示させ、こちらへ手渡してくる。

　今まで見たことのあるのとまったく違いの分からない赤ん坊の写真がそこにある。赤くてしわくちゃの猿の子供みたいだ。

「男の子？」

　当てずっぽうに言ってみると、彼は舌打ちする。

「女の子だよ、見りゃ分かるだろ」

「分かるかよ。――へー。これがお前の子供。名前はもう、決めた？」

「とうに決めてた。美しい海でミミ。嫁さんも海が大好きだからな」

「へー、ミミちゃん。可愛い名前だな」

美しい海か。奥さんと趣味が合うとは羨ましい――。

ふと疑問が浮かんだ。

「お前さあ、ＰＭの判定って、何だった？」

「ん？　Ａだよ、もちろん」

もちろん、というのは「特Ａじゃない」という意味だろう。多くの人がＡを望み、Ｂだと二の足を踏む。結果的にＢやＣでも妥協するカップルも多いが、三割程度がＡの判定を待って結婚する。

「うち、特Ａなのにさ、趣味が全然合わないんだよな」

「ふーん？　まあそういうこともあるんじゃないの？　総合的な判断だろうからな」

「そうなんだけど……」

「それよりもっと見てくれよ」

そんな話は聞きたくないとばかりに橋爪は次から次へと写真を見せる。彼の奥さんが幸せそうな表情で赤ん坊を抱いている写真、泣き声を上げているらしい写真――と思ったらそれは写真ではなくムービーで、うるさい泣き声が端末から出てきてびっくりした。

料理が運ばれてきたので一旦それは脇に置いて、食べ始める。

「そうかー。橋爪がもうパパか。大変だな」

「大変？　大変なことなんかないさ。育児休暇も二ヶ月取れたし。楽しくて仕方ない」

そういえば、男の育児休暇が当たり前になって以来、休暇欲しさに子供を作るなんてジョークみたいな話もよく聞く。

「よくさ、新郎新婦の初の共同作業です、とか言ってウェディングケーキに入刀させるだろ？　ありゃギャグとしてもさ、やっぱ、一つの命を生み出すってのはすげえ共同作業だなって思ったよ。なんかさ、嫁さんと戦友になったみたいな気がした」

前菜をぱくぱくと頰張りながら、橋爪はしみじみとした様子でそう語った。

一つの命――。そりゃそうだろう、と思う。人間を作り出すのだから凄いことだ。

昨夜の、母さんの言葉が思い出される。

子供を産むのは女の権利だとか言ってた。子供を作れば、夫婦も円満になるとか。

絶対とは言えないにしても、やっぱり正論ではあるのだろう。

「お前も、早く欲しいって言ってたよな？」

「ん？　ああ……うん。まあでも、仕事もようやく覚えてきたとこだから、自然に任せるよ」

「自然妊娠もいいだろうけど、可能日くらいはチェックしとけよ。――ま、当分の間は毎日するだろうけどな」

あははは、と笑ったので、ぼくも苦笑いするしかない。まだ彼女とは一度もしてないなどとはみっともなくて言えなかった。

何てことだ。

こうやってみんな結婚し、子供を作っていくってのに、ぼくは手に入れたばかりの伴侶(はんりょ)も、職さえも失うかもしれない。

これまでは、何とかなるとどこかで楽観していたが、唐突に、もうすべてが駄目になるんじゃないかという思いにとらわれた。ぼくの人生は終わりなんじゃないか、そんな気持ちになった。

「おい、どうした？　何だよ、変な顔して。泣いてんのか？」

「……ごめん。実は――」

すべてを打ち明けそうになって、今度は急に心臓がひやりとした。

まさか。そんなはずはない。

ぼくは滲(にじ)んだ涙を拭(ふ)きながら、そっと橋爪の顔を窺(うかが)った。

心配そうにこちらを覗き込んでいる。他でもない、長年共に遊び笑い合った旧友の顔だ。

その友達を疑うなんてことをしてはいけない。そう思いはしたものの、一言聞かずにはおれなかった。

「……お前さ、誰かに何か言われて、会いに来たんじゃないよな」

そう言った途端、橋爪の表情がさっと変わった。

「誰かに何かって……何のことだよ」

彼はそう答えたが、ぼくには分かった。

橋爪は、ＰＭに命令されてぼくを説得しに来たのだ。そんなことは信じたくないが、そうとしか思えない。

ガチャガチャガチャッと耳障りな音が断続的に響いた。

ぼくの手が激しく震え、ナイフとフォークが皿を叩いていたのだ。ぼくは震えを止めようとしたがうまくいかず、諦めて一旦それを置き、両手を組んで握りしめた。

「……くそっ。いい加減にしろよ！――いや、違う。お前を責めてるわけじゃない。あいつらのやり口に腹を立ててるだけだ。昨日はうちの両親だった。それがうまくいかなかったと分かったんで、今度はお前に頼んだ。金が出るのか？　脅しか？　ちょうどお前のところが子供ができたばっかりだったから、狙われたんだろう。幸せな家族の話を聞けば考え直すとでも思ったのか。――冗談じゃない！」

ぼくが張り上げた声は少し上擦っていた。店員や他の客がちらっとこっちを見ているのも分かったが、抑えられない。

「ぼくだって……ぼくだって幸せになりたい。当たり前じゃないか。子供だって欲しい。

——でも無理なんだ、彼女とでは。ぼくたちは別れるんだから」

そう言っても橋爪が驚かなかったことが、何よりの証拠だった。彼もまた、苦痛に満ちた表情をしていた。

ぼくは思わず涙をぽろぽろとこぼしながら訊ねた。

「なあ、教えてくれ。あいつら、お前に何て言ってきたんだ？」

橋爪はしばらくうつむいていたが、やがて苦しそうに答えた。

「……友達が……お前が、面倒なことになってるって、言われたんだ。何かのストレスで、ちょっと気が動転してるんだろうって。一時の気の迷いで人生を棒に振るような真似をさせないように、お友達としてそれとなくアドバイスしてあげてくださいって。そう言われただけなんだ」

「……頼まれたことは秘密のまま？」

食いしばった歯の間から押し出すように言った。

「ああ。絶対に言うなって」

「変だと思わなかったのかよ？」

橋爪はすがるような視線をこちらに向けてくる。

「思ったよ！　思ったけど……ごめん。うまく説得できたら、謝礼も出すって言われた。

結構な額だ。欲しいと思ったよ。子供が生まれて、将来のことを考えたら、いくらあったって困らないしな。——でも、お前が離婚するなんて、そんなこと信じられなくて……もし離婚しないで済むなら、その方がいいに決まってると思った。金は欲しかったけど、そのためにお前を裏切ってるつもりはなかった。なあ、間違ってたのか？　こんなこと、しない方がよかったのか？」

急激に沸き起こった怒りと悲しみが少し収まってくると、なるべく冷静に彼の立場になって考えてみようという気になった。

逆の立場だったら。

そう、きっと同じことをしただろう。特Aの相手と離婚するなんて、頭がおかしくなったと思われて当然だ。友達がそんな状態になったとしたら、色んなやり方で説得しようとするだろう。それを責めることなんてできない。

ひどいのはPMだ。

ぼくたちの幸せを考えてのことなら、仕方がない。でも彼らはぼくたちがどうなってるかを深く知りもしないくせに、ただの気の迷いと決めつけて、家族や友人をダシに色んな手を使い、離婚さえ止められればそれでいいと思っているのだ。

許せない。こんなやり方は許せない。

歯ぎしりさえしそうになっている時、電話が鳴った。

端末を取り上げて相手を見ると、月だった。

「……はい。何？」

いつもより激しい口調で月が捲し立てる。

『聞いて。ひどいねん！　PMが、PMがわたしの大の親友にスパイみたいな真似をさせてん！　彼女、可愛い子供をわたしのところに連れてきて、ほんま幸せそうに――』

そうか、彼女は実物を見せられたのか、とぼんやり思った。

「月――長峰さん。ぼくのところにも来たよ。ぼくも今、友達の――親友の赤ちゃんの写真を見せられてたところだ」

月が息を飲むのが聞こえた。

『水元くんのところも？』

「ああ」

『ひどい！　やり口が汚いわ。こんなん――いっそ暴力でも振るわれた方がましやん！』

「そうだな。確かに汚い」

『……どうしたらええ？　どうしたらええの？』

珍しく月がパニックに陥ったような声を出している。それを聞いて、ぼくは逆にどんどん落ち着いていくのを感じていた。

「分からない。分からないけど……徹底抗戦するしかない。たとえどうなっても、あいつらの思うとおりにはならない」
ぼくは橋爪にも聞こえるよう、はっきりとそう言った。

第六章　蓼食う虫も好きずき

1

「ひどい」

深尋は言った。

「ほんと、ひどいでしょ」

わたしはようやく粉が沈んだ様子のトルココーヒーに口をつけながらそう答えたが、ふと視線をあげると深尋の目に涙が溜まっているのに気がついた。

仕事が終わってから、深尋を近くのトルコカフェに誘って昼間の出来事をぶちまけたのだった。

「深尋……？」

「ひどいよ、そんなの。ひどすぎるよ……」

確かにそうなのだが、何も深尋が泣かなくても、とかえってこっちがおろおろしてしまう。見る間に大粒の涙がぽろぽろと深尋の頬を伝う。何だかわたしがいじめてるように見えやしないかと店内をそっと見回しながら、ハンカチを渡そうとした。

「……ただでさえ離婚で傷ついてるのに、子供の顔なんか見せられたら、たまんないよね」

「え、いや、そういうことじゃないんだけど……」

わたしはただ、友達を巻き込んだＰＭに腹を立ててるだけだったのだが、深尋の感じ方は微妙にずれているようだった。

「分かるよ。分かるって」

誤解したまま深尋は何度も頷いている。あえて誤解を正すまでもないかとそのままにしておくことにした。

「……それで、水元さんも同じ目に？」

「そうらしいの。生まれたばっかりの赤ちゃんの写真を見せられたんだって」

「かわいそう。きっとショックだったでしょうね」

妙に同情的にそんな言葉を漏らす。

「ショック、っていうか、すごく怒ってた。あんなふうに怒る人だなんて、知らなかった」

「そりゃ怒るでしょ。――あたし絶対、二人の味方だからね。ＰＭの口車になんか乗らないから、安心してて」

「うん……ありがと」

わたしに子供を見せに来た高校時代の同級生にしても、悪気があったわけではないと思うのだが、やはりどうしても裏切られたという感じは拭えない。深尋がこんなふうに言ってくれるのに悪いけれど、正直余り信用はしていない。よく分かり合っていると思っていた友達でさえ、あんなことをしたのだ。深尋は長いつきあいとはとても言えないし、正直少し軽い部分があるとも思っている。信じろと言われても、今は無理だ。

「あたし、こうなったら何でもするよ」

「うん」

何でも、と言ったって、彼女に期待してるのはこうやって話を聞いてくれることだけだけどね、と心の中で思う。

「……決めた」

わたしの心中など気づかぬ様子で、深尋は呟いた。

「え？　何を」

赤くなった眼を見開いてわたしを見つめ、深尋はとんでもないことを言い出した。

「既成事実を作っちゃえばいいのよ」

「既成事実？　何のこと？」

「だーから。離婚が避けようのないことだって、連中に教えてやるの。——水元くんとあたしが再婚することになってるってことになれば、ＰＭだってさすがに諦めるんじゃない？」

わたしはしばらく彼女の言った言葉を頭の中で繰り返して再生し、解読しようとつとめたが、不可能だった。

「……ごめん。どういうこと？」

「もう！　ちゃんと聞いてよ。水元くんがあたしともう愛し合ってて、月との夫婦生活はどうやっても元に戻らないって思わせればいいのよ。——月の方にもお相手がいるともっといいよね。……あの、乾さんとか、どうなの？　何だかお互いいい雰囲気に見えたけど。昨日もお世話になったんでしょ？」

そういうところだけは鋭い。

「……頼れる人だな、とは思うけど」

「乾さんとさ、婚約しちゃいなよ」

「そんな！　無理よ」

わたしは慌てて首を振った。

「何も、すぐ結婚しろなんて言ってるわけじゃないの。あたしは水元さんと、あなたは乾さんと愛し合ってるんですってＰＭに言えばいいんじゃないかってこと。そういう状態なら、ＰＭも離婚は仕方がないんだって諦めてくれるでしょう。一組が離婚しても二組が結ばれるんなら、国策的にも何の問題もないはずよ。そうでしょう？」

「そう……かな」

ＰＭの発展と普及がいくら国益とマッチしていて、国のバックアップを受けているからといって、彼らにしてみたら別に国策に従っているわけでもないだろう。会社の信頼を揺るがすかもしれない事態を、ＰＭがそう簡単に見逃してくれるだろうか。ＰＭの信頼度が下がり、登録率が下がるようなことは、もしかすると政府にとっても問題かもしれない。彼らがもし究極の強硬手段に訴えるようなことになった時、事情をすべて知って協力している深尋や乾さんのような存在は、邪魔になるのではないだろうか。

「気持ちは嬉しいけど、危ない目に遭うかもしれないし……陰から協力してくれるだけでいいから」

「何水くさいこと言ってるの。もうあたしも乾さんも、充分巻き込まれてるんだから」

それは確かにそうだ。先のことまで考えずに深尋に相談したのは、よくない選択だったのかもしれない。ＰＭがどれほどひどい組織だったとしても、関係者をまとめて皆殺しなんて、そんな馬鹿なことはないと思うけれど――。

「それにね、実はさ、調べてみたのよ」

深尋は急に身を乗り出して、少し弾んだ声で言った。

「何を？」

「水元さんとのマッチング」

「え？　そんなこと、できるの？　だって、水元くん、今は既婚者なわけだし……」

深尋は呆れたような表情になる。

「既婚者だってちゃんと判定は出せるのよ。相手が登録者でさえあれば、総理大臣との相性だって分かるんだから。知らなかったの？」

「……うん」

そもそもPMの利用歴も短く、すぐに水元くんを紹介されて結婚してしまったわたしは、他の利用法など知るよしもなかった。

「さすがに、他人同士の相性は調べさせてくれないけどね」

もしできるならそれも調べたいといわんばかりの口調で深尋は呟く。それを知ってどうしようというのか分からないが。

「それで、どうだったの？　判定は」

「――A」

深尋は不服げに言ったが、わたしはなぜか軽いショックを受けていた。

「A？　今までBが最高だったのに？」

「ね？　なかなかいいでしょ？　そりゃ特Aにはかなわないけど、何事もほどほどがいいってことかもしれないし。きっとうまくいくと思うのよ、あたしたち」

「そう……ね」

そうなのか？　そうなんだろうか？

離婚がスムーズにできるのならそれはもちろんありがたい。水元くんには恨みがあるわけではないし、彼が幸せになってくれるのならわたしは余計な罪悪感を感じないで済むとだろう。それで深尋も幸せになれるのなら、一石三鳥、申し分のない計画のように思える。思えるのだがしかし、諸手を挙げて賛成する気にはなぜかなれなかった。

「何にしろ、水元くんの意見も聞かないとね……」

「ちょうどよかった。そういうつもりじゃなかったんだけど、明日休みだし、この後ご飯でも一緒に食べませんかって言ったらOKしてくれたの。——月も一緒に、来る？」

「はあ？」

わたしは二の句が継げなかった。

「あ、来た来た。こっちこっち！」

振り向いてカフェの入り口を見ると、ちょっと困惑した様子の水元くんがこちらへ向かってくるところだった。わたしたちのテーブルまで来ると、座らずに「やあ」と力ない声を出す。

昼間、お互いあんなことがあって傷つき、一緒に戦う意志を固めたはずなのに、深尋に誘われたらほいほいＯＫするんだ。へー。

「どうする、月。一緒でも、いいよ。一緒でも、いいよ」

一緒でも、いいよ。一緒でも、いいよ。

頭の中で深尋の言葉が反響する。「一緒でも、いい」って、どういうこと？

そんなふうに言われてついていくほど馬鹿じゃない。

「……ごめん。わたし今日は早めに休みたいし、二人でゆっくりしてきて」

たぶん相当に強ばっていただろう笑みを浮かべ、そう言った。

「うん。じゃあ、またね。──例の件は、ちゃんと水元さんと相談しとくから」

その不自然さに気づかない様子で深尋は立ち上がり、あろうことか水元くんの肘に腕を絡ませて店を出て行った。

わたしは呆気にとられたまま、しばらく二人の姿をウインドウ越しに追っていたが、完全に二人が見えなくなってようやく我に返った。

何なんだろう、この気持ちは。

嫉妬？　いや違う。断じてそれはない。

捨てようと思っていたゴミでも、もし他人から「それ捨てるんだったらちょうだい」と言われたら、一瞬「もしかしたらまだ価値があるものなのかな？」と見直してはみるだろう。多分その程度のことだ。よくよく考え直して、やっぱりいらないものだと結論できるなら、喜んで差し上げればいい。リサイクルだ。エコロジーだ。

水元くんは深尋にとってはなにがしかの魅力があるのだろう。わたしにとっては？　もちろん、ない。まったくない。

わたしは深呼吸して、乾さんに電話をかけた。

2

乾さんは二つ返事で食事の誘いを受けてくれた。辛い料理が好きだと分かったので、何度か行ったことのあるタイ料理の店へ連れて行った。深尋も水元くんも辛いものが苦手な上に好き嫌いが多い（パクチーが嫌いとか甘いタレが気に入らないとかうるさい）ので、最近足が遠のいていた店だ。

二人して激辛料理をシンハビールでしこたま流し込み、好きな映画の話なんかで盛り上がった。

ただ単に趣味が合う、というだけではない。水元くんとの間に常に感じる乗り越えがたい壁、重苦しい空気のようなものが、この人との間には感じられない。相手のことをよく知っているわけでもないのに、なぜか自然体でいられる。これこそ、相性がいい、というんじゃないだろうか？

調べられるのなら一応調べてみようか、と一瞬思い、すぐに否定した。ＰＭの判定なんかに振り回されるのはこりごりだ。自分の目で見て、自分の頭と心で判断しなきゃ。

わたしの苦笑いを見咎めて、乾さんが訊ねた。

「……どうしたの？」

目の前にはもうデザートしか残っていない。バジルシード入りのココナツミルクを何となくスプーンで混ぜながら答えた。

「……いえ、深尋がね」

わたしは彼女の計画について話した。二組のカップルに既成事実ができてしまえばいいと考えていること、今どこかで水元くんとデートしているんだということ。

「――なんだ。そういうことだったのか」

少し傷ついたような表情になったので、わたしは慌てた。何か、まずいことを言ってしまったに違いないと分かったのに、どこがまずかったのかが分からない。

「ただ俺に会いたいと思ってくれたんじゃなかったんだ」

少しすねた口調に、嬉しくてきゅんとなる一方、フォローしなきゃと慌てる。

「え……いえ、そんな」

「だって、相澤さんが水元と食事に行っちゃったから、むっとしたんだろ？　それで当てつけみたいに俺と食事することにした。——馬鹿だね。てっきり好かれてるもんだと思っちゃって。いつもそうなんだ、俺」

年上の、しかも水元くんの先輩である乾さんに丁寧口調で喋られるのは何だか違和感というか距離感を感じていたが、今日話すうちにだいぶざっくばらんな口調になっていた。それが嬉しくもあったのだけど——。

「待ってください。その……確かに順番としてはそうですけど……でもわたし、乾さんのこと……好きです」

つい、言ってしまっただけだった。そんなふうに思っていたわけではなかった。相性がいいなとか、落ち着くな、ということと、好きだとか恋してるだとかは別のはずだった。でも、口にした途端、胸がどきどきしてきて、全身にじわんと血が激しく流れるような、味わったことのない感覚を覚えた。

「……ほんとに？」

疑っているような上目遣いの視線を向けてくる。

「ほんとです。少なくとも——こんな言い方失礼かもしれないけど——一緒にいて、水元くんよりずっと楽しい。こんなふうに気持ちが落ち着いたのなんて、久しぶりなんです。嘘じゃないです」

今正直にすべてを話さないとその機会さえなくなるような気がして、わたしは必死だった。誤解だけはされたくなかった。

「ほんと？　ほんとに？」

まだ信じられない様子で乾さんが何度も訊ねる。大きくていかつい人なのに、その不安そうな表情が小さな子供みたいに見えた。

「ほんとです」

彼の目を見つめながら、わたしはこくりと頷いた。乾さんの顔がようやく少し緩んだようだった。

「……じゃあその、相澤さんの計画は、どう思ってるの？」

意外にも話が元へ戻る。

「え……いや、どうって……？」

「もし、離婚がうまくいったら、その……俺と結婚するって選択は、あるのかなって」

何て答えたらいいんだろう。いくつも浮かぶ答の中から一番間違ったものを選びそうでわたしはパニックに陥った。

「まだ、分かりません。──つまりその、すぐに再婚ってこと、考えられるのかどうかってことで──」

「そうだよね。俺が悪かった。答は急がなくていいよ。でも、俺の気持ちははっきりしてるってことは覚えてて」

「……はい？」

乾さんは急にテーブル越しに手を伸ばしてきて、スプーンを持ったままだったわたしの手首を摑んで、言った。

「月さん——俺は、月さんが好きだ。結婚したいと思ってる」

3

とりあえずはまだ自宅であるマンションに帰り着いたのは、十一時過ぎだった。ドアの前に立ってはじめて、当然のことながら中には水元くんが待っているであろうことを思いだし、妙に慌てた。この浮かれた様子が、シンハビールとその後にバーで飲んだカクテルのせいだけではないことに気づかれてしまうんじゃないだろうか、そんなふうに思ったのだ。

乾さんと食事をしてこんな時間になったと知ったら、彼と何かあったと思われてもしかたない。

もちろん、何もなかった。事実上のプロポーズ以外は、何も。

今思い出しても顔が火照りそうだ。

水元くんだってきっと深尋のアタックにまんざらでもない気でいることだろうし、離婚を成立させるためにもそれぞれがうまくいった方が都合がいいわけで、正直に話していけない理由は何もない。何もないはずなのだけれど、でもこの思いを水元くんに知られるのは何だかとても抵抗があるのだった――。

「何してんの？」

突然後ろから声をかけられて、わたしはひゃあっと柄にもない女の子っぽい声を漏らして飛びすさっていた。わたしもびっくりしたが、声をかけた水元くんの方も驚いたらしく身をすくめている。

「な……なんで？」

「なんでって、何だよ。今帰ってきたんだよ。君も、今の電車だったの？」

週末とあってこの時間、同じ駅で降りる客は多い。お互いぼーっとしてて気づかなかったのだろう。

「乾さんとね、食事をしてたの。――お互いデートを楽しんだってことみたいね」

にこやかに笑って先制攻撃を放ちながら、ロックを外してドアを開ける。「お互い」というところがミソだ。ちくりと攻めつつ、こちらもそれなりのデートだったとさりげなく教えておく。

案の定水元くんは分かりやすくうろたえる。

「乾さんと？……そう、なんだ。ぼくと深尋ちゃ――相澤さんは、別にデートとかそんなんじゃ……彼女はぼくたちのために、色々考えてくれてるんじゃないか」

わたしは靴を脱ぎながらだったが、深尋の名前を言いかけたのを聞き逃さなかった。デートじゃないとかよく言えたもんだとむっとしつつも、あえてそこはつつかない。自分にも跳ね返ってきそうだからだ。

「——深尋のこと、好きになれそうにないの？」

「……そんなのまだ分からないよ。少なくとも、君より相性良さそうだとは思うけど」

そういう答が返ってくると分かっていても何だか腹が立つ。

「よかった。わたしも乾さんとだったらうまくやっていけそうな気がするし。すごく話が合うの」

「そう。そりゃよかったね」

少しうんざりしたような口調の中に嫉妬の響きがないかと神経を尖らせたが、微塵も感じられなかった。

「深尋が考えた計画は、どう思ったの？　うまくいくと思う？」

ネクタイを外しながら台所へ向かう水元くんの後を追い、訊ねる。

「……うーん……どうかな？　まあもちろん、味方が多いのはありがたいことだよ。でもPMがそんなことで、じゃあ仕方ないなって言ってくれるとはとても思えないからな……」

それについてはわたしも乾さんも同じような意見だった。しかし今や乾さんは、わたしとの結婚を真剣に考えてくれているわけで、計画に有効性があるかないかは二の次になっている。

「相澤さんはＰＭ社員じゃないからいいけど、悪くすると乾さんだってクビになるかもしれないんだぜ。そしたらぼくも乾さんも、奥さんに食わしてもらうってことになるのかな」

そう言って自嘲（じちょう）気味に笑い、グラスに水を入れて飲み干す。

もちろん乾さんもその可能性は考慮していた。ＰＭをクビになったらなったで他の仕事を見つけるさ、と本気かどうか分からない言い方をしていたけれど、あれはわたしに余計な心配をさせないようにという気遣いだったに違いない。

「わたしはともかく、深尋は絶対無職の男となんか結婚しないから。お金のかかる子なのよ」

詳しくは分からないが、見たところおしゃれにかける費用だけで月給が全部消えているのは間違いない。多分、その上親からお小遣いをもらってるのではないだろうか。給料が上がったら上がったでその分使ってしまう、そういう性格だと睨んでいる。

「何でそういうこと言うわけ？　友達だろ。――まさか、やきもち焼いてるわけじゃないよね？」

少し嬉しそうに目を光らせてわたしを振り返る。

「冗談でしょ。——忠告してあげてるの。後で『こんなはずじゃなかった』とか言って欲しくないから。もし何とか結婚できたとしても、また離婚なんてことになったら、深尋にとっても不幸でしょ？」

「ふーん……？　まあそういうことでいいや。——何にしてもクビにならない方法は考えなきゃならない。それで、乾さんの方は、深尋ちゃんの計画に乗ってくれそうなの？」

もう開き直ったのか、「相澤さん」と言い直すこともしない。

わたしはプロポーズのことを言おうかどうしようか一瞬迷ったが、結局言えなかった。

「ええ。悪くないんじゃないかって。口止めしなきゃいけない関係者が増えてＰＭは困るだろうし、さすがに理由も明かさず二人も一緒にクビ切るのは難しいんじゃないかって」

「……どうかな。クビ切る理由くらいいくらでも見つけだしてきそうだけど……乾さんがそう思ってるんなら、そうなのかもな……」

そう呟くように言いながら水元くんは冷蔵庫の扉を開け、缶ビールを一本取りだして見つめ、わたしを振り向いた。

「——飲む？」

そんなつもりはなかったのだが、あんまり自然な問いかけだったので思わず頷いていた。

水元くんはもう一本ビールを取り出すと、放り投げてきた。危ない、と思ったけれど、奇跡的にうまくキャッチできて自分でも驚く。

水元くんは褒めてくれる様子もなくソファに座ってビールを飲み始めたので、わたしもこれくらい当然だという顔をし、向かいに腰かけて同じように口をつけた。

「そうそう。大事なことを忘れてた」

水元くんは傍らに放り出していたブリーフケースを開けて小さい箱を取り出し、目の前のテーブルに置いた。小型の電気製品のようだ。

「何これ」

「ペン型のビデオカメラ。ほら、ぼくも今ここにつけてる」

そう言ってはだけたジャケットの胸ポケットを指差す。

「ある程度近くで聞こえた人の声に反応して録画、録音を始める設定になってるから、会話なんかを証拠として残しておける。電子透かしを入れて改変ロックしとけば、裁判でも通用するデータになる」

「……それを、わたしも持つの？」

あちこちに防犯カメラがあっていつ撮られているか分からないような時代だとはいえ、何だかこういうのは盗聴みたいで気持ち悪い。

「その方がいい。連中が脅迫なんかしてきたら、逆に取引材料が増える」

「……でもわたし、ペンなんか差してたら変に思われる。胸ポケットがあるとは限らないし」

「何とでも持ちようはあるだろ？　とにかく、色んなシーンを撮っておいて、関係ないものはどんどん消していけばいい」

もちろん後で消すにせよ、友達とのやりとりもその瞬間はこっそり録画してしまうわけだ。どうしても罪悪感を感じてしまいそうなのだが、水元くんはそんなことは思わないのだろうか。

それに、こういう手口についてはきっとあの黒服の連中の方がずっと詳しそうだ。わたしたちが徹底抗戦する気だと分かれば、それなりの対策を取ってくるのではないだろうか。

——何もしないよりはましか。そう思ってわたしは素直に箱を受け取り、中からビニールに包まれたペン型カメラを取りだして操作方法を教えてもらった。

「それとこれ、領収書。そっちの分は、頼むよ」

「え、何それ。わたしもお金払えってこと？　相談もしないで買ってきたのに？」

わたしは領収書の金額を見て目を剝いた。

「高っ！　こんなおもちゃがこんなにすんの？　信じられへん！」

「小さいけど、すごく高性能なんだぜ？　これでも一世代前のやつだからこの値段で済んでるんだ。——文句を言うなら、他にいいアイデア出してくれよ」

むっとしたが、そう言われてすぐ何か代案が出るわけではない。

「分かったわよ。払うわよ」

ことが終わったらオークションで叩き売ってやろうと思いながら、残っていたビールを飲み干した。

何か一瞬、こいつもそんなにダメな奴じゃないのかも、と思いかけた自分が腹立たしかった。

「じゃあ、後はまた明日話そう。――おやすみ」

水元くんはそんな気持ちを知ってか知らずか、にこやかに微笑んで寝室へと消えた。

くそっ。今日はあっちの番だったか。

翌日は休みだったのでゆっくり起きてもう一度今後の対策を練ろうと思っていたのだが、それはかなわなかった。

水元くんが寝室から飛び出してきて、慌てた様子でわたしを起こしたのだ。なぜかわたしはソファベッドではなく、カーペットの上で毛布にくるまっていた。

寝ぼけ眼(まなこ)で時計を見る。

「なーに？……まだ八時じゃない」

「大変だ！　呼び出しだ！」

「呼び出し？　誰から？」

「会社だよ、決まってるじゃないか」

「……ふーん。急な仕事？」

まだ少し寝ぼけていたのか、そんな反応しかできなかった。

「違う。今日会社で夫婦カウンセリングを受けろって言うんだ」

「……カウンセリング？ そんなのほっとけばいいじゃない。受けるかどうかはこっちの勝手でしょ」

「そういうわけにはいかないよ！ 社長からの直々のメールなんだ。『カウンセリングによる円満な解決を望みます Ｓａｉｚｏ』って。ほら。電子署名が入ってる。ね？ 間違いなく本人だ」

水元くんはそう言ってわたしの前に嬉しそうに端末を突き出してみせる。

「……社長命令だからって、何だってのよ。そんなの聞く必要ないじゃない。わたしたちの間がカウンセリングでどうにかなるなんて思ってないでしょ？」

「思ってないよ。思ってない。――でもすごいだろ？ サイゾーから署名入りのメールもらえるなんて。サイゾーだよ？ 高田才蔵だよ？」

そっちか。それを興奮してるのか、あんたは。

「それにさ、もしかしたらサイゾーと直接話ができるかもしれないよ？ ちゃんと話せば分かってくれるかもしれない。すごい金持ちで天才なのに気さくないい人だって評判だ」

「冗談やめてよ！　つまりはＰＭのシステムを作った張本人ってことでしょ？　そのおかげでわたしたちはこんな迷惑をしてるんじゃない。そいつに会えるのがそんなに嬉しいこと？」

　わたしは身体を起こして怒鳴った。ほんとにこいつ、信じられない。

　水元くんは困惑した様子で口ごもる。

「いや、そりゃそうだけど。でもそれとこれとは……だってサイゾーだよ？　会いたく……ないの？」

「ない」

　心底ショックを受けた様子で立ちつくしている。

　わたしだってＰＭの創設者であり天才遺伝学者でもある高田才蔵の名は聞き覚えはある。でも総理大臣に会いたいと思わないのと同様、高田才蔵にも何の興味も持ったことはない。

　水元くんは唇を舐め舐め説得を続けようとする。

「……でもさ、ここは一つ会社に対して話し合いの姿勢を見せておくのも悪くはないと思うんだよね。離婚するなという言葉も聞かない、カウンセリングも受けないじゃ、とりつく島もない問題夫婦だと思われても仕方がない。それより、ぼくたちがどんなに努力してもやっていけないカップルなんだってことをＰＭの専門家チームに納得してもらうのが順序なんじゃないかな？」

「いや」

「なんでだよ」

「……だって、何されるか分からないもの。信用できない」

わたしが言うと水元くんは両手を拡げて天井を仰いだ。

「何されるって言うんだよ。頭に電極突っこまれるとでも？——もちろん、ぼくだって無条件に信頼してるわけじゃないよ。心配なら家族や友達何人かに予定を伝えておけばいい。もし万が一ＰＭが変なことをしようとしたら、そのことを言えば帰さざるを得ないだろう？　深尋ちゃんや乾さんにも言っておけばいい」

そんなことくらいではとても安心なんかできないけれど、では一体何が心配なのかと聞かれても答えられないので黙っていた。

「な、行ってくれるな？」

なおも黙っていると、水元くんは驚いたことにわたしの前に座り込んで深々と頭を下げた。

「頼む。心配なら、乾さんに相談してみたらいい。もし彼が『やめた方がいい』って言うならそれでもいいから」

乾さん——。彼ならやはり、『嫌なら行かなくていいよ』って言うだろうと思えた。すると実際そんな声が聞こえたかのように、すっと気が楽になった。

「――分かった。行く」

わたしは言って、立ち上がった。

「え、ほんと？　ほんとに行ってくれる？」

「行くって言ってるでしょ」

敵陣に乗り込むのだ。いつもより気合いを入れて化粧しなければ。

4

わたしがＰＭに登録をしたのは支店の一つだったから、本社は結婚が決まって何度目かの打ち合わせの時に水元くんの職場見学と挨拶を兼ねて一度訪れたことがあるだけだ。その時はただただ世界的な巨大企業の本社ビルということで立派だなあと感心していただけだったが、今改めて目の前にすると、それはわたしたちの前に立ち塞がる悪の塔のように思えた。

以前はきらきらと虹色に輝いて見えたものが、曇天の下では灰色の水晶のようで、ますます不気味に見える。

「どうしたの？　行くよ」

駅ビルを出たところで、立ち止まってＰＭビルを見上げ息を整えているわたしを不思議そうに顧みながら、水元くんは言った。

「うん」

わたしたちは道路を渡り、二人揃って正面入り口から足を踏み入れた。

水元くんは通常は週末が休みだけれど、PM自体は年中無休だ。今も一階ロビーは大勢のお客が待たされている。ほとんどはわたしたちと変わらないか、それ以下の年の男女だ。カップルもいれば一人で来ている人たちもいる。既に相手が決まっている人もいればそうでない人もいるのだろうが、わたしにはどの顔も皆、希望に満ちた表情を浮かべているように見えた。

そう、ここへ来れば、ほとんどの人は幸せになれる。ごくごく少数の例外を除いて。

「こっちだ」

水元くんについていくと、トイレよりも奥まったところにある小さなエレベーターホールがあった。そしてこれまたこのビルにしてはひどく小さい六人乗りのエレベーターで二十階に上がると、そこは「クリニック」とだけ書かれた扉とモニターつきのインタフォンだけがある狭い空間だった。「クリニック」に入る以外、どこへも行き場所はない。

水元くんがインタフォンを鳴らして名前を名乗ると、白衣の男がドアを開いてわたしたちににこやかに笑いかける。

「ようこそいらっしゃいました。水元ご夫妻ですね？　マリッジカウンセラーの中原（なかはら）と申します。どうぞ中へ」

スキップでもしそうな勢いでちょこまかと動く背の低い男は、ぱっと見た感じは五十代だが、声や動作は若々しい。多分、髪に混じっている白髪（しらが）はわざと染めているのだろう。こういう職業の人たちの多くは、若く見られることが商売上差し障りがあると思っているのだ。――それともやはり見た目どおりの五十代なのだろうか？

長椅子か何かで精神分析のようなことをされるのかと思いきや、まずは普通のカウンターに横並びに座らされただけで、対面したカウンセラーは旅行案内でもするみたいな笑みを浮かべて口を開いた。

「最初に申し上げておきますが、今回のような例はわたしにとっても初めてのことで、一体どういうことなのか皆目見当がつきません。ですからお二人の協力を得て、ゆっくりとことの原因を探っていくしかありません」

「初めて？　何が初めてなんですか？　特A判定のカップルが離婚しようとしたのが初めてってことじゃないですよね？」

わたしは不審に思っていることを隠そうともせず訊ねたが、中原は意外そうに頷く。

「――もちろんそういうことです。特A判定のご夫婦が、こんなにも早く、特に大事件があったわけでもなく離婚をお考えになるといったケースは、わたしの知る範囲では初めてのことです」

わたしはじっとその目を見つめたが、嘘だとも本当だとも確信を持てなかった。

中原が、何もないように見えたカウンターの上で指を動かす。どうやら、こちらからはごく普通の白い天板のようだが、あちらからは何かディスプレイのようなものが見えているらしい。きっとそこにはわたしたち二人のカルテが表示されているのだろう。

「言っときますけど、今日わたしたちがここに来たってことは、たくさんの人に言ってありますから。夕方になっても連絡がなければ、捜索願いを出すよう頼んであるんですからね」

「ほう？　なんでそんなことをおっしゃるんですか？」

中原はカウンターの上で手を組むと、心底興味深いといった様子でわたしの顔を見つめる。

「――とぼけないでください。あなた方は、なんとしてでもわたしたちを離婚させないようにと思ってるんでしょ」

「おい、月、そんな言い方はやめろよ――」

単刀直入すぎると思ったのか、水元くんは宥めにかかるが、逆効果だった。

「呼び捨てにしないで！――そうでしょ？　PMは、特Aのカップルに離婚されちゃ困る。だから、あの手この手で離婚しないよう手を回してきた。わたしたちが初めて？　そんなこと、とても信じられない」

「……ご主人も同意見ですか？」

カウンセラーはわたしからついと視線を逸らして水元くんを見る。

「『ご主人』なんて言い方はやめて！　わたしたちは夫婦だと思ってないし、たとえ思っててもそんな言い方――好きじゃない」

「失礼しました。じゃあ……憲明さん、とお呼びしましょうか。憲明さん、あなたも月さんと同じご意見ですか？」

「え、ええ……まあ。いえ別に、あなたが嘘をついてるって言ってるんじゃないんです。ただこの数日、色んな形で離婚を考え直させようと会社が手を出してきたのは事実なんで……」

「そりゃあ、大切な社員が不幸になるのを見過ごすわけには行きませんから、皆さん善意で何か助言されたのでは？」

「助言なんてものじゃないんです！」

わたしはたまらず口を挟んだ。

「尾行されたんですよ？　黒いスーツの人が、職場からずっと尾けてきたんです。それって異常じゃないですか？」

カウンセラーはちらりとわたしを見たもののすぐにまた水元くんに顔を向けて質問した。

「憲明さんもそれをご覧になったんですか？」

「い、いえ、ぼくは話を聞いただけで」

別に嘘をついているわけじゃないけれど、何となくかちんと来る。何だか彼も半信半疑、みたいな言い方だったからだ。

「……なるほど」

指がカウンターの上で躍る。

「ちょっと待ってください。まさか、わたしの妄想だなんて思ってらっしゃるんじゃないでしょうね？　他にも証人はいるんですよ」

「ほう。どなたですか？」

乾さんだ——と言いかけて、はたと気づいた。彼はもちろん、黒服の男を見ていない。わたしからそう聞いて信じてくれただけだ。

「いや、あの……」

わたしが口をぱくぱくさせている間に、質問は再び水元くんへと向かった。

「離婚を言い出されたのは、どちらでしたか？」

「……あ、それは……彼女の方、です」

それからあの夜のことを説明することになった。はたで聞いていると、何てひどい女なのかと思えてくる。口出ししたかったが、その度に中原はわたしをちらっと冷たい目で見て制するのだ。無理矢理口を挟んでもいいけれど、そうしてもますます信じてはもらえない、そんな目だ。

一通り聞いたところでカウンセラーは言った。

「ではこれから少し、お一人ずつ別々にお話を聞かせていただきたいと思います。ではまず、月さん。さっきからお話ししたくて仕方がないという感じでしたね。大丈夫です。何でも話してください」

彼は立ち上がって、カウンターの向こう側にあるドアを指し示す。

一人でそこへ入っていくのは嫌だ。どうしようもなくそう思い、水元くんを振り返った。

「――大丈夫だって。心配ないから」

駄目だ。彼の声では駄目だった。

乾さんだったら。乾さんが同じことをあの声で言ってくれたら、少しは勇気が出そうなのに。

「さあどうぞ」

中原は先に立ってドアを開け、その向こうへ消えた。

第七章　信じるものは救われる

1

月が一人でマリッジカウンセラーと話をしている間、ぼくはカウンターの前で所在なく待っていた。普通なら端末でニュースやコラムでも読んでいればいくらでも暇は潰せるのだが、そんな気にもなれず、ついいらぬ想像をしては不安を募らせる。一時期、それを見るだけで催眠状態になるビデオというのが流行ったことがあったが、ああいうものでも見せられて、夫を愛するよう暗示をかけられていたりするんじゃないだろうか？　ぼくも同じ暗示にかかったとしたら？　催眠術のおかげであれ、お互い愛し合っていると思いこんだなら、それはそれで幸せだろうか？——いやいや、あんなものにそんな強力な効果はなかったはずだ。こんなに相性が最悪なら、そんな小細工でどうにかなるとも思えない。喧嘩を繰り返した挙句、結局はまた離婚という結論にいたることだろう。

　また、ひどいトラウマに悩む人たちを救うために開発されたという、大脳皮質を刺激して特定の記憶を選択消去できる装置もアメリカでは既に使われているという話だ。日本ではまだその使用を認められていないというが、ＰＭならこっそり手に入れることもできない話じゃないだろう。そんな装置を使って、ぼくたちのここ数日の記憶を消してしまったら……？　いややっぱりそれでも駄目だろう。記憶を消したって、どちらかの性格が変わらなければ、もう一度同じことを繰り返すだけのことだ。

　大体マリッジカウンセラーって何だ。人生相談に乗るというだけのことなのか、心療内科みたいなものなのかも不明だ。「クリニック」と書いてあるのだから、それなりの資格を持った人間なのだとは思うが、ぼくたちは別に病気でも何でもない。「治す」ことなどできないのだ。

　もし万が一、月がおかしな状態で戻ってきたら、すぐさま例のペン型カメラの録画を確認してやる。催眠や脅迫といった手段が使われていたら、月を連れて逃げる。

　そこまで考えて、果たしてここからすんなりと逃げ出せるようにできているのだろうかと不安になった。こんな奥まった場所で、出入り口といえばさっきのエレベーター一基しかない。エレベーターを止められたら終わりだ。今日ここに来ることはたくさんの人に言ってある、というのは本当だが（たくさんと言っても乾さんと深尋ちゃん、それにお互いの家族だけだ）、それだけで彼らが強硬手段を諦（あきら）めると安心はできない。やはりこのこここに出向いてきたのは間違いだったのだろうか――。

そんなことをぐるぐると考えているうちに二十分ほど経(た)っただろうか。

先程二人が入っていったドアが開き、月が先に出てきた。手で口を覆っていて、よく見ると目が赤い。まるで泣いた後のようだ。

「月――!」

ぼくは思わず立ち上がって駆け寄った。

「何された? 何されたんだ?」

てっきりわあっと泣いて抱きついてくるかと思いきや、きょとんとした様子で立ち止まり、手を振って否定する。

「違うの。何でもないの。心配しないで」

「心配しないでって……泣いてたんじゃ……」

「違うって。いいから、今度は水元くんの番」

苛(いら)ついたように言ってぼくを追いやろうとするみたいに手を振る。

「どうぞ」

カウンセラーの中原は月の後ろからにこやかな顔を覗(のぞ)かせ、頷(うなず)きながら言った。

一体何なんだ、これは、と思いながらも、月が平然と椅子に座り、ハンカチを取りだして軽く目尻のあたりを押さえたりしているのを見ると、何でもないという言葉を信じるしかないようだった。

　中で何が行なわれたのか。月は何か説得を受けて離婚の決意を翻したりしたのだろうか？

　彼女に色々質問したいと思いながらも、二人に急かされて仕方なくドアの向こうへ恐る恐る足を踏み入れる。

　真っ白い空間だった。

　病院や診療所などというものはどこも白っぽいものかもしれないが、それにしてもすべてが白い。壁や天井が白いだけではなく、そこに置いてある備品も白く、しかもそれらの色合いがほぼ同じなので、白衣を着たカウンセラーが歩いていくと、一瞬顔だけが浮遊しているようにさえ思える不思議な空間だった。

　カウンセラーは空中に腰かけたように見えたが、目を凝らすともちろんそこには真っ白いスツールがあるようだった。

「どうぞこちらへ」

　中原が指し示すあたりにはゲルクッションタイプのバリアブルチェアが置いてある（もちろん真っ白）。雲のように見えるそれに沈み込むと気持ちよく身体が包まれ、程よいところで固定される。表面に近い部分のゲルだけが、体温と近い温度で硬化するのだ。そういうものがあるのは知っていたが、高額なので座ってみるのも初めてだ。そこそこ値段が下がっていたら自宅に欲しい、などと思ってしまうほど、今までにない座り心地だ。ほぼ天井を向く形になり、中原の表情は目の端にしか映らない。

「月さんには、色々と問題があったようですね」

どこまでも白い茫漠とした空間に浮かんだ顔が、重々しく口を開いた。壁には吸音素材が貼られているのか、音は一瞬で消え去る。何か心理に与える効果を計算してのことなのだろうか。

「え？……彼女は何を言ったんですか？」

「大変後悔されておいででした」

「後悔？　何を後悔してるって言うんです？」

意味が分からなかった。何でそうなるんだ？

「あなたを責めたことをですよ。自分のことを棚に上げて、あなたにばかり責任を負わせてしまったと。自分も直すべき点は多々あったのに、とひどく後悔していました」

本当のことだろうか？　それはもちろん、後で彼女に聞けば分かることだし、ビデオにも残っているはずだ。こうして二人の間に入って、お互いにオブラートにくるんだ解釈を伝えることでぼくたちが仲直りするとでも思っているのだとしたら、いくらなんでも甘すぎる。

そう思いながらも、月が本当に自分の罪に気づいてくれたのだとしたら、それはそれで喜ばしいことだとも思っていた。あの仕打ちは余りにも一方的すぎた。

「それが本当なら、嬉しく思いますよ」

ぼくが言葉を選びながら慎重に答えると、中原はうんうんと大きく頷く。

「嬉しく思う、ということは、あなたはまだ彼女に好意を抱いてる、そういうことじゃありませんか？」

「冗談じゃないですよ！　好意だなんて……」

ぼくはすぐさま否定したが、自分の耳に何だか嘘くさく響くのに気づいて驚いた。

「そもそもぼくたちは一度もお互いに好意を持ったことなんかなかったんです。ただ特A判定が出たから結婚しただけで。まともに向き合ったのはハネムーンに行ってからが初めてで——そこでようやく、お互いまったく合わないって分かったんです」

「嘘はいけませんね」

やんわりとそう言われ、どきっとした。

「あなたは離婚など望んでいなかった。そうでしょう？　あなたは、月さんの剣幕に押され、喧嘩になり、その結果彼女の主張に同意することになった。あなたはひどく傷ついたはずです。幸せな結婚生活を夢見ていたのに、彼女に拒否されたんですからね」

「それは——」

それはもちろんそうだ。ハネムーンがうまくいかなかったことは分かっていたけれど、だからといってあそこまで自分が拒否されているとは思ってもみなかった。

「自分にはよほど男性的魅力が欠けているのではないかと思ったのではないですか?」

「……ええ、まあ」

「あなたは魅力的な方ですよ。そうでなければ、月さんはたとえ特A判定だったとしても、結婚という選択はしなかったはずです。そうは思いませんか?」

そうなのだろうか。確かに彼女はあまり判定にこだわってはいなかったようだが、ずるずると流されて結婚してしまっただけで、魅力なんて感じてはいなかったんじゃないだろうか。それとも——。

ぼくには分からなかった。

「あなたも、月さんを非常に魅力的な方だと思っていた。そうじゃないですか? 思い出してください」

「……外見的にはそうだったかもしれません。でも、今お互い相手に何の魅力も感じていないことは事実です。重要なのは外見じゃなくて中身だし、過去じゃなくて現在でしょう?」

「今は本当に何も魅力を感じてないんですか?」

「ええ」

中原はそれ以上追及しては来なかったが、ぼくの胸の中にはしこりのようなものが残された。そのしこりを取ろうとして、つい言葉を重ねる。

「彼女が言ったかどうか知りませんが、実はもうお互い別の相手を見つけてしまっているんです。離婚が成立したら、それぞれ再婚するつもりでいるんですよ」

再婚するつもり、などとまで思ってはいなかったのに口を滑らし、これまた別のしこりが生まれてしまう。何だか深尋ちゃんのことをだしにしているような罪悪感。

中原は、初耳だという様子で嬉しそうに声をあげる。

「ほう。それはそれは。――そのお相手とのマッチングはお調べになったんでしょうか？」

「……いえ。でも、月と話してるより癒されるって言うか、居心地がいいんですよ。ぼくは元々、ここに入社したくらいですし、ＰＭのマッチングを百パーセント信頼してました。――いやもちろん、今でもほぼ信頼してるんですよ」

録音か何かされていて、誰かの耳に届かないとも限らないと思って、ぼくは慌てて付け加えた。

「信頼はしてるんですけど、結婚生活にはそれよりももっと大事なことがあったのかな、と思うようになったんです」

「マッチングより大事なこととは何です？」

そんなものが本当にあるのかと言わんばかりの口調で、彼は訊ねる。

「いや、何て言うかその……直感とか、閃きとか……なんかそういうものですよ」

ぼくもまだその正体を摑み切れていなかったので、そんな答しかできなかった。

「マッチングよりも、直感を信じますか。なるほど」

否定はしないけれど、不服なのははっきりと分かる。ぼくも改めて、自分の言葉がひどく馬鹿馬鹿しく思えてきた。

カウンセラー——何という名前だったか忘れてしまった——の声がやけに遠くから降ってくる。

「人は自分でも本来の姿を見失うことがあります。気づかぬうちにたくさんの鎧を重ね、仮面をつけて暮らしているんです。ましてや、会ったばかりの他人の真実の姿なんて、分かるはずもないんです。遺伝子にこそ、その人のすべては記されています」

カウンセラーらしくない言葉だ、そう思いながらもその言葉はぼくの胸にずしんと響いた。直感がPMの判定より優るなんて、馬鹿なことを考えたものだ。そんなはずはないのに。

「でも月が……月は、ぼくたちがうまくいかないって、信じてます。ぼくだけが判定を信じたところで、彼女が信じなかったら——」

「月さんも、今は信じ始めていますよ」

「そうなんですか？」

「結婚前後の女性は、男性に比べてずっと不安定になるものなんです。マニュアルにもそう書いてあったはずですが」

「それは読みましたけど……」

「月さんは確かにまだあなたに心を開いてはいませんが、自分が少し頑なになっていたことに気づき始めています。素直な心であなたともう一度向き合えば、きっとあなたの本当の魅力に気づくはずです」

ぼくの本当の魅力――。

「あなたたちが、深く深く愛し合う日が来ることが、わたしたちには分かっているんです。すぐ届くところにある幸せを、みすみす逃してもらいたくはありません。ほんの少し、ほんの少し努力をしてみてはいかがでしょうか？　意地を張らず、まっさらな目でお互いを見つめてみてはいかがでしょうか？　あなたたちはどちらも、魅力溢れる、素敵な若者です。一時の迷いで大切な未来を台無しにしてはいけません」

心の隅っこで、何を怪しい宗教家みたいなこと言ってるんだ、と思っていながらも、胸の奥底から込み上げてくる思いはそれを上回った。不意にぶわっ、と涙が溢れ出し、視界が遮られる。

「ぼくは……ぼくたちは……本当に……幸せに……なれますか？」

嗚咽をこらえながら訊ねる。

名前も顔も思い出せない誰かが大きく頷く。

「もちろん、なれますとも! お互いを信じる心を忘れさえしなければ。PMを信じるのではありません。お互いを信じるのです。あなたたちの運命を信じるのです」

ぼくたちの運命。

そうだ。ぼくたちは出会うべくして出会った。PMの力は借りたけれど、ぼくたちは赤い糸で結ばれていたのだ。

「さあ、ではもう一度、お二人ご一緒にお話を伺いましょう」

誰かに肘(ひじ)を摑まれ、誘導されるままにぼくは歩いた。流れ続ける涙を拭(ぬぐ)い、ドアを開けて白い空間から外へ出る。

ふと目をあげると、彼女が椅子から立ち上がるところだった。

ぼくの運命の人。ぼくの妻——水元月。

「月——」

「水元くん……憲明さん。ごめんなさい、わたし——」

彼女の言葉を待たず、ぼくは駆け寄って肩を抱き、首を振った。

「謝るのはぼくの方だ。君の気持ちを分かってあげられなくて。——とにかくもう一度最初からやり直そう」

潤んだ瞳が近づいてきた。

「最初から？」

「そう、最初から」

ぼくは結婚式の誓いの時、ただ一度だけしたあの口づけを思い出しながら、顔を近づけていった。

その時、バタンと激しい音がしてドアが開き、誰かが飛び込んできた。

月を庇(かば)うようにしながら引き寄せ、闖入(ちんにゅう)者を見る。

「……乾……さん？」

乾さんは激しく肩で息をしながら、ぎらついた目でぼくたちを見る。

「くそっ。遅かったか」

「君は何だ！　出て行ってくれないか」

慌てた様子で白衣の男がぼくたちの前に出て、乾さんを追い返そうとする。

「月さん！　月さん！　俺を見てくれ！　俺のこと、覚えてるよな？」

月は驚いた様子でぼくにしがみついていたが、乾さんの呼びかけにぼんやりと答えた。

「……もちろん、覚えてます……はい」

「じゃあ俺のプロポーズも、覚えてるな？」

月は一瞬、申し訳なさそうにぼくの方を見上げ、続いておずおずと頷いた。

乾さんが、月にプロポーズ？　昨日、月はそんなこと一言も言わなかった。どういうことだ。

「乾さん。人の奥さんにプロポーズって、そりゃないでしょう」

「何言ってるんだ！　お前たちは離婚するんだ。そうだろう？　まさか、忘れたんじゃないだろうな？」

ぼくたちは……離婚する……？　そうだ。もちろんそのつもりだった。いや、でも、ぼくたちは愛し合う運命で……。

「いい加減気づけ！　お前たちは洗脳されかかってるんだ。そいつはセンノウヤなんだよ！」

「何を言ってるんだ。早く出て行かないと警備員を呼ぶぞ」

白衣の男――そうだ、中原という名前だった――は再び慌てた様子でぼくたちの間に立ち塞がり、乾さんを力ずくで追い出せそうにないと見るや、逆にぼくと月を白い部屋の中に戻そうとした。

「センノウヤ？　センノウ……洗脳屋？」

「お前たちがクリニックに呼ばれたって聞いて、それからずっとここのことを調べてたんだ。なかなか正体が摑めなかったけど、ようやく分かった。その中原って男は、設立当初からサイゾーと一緒にＰＭを支えてきた重要人物だが、その専門は洗脳と逆洗脳だ。おかしな判定が出ても、全部そいつがうまく処理してきたんだろう。人を殺したりする必要なんかなかった。どういう方法か知らんが、お前たちはそいつに心を操られてるだけなんだ」

「……人の奥さんに横恋慕して、彼らの幸せを壊そうというのかね。洗脳だなんて馬鹿げた作り話までして。恥を知りなさい、恥を」

中原は乾さんを怒鳴りつける。

嘘なのか？　嘘なんだろうか？

洗脳……といったって、ぼくはさっきからのことをすべて覚えているし、中原とはただ話をしていただけだ。薬を飲まされてもいないし、催眠ビデオを見せられるようなこともなかった。

確かにカウンセリングを受ける前、ぼくたちは離婚を考えていた……ような気がする。でもやはりそれは間違いだと気がついた。自分で気がついたのだ――そうじゃないか？

月は怯（おび）えた目をして、ぼくと乾さんを何度も見比べていた。

2

乾さんがわたしにプロポーズ……？

『俺は、月さんが好きだ。結婚したいと思ってる』

乾さんの声と共に、その時感じたのだろう温かいものが胸に拡がった。

確かにこれはわたし自身の記憶だと思いながらも、遠い昔のもののように薄れかけていることに気づいて戸惑った。

もしそんなことを今言われたら、当惑して、怒り出してしまうかもしれない。だってわたしには永遠の愛を誓った夫がいるのだから。でもあの時、確かにわたしはその言葉を聞いて嬉しかったはずだ――。

わたしは自分を抱き寄せ守ろうとしてくれている夫――憲明さん？――と乾さんの顔を見比べた。

「乾さん。人の奥さんにプロポーズって、そりゃないでしょう」

憲明さんがもっともなことを言う。

「何言ってるんだ！　お前たちは離婚するんだ。そうだろう？　まさか、忘れたんじゃないだろうな？」

忘れた……？　いや、もちろん忘れてはいない。わたしたちは深刻なトラブルを抱えてここにやってきた――確か。でもそれは無事解決し、再出発をしようとしていたのではなかったろうか？

「いい加減気づけ！　お前たちは洗脳されかかってるんだ。そいつはセンノウヤなんだよ！」

乾さんが訴えかけるような視線をわたしに向け、白衣の男を指差して叫ぶ。

洗脳屋……？

わたしはさっき何か変なことをされたのだろうか？　普通にカウンセリングを受けていただけのような気がするが、それとも何か別の記憶を植え付けられたとでも？

いや。もしそんなことができるんなら、乾さんのプロポーズも、離婚しようとしていた記憶も全部改竄（かいざん）できたはずだ。

「お前たちがクリニックに呼ばれたって聞いて、それからずっとここのことを調べてたんだ。なかなか正体が摑めなかったけど、ようやく分かった。その中原って男は、設立当初からサイゾーと一緒にPMを支えてきた重要人物だが、その専門は洗脳と逆洗脳だ。おかしな判定が出ても、全部そいつがうまく処理してきたんだろう。人を殺したりする必要なんかなかった。どういう方法か知らんが、お前たちはそいつに心を操られてるだけなんだ」

「……人の奥さんに横恋慕して、彼らの幸せを壊そうというのかね。洗脳だなんて馬鹿げた作り話までして。恥を知りなさい、恥を」

白衣の男はそう言ったが、乾さんの訴えかけるような視線に嘘はない、わたしにはそう思えた。

何だか分からないけど、今のわたしはわたしじゃない。この白衣の男に何かをされたんだ。

「と……とにかく、外に出ましょう。ここで騒いでても迷惑でしょ。ね、憲明さん」

夫の名前を口にしただけなのに、なぜか強烈な違和感を覚える。憲明さん、って呼んでなかったんだとしたら、一体何て呼んでたんだろう？　頭にもやがかかったような感じで思い出せない。

「まだカウンセリングは終わっていませんよ！」

慌てた様子で白衣の男が叫び、乾さんとわたしたちの間に割って入ろうとする。

わたしたちの洗脳が失敗しそうなので慌てている、そんなふうに見えた。

胸がずきんと痛むのを覚えた。

わたしは、幸せになれる可能性を捨て去ろうとしているのかもしれない、直感的にそう思ったのだ。

さっきカウンセリング室から出てきた憲明さんの顔を見た瞬間の後悔の念と不思議な多幸感は、今もまだその余韻を胸に残している。

離婚なんて考えた自分の愚かさを呪い、でもその寸前で間違いに気づいた自分の幸せを嚙みしめていた。わたしたちはこれで幸せになれる——ついさっきまではそう信じていたのだ。乾さんが飛び込んでくるまでは。

乾さんの言葉を聞かなかったことにすれば、多分わたしたちは——わたしと憲明さんは、幸せになれる。でもそれは本来、わたしと彼が目指していたものとは違うのだ。多分。そしてそれは、ケミカルドラッグなのか電磁波なのかサブリミナルなのか分からないが、何か普通ではない技術がわたしたちに対して使われたということを意味する。それを分かっていて、あえて目をつぶること――それはわたしの性格上どうしてもできないことだった。

「とにかく今日のところは一旦帰らせてもらいます。もう一度ゆっくり話し合いたいので。ね、水元くん？」

水元くん、だって？――そういやわたし、彼のことをずっとそう呼んでたような気がする。

頭にかかっていたもやが急速に晴れていき、記憶が鮮明になってくるようだった。

そうだ。わたしはこの人を愛してたことなんて一度もない。一度もないんだ。

「……そう……だね。続きはまた今度、ということにできませんか？」

水元くんはわたしと同じように混乱していながらも、まずはここを出ることが重要だと悟ってくれたようだった。ちらりとわたしの目を見て、微かに――かろうじてわたしにだけ分かるほど微かに――頷いたのがその証拠だ。

「いや、しかし……中途半端な状態でお帰しして、問題解決ができなくなれば、わたしの責任問題にもなりかねないし……」

白衣の男――中原は明らかに、何かを恐れているようだった。きっと、〝洗脳〟が解けかかっているのではないかと心配しているのだ。どういう技術かは想像もつかないが、乾さんが飛び込んできたようなハプニングによって、台無しになってしまうものなのかもしれない。だとしたらここは何としても一旦外へ逃れる必要がある。

わたしは自分でも驚くほど短い時間に戦略を立てた。

洗脳は完全に成功している、そう思わせたほうがいい。

わたしはそっと水元くんの肩に手を触れて——すごく不思議な気持ちだった。愛しいような、汚いものに触るような——貞淑な妻らしく言った。

「——あなた。ちょっと先生と二人でお話ししてくるから。乾さんのお相手をしてて」

「え?……うん。でも——」

当然のことながら、水元くんは迷っているようだった。

「大丈夫。わたしに任せて。——先生、ちょっと」

中原は、男性二人から目を離すことを嫌がっているようだったが、わたしがカウンセリング室のドアの方へ近づいて手招きすると、渋々わたしの方へやってきた。

「ほんと申し訳ありません」

二人に届かない程度の声でわたしはまず謝った。

「あの人、主人の職場の先輩なんですけど……わたしたちが問題を抱えているようだと知った途端、わたしにプロポーズしてきたんです」

「……そのようですね」

中原は苛々した様子で、ちらっと乾さんを見やりながら言った。

「今は何だか興奮している様子ですから、離婚するのをやめたなんて言ったらどうなるか分かりません。――わたしちょっと、あの人のこと、怖いんです」

横目で乾さんを見て、さらに声をひそめた。乾さんは決して美男とは言えないし、実際その見た目だけから怖がる女性がいてもおかしくないから、中原は納得したようだった。

「なるほど。――何なら、警備員を呼んで追い出すこともできますが……」

「とんでもありません。何だかんだ言っても、夫の先輩なんですから。今後もお世話になることでしょうし、しこりを残したくありません。とりあえず今は、まだ離婚するつもりでいるように思わせておいて、何とかうまくプロポーズを断る方法を考えます」

「……よく分かりませんね。離婚をやめたといえば諦めてくれるのでは？」

「駄目です。それじゃあ先生が、わたしたちを洗脳したんだと信じ込んでしまいます。そうでなくても、今度は夫が憎まれるかもしれません。わたしは憎まれても仕方ないですけど、夫は仕事上どうしてもつきあっていかなきゃいけませんから」

夫の仕事を第一に考える妻。結構けなげじゃないだろうか？

探るような視線を送ってきたが、ようやく信じることにしたらしく、渋々といった様子で頷いた。

「……分かりました。今日のところはこれで終わりにしましょう。でもその代わり、数日中——できれば明日、もう一度お二人揃って来ていただきたいのですが……よろしいですね？」

「明日ですね。分かりました。必ず参ります」

にこやかに言って頭を下げ、待っている二人に向かって悠然と歩いた。走り出したい気持ちを抑えるのに苦労する。

まずは水元くんに、次いで乾さんに頷いてみせる。

「先生の許可をいただいたわ。また明日来なきゃいけないけど、今日は帰っていいって」

何か言おうと口を開きかける乾さんの目を睨み、微かに首を振る。

『今は何も言わないで』というサインだったが、勘のいい乾さんにはちゃんと伝わったようだ。

「——じゃあともかくここを出ましょう」

最後にドアを出て行く際、ちらりと振り向いて中原に挨拶するのも忘れなかった。

3

エレベーターに乗ってドアが閉まった瞬間、乾さんが何か喋ろうとしたので、ぼくは唇に指を当てた。と、隣の月も同じことをしている。

一階に着いて、ロビーを通り抜けてビルの外に出るまで、ぼくたちは黙ったまま歩いた。エアカーテンの外へ出た途端、三人揃って立ち止まり、深呼吸していた。

不安そうな表情でぼくたちを見比べる乾さんににやっと笑いかける。

「その……なんだ。二人とも、大丈夫……なんだな？」

乾さんが恐る恐るといった様子で訊ねる。

「ええ。大丈夫です。完全に目が覚めました。何だか夢の中にいたみたいな感じで。乾さんが来てくれなかったら、どうなってたのか」

「──ここからもう少し、離れない？　何だか不安で」

月が周囲を見回しながらそう言ったので、再び歩き出し、入ったことのないカフェを選んで奥の席に座った。

飲み物を注文して運ばれてくるまで、三人とも口を利かなかった。ぼくは今になって心臓がどきどきし始めていることに気づいた。

そう。すんでのところで死ぬところだった、と後になってから気づいた時のように。

「──洗脳、って言いましたよね」

ぼくはそこから切り出した。

「一体、ぼくたちは何をされたんでしょう？」

ちらっと隣の月を見ると、彼女も同じように疑問に思っていることが分かった。

「俺だって、ちょっと調べた以上のことは分からないよ。ようやく分かったのは、あの中原ってのがアメリカで主にカルト教団の信者なんかを相手に逆洗脳を施してた医者だってことだけだ。政府に雇われてたこともあるらしい。そいつをサイゾーが日本へ連れてきた。こういう事態を見越してたのか、他にも必要な理由があるのかは分からないが」

「ちょっと待ってください。それって、なんかおかしくないですか？」

奇妙に感じてぼくは乾さんの言葉を遮るように言った。

「何がだ？」

「だって……別にその時点では、ＰＭ社はただのベンチャー企業みたいなものじゃないですか。そりゃマッチングの成功率が高いに越したことはないですけど、でも離婚したいって夫婦が出てきたからって、そんなに慌てるようなことじゃないでしょう？　今みたいに、国策とも関わるようなことになるなんて、創立当時に分かるはずもないし……」

「そうかな。もしかしたらサイゾーは、最初からこのシステムが国にとって——というかつまりは世界にとって、ということかもしれんが——必要不可欠のものになると分かってたのかもしれん。何としてでもＰＭを成功させようとしてたってことじゃないか？」

「でも、そもそも信用がそれほどない時点で、こんないかがわしい手段を使うのは、リスクが高くないですか？——まだ何をされたのかもよく分かってませんけど」

乾さんは反論しようとしたものの一旦口を閉じて考え込んだ。

「――確かにな。少し妙かもしれん」

「そんなことより。わたしたち、一体どうすればいいの？　明日もう一回来いってよ」

と怒ったように月が口を挟む。

「まず、あそこで何があったのか、教えてくれないか？」

乾さんが訊ねるので、まずはぼくが自分の体験を語った。

「……こんな感じで、内容そのものは割とあっさりした普通のカウンセリングだったんです。記憶が捏造（ねつぞう）されてるなんてこともあるのかもしれませんが、万一に備えて録画も録音もしてあるんで確かめることはできます」

「ふーん。……で、月さんは？」

「わたしも、水元くんと似たような感じですね。どうしてかは分からないけれど、妙に感情が揺さぶられるっていうのか、先生の言葉がぐいぐい胸の奥に突き刺さるっていうか……とにかく、わたしたちが間違ってたんだって、そう思いました」

「薬物……なのかな？　注射は、打たれてないんだよな。じゃあ何だろう。ガスみたいなものをそっと噴射してるのか」

「だって、先生――中原も同じ部屋にいるんですよ。ガスだと一緒に吸っちゃいませんか」

「毒じゃないから、対処法さえ心得ていれば吸っても構わないものなのかもしれないし、あるいはピンポイントで患者の顔の近くだけに漂うようになってるのかもしれない。逆に、中原の座っているあたりをエアカーテンで守ることだってできる。——うん。きっと薬物だ。今から信用できる医者のところへ行って検査を受けた方がいい。もしそれが何か分かれば、対抗策もあるかもしれない」

「……でも、もし本当に彼らがそんなことまでする連中だったとして、洗脳にかからないって分かったら、次は一体どうすると思います？」

珍しく弱気な口調で月が言った。

乾さんもその答は用意してなかったらしく、一瞬口ごもる。

「……もし、薬が検出されるようなことがあれば、それは強力な証拠になる。PMにとっては公表されたくないことだろう。取引材料が増えるのはいいことだ」

「口封じをしたくなる理由も増えるけどね」と暗い顔で月が呟く。

「月さん！　弱気にならないでくれ。何だったら、これまでの経緯をまとめたデータをタイムカプセルに入れてネットに上げておいてもいい。そうすればうかつには彼らも手は出せない」

タイムカプセルは、ネット上のサービスで、アップしたデータを、一定期間が過ぎてからでないとアクセスできないようにしてくれる。普通は、期日を指定して公開する時に使うわけだが、ミステリードラマじゃよくこんなふうに脅迫に使われる。もちろんぼく自身は使ったことはないが。

「……でも、それもぼくたち自身が洗脳されてしまったら、自分でデータを消すんじゃないですかね？　公開されてしまって騒ぎになっても、ぼくたち自身が『あれは間違いでした』って否定することになるのかも」

「洗脳されかかったことも入れておくのよ。そうすれば、いくら否定しようとしても、『洗脳されて言わされてるんだ』ってことになるわ。ＰＭにとっては疑惑を持たれるだけで大打撃のはずよ。そうでしょ？　そんなリスクを冒してまで、止めなきゃいけないことなの、わたしたちの離婚って」

月は少しずつ語気を強め、伏せがちだった顔をあげると、その目からは涙が一筋こぼれ落ちた。

それを見てぼくは言葉を失い、無意識に手を伸ばしていた。

月の手の甲に自分の手を重ねると、驚いたことに彼女は自ら手を裏返してぼくの手を握ってくる。

「大丈夫だよ。乾さんもついてるし、絶対何とかなる。離婚できないわけないじゃないか。そうだろ？」

「そう……ね」

月は弱々しく笑った後、握りしめた手を不思議そうに見つめ、そっと引き剥がそうとするのだった。

第八章　婦唱夫随

1

ＰＭはわたしたちにガスを吸わせることまでして、離婚を阻止しようとした——。証拠はないけれど、わたしはそれを確信していた。

そうでなければこの激しい感情の変化に説明がつかないからだ。ガスではないのかもしれないけど、とにかく何かの形で彼らはわたしたちに薬を投与したのは間違いない。

媚薬（びやく）？

そうなのかもしれない。

わたしは水元くんの手からそっと自分の手を抜き取り、困惑しながら乾さんを見た。眉をひそめ、明らかに不快な様子。わたしが見ていることに気づくと、硬い笑みを浮かべて飲み物に口をつける。

わたしは確かに今一瞬、水元くんを信頼し、好意を持っているかのように思った。でもそれは多分、薬の影響が残っていたからなのだ。そうに決まっている。それにもちろん、共闘しなければこの難局を乗り越えられないのだから、ある種の信頼は必要だ。少なくとも、離婚が成立するまでは。

「ねえ、乾さん」

水元くんを好きになったなんて誤解されないよう、思い切り笑顔を作って話しかける。

「ん?……何」

「やっぱり、いつまでも受け身じゃよくないんじゃないかな。難しいけれど取引する方法はあるって、乾さん言ってなかった?」

「え……ああ。あの時はもっと簡単に考えてたんだけど……」

歯切れ悪く口ごもる。

「どういうこと?」

「実は——」

答えかけた乾さんの視線が、ふっと斜めに動き、ぎょっとしたような表情になる。わたしと水元くんは自然、乾さんの視線を追って後ろを振り向いた。

カフェの入り口に、男が二人立ってこちらを見ている。どちらもしょぼくれたコートを羽織った男たちで、少なくともＰＭの黒スーツ連中ではないと判断し、わたしは乾さんに視線を戻した。

「それで？」

わたしは話を促したが、乾さんの視線は依然としてわたしの背後に向けられたままで、もう一度口が開かれることはなかった。

背後にコツコツと靴音が近づくと、一緒に連れてきたらしい冷たい外気で温度が下がった気がする。振り向きたい気持ちを我慢していると、頭越しに重たい声が聞こえた。

「乾雅晴（まさはる）さんですね」

「――はい」

乾さんがそう答えたのでわたしと水元くんは再び振り向き、彼らの顔を見上げる。

彼らはわたしたちを一瞥（いちべつ）しただけで視線を乾さんに戻し、余りにも意外な言葉を口にした。

「ACC一課の者です」

そう言って、二人揃って青いIDカードを見せる。

乾さんと水元くんの顔がさっと青ざめた。多分、わたしの顔も。

ACC――Anti Cyber Crimeの頭文字を取ったその組織は、前世紀末に警視庁内に設立されたハイテク犯罪対策総合センターを前身とするもので、あらゆるものがネットやハイテクと無縁ではいられない現在、重要性を増すばかりだ。中でも一課は確か、重罪となるようなサイバーテロやそれに準ずる犯罪を対象とした部署だったはずだ。中学や高校の頃、ちょっとしたいたずら心でハッキングを試して、地元の警察にお世話になる同級生というのが毎年一人や二人はいたものだが、さすがに警視庁の刑事となるとドラマやニュース以外でお目にかかるのは初めてだ。

「少しお伺いしたいことがありますので、ご同行願えますか」

口調はいたって慇懃だったが、嫌だなどと言える雰囲気ではない。

乾さんはと見ると、反論とか抵抗とか以前に、真っ青な唇を震わせていて言葉も出ないようだった。

わたしははっとした。

「乾さん！　何か……何かしたんですか？　まさか、わたしたちのために？」

口が滑ったのは確かだ。でも、そうと気がついて黙っていられたかというとそれも無理だったろう。

「月！」

小さい声で水元くんが言うが、もう遅い。

刑事たちはわたしと水元くんをもう一度じろじろと眺めて、言った。

「あなた方も、何かご存じのようですね。ご一緒に、近くの署まで来ていただけますか」

2

何て一日だ。ＰＭに洗脳されかかったと思ったら、今度は警察の取り調べとは。乾さんとのつきあい。ＰＭでの仕事内容。仕事におけるセキュリティ保持の手順。乾さんの思想・信条について。月と乾さんとの関係。

さまざまなことを根掘り葉掘り聞かれた。ほとんどのことには正直に答えたが、ぼくと月との離婚問題については話さなかった。

もし乾さんが本当にハッキングか何かの犯罪に手を染めたのなら、それは恐らくぼくたちの離婚が原因だろうからだ。警察にわざわざ動機を教えてやることはない。月も少しは頭を働かせてそうしてくれていればいいのだが。

結局ぼくと月が解放されたのはそれから三時間後の夕方で、そして信じられないことに乾さんはそのまま留置されることとなった。

容疑はどうやら、想像どおり不正アクセス禁止法違反だ。

刑事たちはすべてを教えてくれたわけではないが、要はＰＭ社内の端末を使って、社内ＬＡＮの中の乾さんにはアクセス権限のないデータを手に入れようとした疑いだ。もちろんそれはＰＭからの告発があってのもので、それがなされたのはどうやらぼくたちが連行されるほんの数十分前のことだったようだ。つまりあの中原という男かその上司に当たる人間が、すぐさま手を打ったということだ。乾さんは排除したほうがいい、そう判断したのだろう。容疑そのものが本当のことなのか、ＰＭの誇張やでっちあげなのかはよく分からない。最後に見た乾さんの表情からすると、思い当たることがないでもないようではあった。

ＰＭの対応も素早いが、それ以上に、警察の対応が恐ろしいと思った。ＰＭ本社からそう離れていなかったとはいえ、ぼくたちの居場所を一瞬で突き止め、そこへやってきたこと。

それに普通、民間会社のデータへの不正アクセス程度では本庁は動かない。ましてや一課となると、国家機密や人命に関わるものでないとまず出てこないのではなかったろうか。つまり、警察は完全にＰＭの味方と考えておくべきだということだ。いやもちろん、国がＰＭを大事にしていることは最初から分かっていたが、いくらＰＭでも明らかな犯罪を行なえば当然それは処罰の対象になると思っていた。民主国家なら当然のことだ。でもそれもどうやら期待できないと分かった。

ぼくたちが普通の手段で何を訴えようと、国も警察も聞いてくれないのだ。それどころか、乾さんのように些細（ささい）な罪やでっちあげの罪で投獄されてしまう。

「……何で？　何でこんなことになったの？」

帰りの電車の中で、放心した様子の月はずっとそう繰り返していた。答を持ち合わせていないぼくはただ黙って頷いているしかなかった。

いつもよりひっそりとしているように感じる家に帰り着き、何をする気も起きずソファに倒れ込む。

何もかも間違いだった。離婚しようとしたことも、ＰＭに対抗して何かできるなんて思ったことも。

「乾さん、クビになるのかな」

ぼくがぽつりと言うと、月は立ったまま見下ろして怒鳴った。

「クビ？　当たり前やんか！　ＰＭが告発したんよ？　雇い続けるつもりの人間を告発するわけないやない！」

「そ……そうだよな。でも、じゃあぼくは？　ぼくは、どうなる？」

月はその目に怒りを浮かべてぼくを睨みつけた。

「もう自分の心配？　それより、まず乾さんを助け出すのが先でしょ」

「助け出す……。助け出すって、どういうこと？　まさか、脱獄？」

ぼくも言いながら、馬鹿げた考えだとは分かっていたが、月は心底うんざりした様子で天井を仰いだ。

「アホちゃう！　そんなことできるわけないやん。そうじゃなくて、無実を証明するとか、

ＰＭに告発を取り下げさせるとか、そういうことよ」

「告発を取り下げさせる……」

そんなことができるだろうか。

「無実を証明って言ったって、本当にやってるかもしれないじゃないか」

ハッキングしたからこそカウンセラーの正体を知り、ぼくたちの危機を救ってくれたのかもしれない、とふと気づいた。

「だとしても！　それはわたしたちのためにやってくれたことでしょ。そんなことで乾さんに人生を棒に振らせるわけにはいかんやん。乾さんが刑務所に入るんやったら、わたしたちも入らんと」

冗談で言ってるわけでもなさそうだった。ぼくも乾さんのことは心配だったが、月はもっと深刻に捉えているようだ。いつもなら激昂した一瞬だけなのに、方言モードに入ったままだ。

「刑務所に入ると決まったもんでもないよ。多分、不正アクセスだけで実害を与えてなければ罰金で済むって可能性もあるし……」

一課が乗り出してきてその程度で済む可能性は低いと思いながらも、安心させようと思ってそう言った。

「そういう問題ちゃうでしょ？　会社クビになって前科がついて……それをわたしたちに

どうやって償える？」

「分かってるよ。分かってるけど……でもすべてはPMのせいだろう？　ぼくのせいでも、君のせいでもない」

　ぼくだって罪の意識がないわけじゃない。でもそうまで責められると反論したくなってしまう。

「でも責任はあるはずやわ。乾さんはわたしたちを助けようとしてくれた。今度はわたしたちが助ける番やん。クビになるかもしれんなんて言うてる場合とちゃうわ。何としてでも乾さんだけは助けんと」

　彼女が言うことはもっともだった。ぼくだって乾さんを助けたい。

「ぼくらに何ができる？　警察まであいつらの味方なんだぜ？　手の打ちようがないよ。……マスメディア、なんて言うなよ。PMの影響力を考えたらどこの大手マスメディアも当てに出来ない。PMに広告をもらってないメディアなんて、数えるほどしかないんだからな」

「……あ」

　月が宙を見つめて絶句した。

「何だよ。どうした？」

「……うちがある」

「うちがある？　〝うち〟ってどこだよ」

「うちの会社よ。大地な生活社」

「何言ってんだよ。君の会社は農業関連だろ。一体この件をどんなふうに扱ってくれるって言うんだ」

怒り、慌て、混乱していた様子の月の表情が少し落ち着き、冷静な口調に戻った。

「──うちの会社は、あんまり知られてないけど、実は結婚就職情報サービスもやってるの。農業限定だけどね。農家の嫁探し、跡取り探しに始まって、農業へ転職したいとか農地を売買したいって人を引き合わせるわけ。もちろんPMほどの規模じゃないけど、そこそこ需要もあるのよ。農家だけで比率を取ったら、うちを利用している率の方が高いはずよ」

「それが一体何だってんだ？」

「だから！　うちはPMとは同業だから、絶対広告なんか取るはずないし、叩く材料があったらうちのトップは歓迎してくれるかもしれないってことよ」

二十世紀終わりから二十一世紀初頭にかけての、第一次産業離れは相当なものだったらしい。おかげで食料の自給率はカロリーベースで四十パーセント以下まで落ち、日本は中国やアメリカなどからの輸入頼みの生活が続いた。食の安全と有事のことを考え、国がようやく重い腰を上げてその抜本的対策に乗り出したのは二〇二〇年になってから。でも相当ましになった今でさえ自給率は六十パーセントにも届かず、主要先進国中最下位の座をスイスと争っている。そんな状況だけに、大地な生活社のような、農業支援組織といってもいい民間会社に対する国や国民の期待は大きい。農業従事者がいなくなれば、再び自給率が下がり、安全なものを食べられなくなるのでは、というのはみんなが思っていることだ。

ＰＭが国策に適っているなら、大地な生活社もまた同じこと。万が一、二社の戦いになったとしたら、大地な生活社を応援してくれる勢力も少なからずあることだろう。

考えてみたら、大地な生活社が発信している雑誌の中にはファッションカタログ誌もあれば生活情報誌もグルメ誌もあるし、少し硬いオピニオン誌もあったような気がする。どの雑誌も底のところでは農業とか食と必ず繋がっているが、そんなことを気にしないで購読している読者も多いだろう。

「……いいかもしれないな。というか、それしかないのかもしれない」

ぼくは考え考え、言った。

月の顔がぱっと明るくなる。

「そう思う？――じゃあともかく、データをまとめて原稿にしちゃうわ。それを持ってなるべく上の方に掛けあってみる。水元くんは、このカメラのデータを確認してくれる？原稿に埋め込めそうなものがあったらピックアップして」

そう言って、なるべく目立たないように胸元に入れていたペン型カメラを差し出す。

そうだ。このカメラは会話に反応するようにしてあるから、さっきの刑事たちとのやりとりまで全部記録されている。録画・録音するなとも何も言われなかったのだから、このムービーは別に違法ではない――はずだ。ファイルをコピー、編集して原稿に埋め込んだものからは証拠能力は失われるが、カメラに保存されたオリジナルのファイルにはもちろん証拠能力がある。PMと本気でやり合うなら、絶対にオリジナルデータをなくしてはならない。これがなければすべてはCGを使った単なる誹謗(ひぼう)中傷と思われてしまう。

月はやることができたせいか、俄然(がぜん)明るい表情になると、取りだした端末のディスプレイを見ながら、ぽつぽつと喋りかけて原稿を形にし始めた。

「すべてはわたくし、長峰月と水元憲明が離婚したいと考えたことから始まりました。――いや、特A判定を受けたところから始めるべきかな？――ちょっと。何ぼさっと見てんの。画像画像」

「ああ……」

当たり前のことだが、月が仕事をしているところを見たことはない。今一瞬、会社での月を想像し、何だか少し「かっこいい」と思ったのだ。――あくまでも少しだけのことだが。

ぼくはまず二つのカメラから自分の端末にファイルをコピーして、ざっと両方を再生させてみる。問題なく記録されている。自分がその場にいなかった月のカウンセリングと刑事の取り調べだけは通常スピードで再生したので、全部をチェックするのには三時間以上かかった。それだけ取り調べが長かったということだ。

刑事たちによる連行、取り調べには明らかな違法性はないが、不正アクセス程度のことで一課が出張ってくることの不自然さは充分見て取れる。一番威圧的と見える部分を切り取って月の端末にメールすると、彼女はすぐにチェックして頷き、ぼくに向かって親指を突き出した。

カウンセリング部分はこれだけでは何の効力も持たない。何かの薬の影響下にあったのではないかという推測と並べるしかないが、今となっては薬の効果も消えていることだろう。もしかすると病院に行って証拠を採取されないよう、警察を使って時間稼ぎをしたという可能性もある。――とりあえずこれは丸ごと見てもらったほうがいい。二人ともに感極まっていたりして何とも恥ずかしいが、それこそが洗脳の証拠――弱い弱い証拠だが――になるのだから仕方がない。

カウンセリング前、離婚しようとしていた夫婦が、たったこれだけのことでやり直しを決意し、そしてさらに乾さんの乱入でもう一度離婚を決意する。心情的には誰もが「クロ」と思うのではないだろうか？　専門家が見れば表情や視線でぼくたちの異常に気がつく可能性もある。

そう結論してこれは丸ごと送る。ギガバイトの容量とあって送信には一分近くかかった。

「――やだ。何か恥ずかしい。これ、必要……よね？」

ムービーをチェックしながら、月が顔を赤らめる。

「必要だろ、やっぱり」

ぼくは立ち上がって月の後ろに回り、彼女が見ている端末を覗き込んだ。

ぼくも月も、ぐずぐずに泣きながら抱き合っているところだ。

『謝るのはぼくの方だ。君の気持ちを分かってあげられなくて。――とにかくもう一度最初からやり直そう』

『最初から？』

『そう、最初から』

いや、ひどい。確かにひどい。これがドラマなら、くそみそに言うところだ。

「埋め込んだ方がいい。丸ごと」

「――そうね。あなたの言うとおりだと思う」

渋々といった様子で頷きながら、月は原稿にサムネイルを貼り付ける。クリックすれば別窓が開いて再生されるはずだ。ぱっと見たところもうそのまま記事にして掲載できそうな体裁になっている。

「もう少しかかりそうだから、後でチェックして。書いてるところ見られるの、嫌なの」

「――分かった。じゃあ、お茶でも入れるよ」
「うん。ありがと」

3

これまでの経緯をまとめ、恥ずかしい動画も埋め込んだ原稿ができあがったとき、もう夜も十時近くなっていた。ふと見ると、向かいのソファで水元くんは横になってうたた寝をしている。

ぐうっ、とお腹が鳴った。そりゃそうだ。警察に連れて行かれたりしたおかげで、朝から何も食べていない。水元くんもお腹が空いていただろうに、わたしが原稿を仕上げるのを待っていてくれたのだ。

夫婦初めての共同作業。

そんなフレーズが頭に浮かんだ。

ケーキ入刀の時、司会者はお決まりのそのフレーズを口にしたのだったかどうだったか、よく覚えていない。何しろわたしは式の間中、苦行に耐えるようにして早く終わることだけを願っていたから。

だから本当はこの原稿が初めての共同作業かもしれない。うまく離婚できれば、最後の共同作業でもある。

彼が入れてくれたお茶が少し残っていたので飲み干して立ち上がると、とりあえずスパゲティを茹でることにした。ペペロンチーノならすぐできる。ニンニクと唐辛子を炒めていると、その香ばしい匂いのせいか、水元くんがあくびをしながら起きてきた。水元くんは辛いのが嫌いだから、少し唐辛子は控えめにしておいた。

「お腹、空いたでしょ。こんなのでよかったら、どうぞ」

ちょうど茹で上がったスパゲティをさっと絡めてできあがり。

「どんなご馳走よりうまそうに見えるよ」

水元くんがテーブルにつきながら言った。

手を合わせて一緒に食べ始めると、すぐに彼が声をあげた。

「うまい！　ほんとうまい」

もちろんわたしのお腹もぺこぺこだったから、思いの外おいしく感じたのはわたしも同様だ。でも彼がそう言ってくれることで、何だか余計においしいものに思えた。

「悪くないでしょ。やればこれくらいできるのよ」

「これだったら、毎日食べたいよ」

一瞬わたしたちは笑い合い、すぐに黙り込んだ。

「あー……いや、深い意味はないよ？　ぼくたち、別れるんだもんな」

「……そうよ。これが最初で、最後かもね」

「そうかあ……最初で最後か……」

心なしか食べるスピードを落として、しんみりした表情で食べ続ける。

「……月……長峰さん」

「もういいよ、言いにくいんだったら、月で」

「そうか、ごめん。――月」

「はい」

「乾さんのこと、好きなのか？」

いきなりそっちの話かよ、と慌てる。

「好きか嫌いかって言ったら、好きな方よ。でもまだよく知ってるわけじゃないし……」

「ぼくたちの離婚が成立したら、彼と結婚する？」

「……分からない。すぐには決められない」

「そうか。そうだよな。慎重にもなるよな」

一度失敗したんだから、という言葉を飲み込んだようだった。

「……うん」

「離婚はうまくいって、乾さんの罪が晴れても、クビは免れないかもしれないよね。そしたらどうする？」

その可能性は考えていなかった。すべてうまくいくか、全部駄目かしか考えてなかったのだ。

乾さんは、ただ単に友情で協力してくれていたわけではないことをわたしは知っている。離婚が成立したら、わたしと結婚できるかもしれないと思って、やりすぎたのかもしれない。つまりはわたしのために、乾さんがクビになる。そんな状態を黙って見過ごせるわけがない。もしそんなことになったら、何としてでも償いをしなくてはならない。結婚してくれと言われればするだろう。わたしの稼ぎで何とか食べさせていかなきゃならないのかもしれない。

「プロポーズを受けるんだ、ね？」

水元くんがわたしの考えを見透かしたように言った。

「……多分」

「月は責任感が強いんだな。責任感が強いのはいいことだけど、一つだけ言わせて」

「何？」

「流されて結婚したら、また後悔することになるかもしれないよ」

「……後悔するかしないかは、結果論でしょ。結婚なんてしてみなきゃうまくいくかどうか分からないんだし」

「それは違うよ」

「何が？」

水元くんはいつになく真剣な眼差しでわたしを見つめ、身を乗り出してきた。

「いいかい。ぼくは君との結婚を後悔したことなんかない。ぼくはPMを信じてたし、君とぼくは特Aだ。ぼくは君と結婚すれば——結婚しさえすれば幸せになれるって信じてた。迷いなんかなかった。どうしてか分からないけど、結果的にぼくたちの結婚は失敗だった。でも後悔なんかしてない。するはずないだろ？　ぼくは最高の選択肢を選んだだけなんだから」

わたしは呆れていいのか感心していいのかよく分からなかった。でも確かに、今のような気持ちで乾さんと再婚して、もしうまくいかなかったら、確実にわたしは後悔するだろう。こんなことでいいのかなと思いながら水元くんと結婚して後悔しているように。それでは同じ過ちを繰り返すことになる。

ＰＭなんかに頼らず自分の頭と心で相手を決めるというのなら、とことん考えて決めるべきだろう。どこかで流されてしまうのなら、コンピュータを盲信している——していた？——水元くんの方が遥かに賢い。

「……うん。アドバイス、ありがとう。とにかく、いい加減な気持ちでは再婚なんかしない。同情とか、罪悪感で結婚ってのも失礼だよね。——でも多分、大丈夫。わたし、乾さんのこと愛せるんじゃないかと思うし」

自分に言い聞かせるようにそう言ってみたけれど、全然現実感はなかった。

そんな気持ちに気づいたのか気づかないのか、水元くんは頷いて言った。

「そう。――なら、いいけど」

視線を落としてまたペペロンチーノを食べ始める前、ふっと寂しそうな笑みが浮かんだような気がした。

翌朝七時に起きると、わたしは真っ先に昨日の刑事に電話した。まだ寝てるか、まだ取り調べ中だったりするかもしれないが、出たくなきゃ出ないだろうからそんなことは気にしない。

『……はい』

不機嫌そうではあったがすぐ出たところを見ると起きていたようだ。

「乾さんは、どうなりましたか？」

一瞬の間があって、「答える必要はない」とでも言われるかと思ったが、丁寧な返答が返ってきた。

『……これから聴取を再開するところです』

再開、というからには「ちゃんと眠らせてやったよ」と言いたいのだろうか。

「容疑は晴れてない、ということですね」

『まあ、そういうことになります』

「――一体いつから警察はPMの奴隷になったんですか？」

昨日はびっくりしてそれどころじゃなかったものの、一晩中、あの時ああ言ってやればよかったこう言ってやればよかったと悔やみ続けていたので、ついそんな気持ちがこぼれてしまった。

『……我々は犯罪者を取り締まっているだけです。PMのためにやっているわけではありません』

少しカチンと来たらしい様子がいい気味で、さらに続けた。

「そうですか。そりゃ失礼しました。いえ、本庁のエリートが、不正アクセスみたいなチンケな事件を扱うなんて変だなーと思ったもんですから。まあ、一課だろうがなんだろうが所詮(しょせん)は公僕ですもんね。上から言われて仕方なくやってるだけなんでしょ？」

しばしの沈黙。

『……不正アクセスといっても、その対象となるデータによって重要度が違うのは当然のことです。我々はPMの奴隷ではありませんが、PMは確かに大きい会社だ。不正アクセスによる被害も甚大になる可能性があるし、慎重に扱わなければならない。そういうことです』

何とも官僚的な言い訳だ。何かの時にはそう答えるようになっているのだろう。

「そうですか。じゃあもちろん、PMが犯罪を行なっていても、手心なんか加えない、そういうことですね？」

『何をおっしゃっているのか分かりませんが、もちろん、そうです。手心なんて加えません』

「そう。それを聞いて安心しました。——楽しみだわ」

『……えっ？』

「じゃあまた。くれぐれも乾さんを丁重に扱った方がいいですよ」

そう言って電話を切ってやった。

——少し挑発しすぎただろうか？　今後の計画に差し障りが出る、なんてことはないよね？

シャワーを浴びて出ると、起きてきた水元くんが朝食を用意してくれていたので二人で食べる。

「——誰かに電話してた？」

「うん。昨日の刑事さんに。乾さん、またこれから取り調べだって」

「こんな朝っぱらから？　人権蹂躙（じゅうりん）もいいとこだな。——心配？」

「ううん。——そりゃまあ、心配は心配だけど、大丈夫でしょ。信じてるから」

「そうだな。乾さん、強い人だよ」

わたしも何となくそう思ってはいたけど、わたしよりは彼のことをよく知ってるだろう水元くんがはっきりそう言ってくれたので余計安心した。

「ぼくも、会社に行く前にちょっと覗いてみるよ」

「うん。——もし会えたら、よろしく言っておいて」

「ああ。何か進展があったら、すぐ連絡する。月も、頼んだよ」

「任して」

ゆっくり朝食を食べてから、服装を選ぶ。いつもより少しフォーマルにと思って黒のスーツを選ぶ。着てみると、何だか喪服みたいに見えたが気にしないことにした。

玄関先では水元くんがネクタイを直している。何だかいつもより凛々しく見えた。

「——ん？　どうかした？」

わたしはちょっとどぎまぎして視線を逸らし、ネクタイの結び目に手をやって直すふりをする。

「これでいいわ。さ、行きましょうか」

今日は本当ならカウンセリングの続きで二人揃ってクリニックに行かなければならないわけだが、それはすっぽかすことに決めた。ただし、水元くんにはＰＭに行って直接対決してもらう。中原にしか会えないのか、それともその上司か、会社幹部か。とにかく今回の件を決着させられる権限を持った相手だ。

そしてその間わたしの方は、うちの会社のトップ——ある程度の権限を持つ誰か——に面会まで漕ぎ着けなければならない。ゆうべ完成させたこの原稿を持って。これを読んでもらい、報道する価値のある情報だと思ってもらえればよし。そうでなければまた別の道を探さなければならない。報道できるとなった場合でも、証拠能力のあるオリジナルのビデオファイルは渡さない。それを渡すのは、いよいよPMとの交渉が決裂したときだけだ。まともなメディアなら、確かな証拠なしにこんな原稿を報道したりはしないから、オリジナルを渡さない限り、大地な生活社がこの件を報道することはありえない。ライバル社の弱みを握っているのにそれを使えないというのは悔しいかもしれないが、仕方がない。

この件でわたしの会社内での立場はどうなるのだろう？　ポイントを稼ぐことになるのか、それとも失うのか？

分からない。でも今のところこれしか方法は思いつかないのだから仕方がない。

大手町に電車が着くと、水元くんはただ頷いた。わたしも黙って頷き、人波と一緒に改札を目指した。

わたしは二日続けて休みだったけれど、大地な生活社自体は年中無休だ。九時過ぎと早いこともあって、うちの編集部はひっそりとしている。上司である柏木女史も不在だ。となると、直接上の人に話をしたからといって責められることはない――よね？

　直属の編集長の上となると、本誌編集部の部長、ということになるだろうか。もちろん入社後、何度か言葉は交わしていると思うが、向こうが覚えているかどうか自信はない。同じフロアのほとんどのスペースを使っているのが本誌――『月刊・大地な生活』編集部で、編集部部長は一番奥の隅っこに個室を与えられている。増刊号編集部よりはぽつぽつと人がいるものの、まだまだ静かな本誌編集部のブースの間を抜けて、部長室に辿り着く。社長に比べれば部長なんだからどうってことない、と思いつつ、今からやろうとしていることの重要性を考えるとやはり緊張せざるをえない。

　まだ出社してないかもしれない。そしたらどうしよう。また一つ飛び越して上の人に話に行く？

　薄っぺらいパーティションのようなドアをノックすると、すぐに中から返事があった。

「はい、どうぞ」

「……失礼します」

　ドアを開けて中へ入ると、編集部部長の桜井さんがコートを脱いでコート掛けにかけているところだった。今出勤したばかりなのだろう。

「おはよう。――長峰くん……だったかな？」

「はい。おはようございます」

桜井部長は五十代前半。いつも愛想を振りまいていて、笑うと目が線になる。ぬいぐるみの熊を思わせる可愛らしいおじさんだ――なんて思っていることは絶対秘密だけど。

「柏木くんのところの子だったね。今日は何か？」

異例のことなのに、それほど訝しんでいる様子もなく屈託なく笑いかけてくる。それでもわたしはごくりと唾を飲み込んで息を整えてからでないと話し出せなかった。

「――はい。実は、折り入ってご相談がございまして」

「何だろう」

「大変なトラブルに巻き込まれてしまい、友人が――大切な友人が、警察に連行される羽目になりました。わたしも、夫と共に数時間の取り調べを受けました」

桜井部長はどっこいしょとデスクの後ろの椅子に腰かけたところで、ぽかんと口を開けて停止した。

「何だって？」

「実はそのトラブルというのはＰＭ――パービリオン・マッチメイカー社に関わることで、わたしたちは孤立無援のような状態なのです。警察も、彼らの味方だとしか思えませんし、普通のマスメディアに訴えても、スポンサーなどの関係で握りつぶされるのではないかと危惧しています。その点、我が社は、言ってみれば同業他社ですよね？『耕』とか『ＡＧＲＩ』みたいな雑誌なら、少し農業から離れた取材記事や評論なんかも載りますよね。そういったところで、自社の社員の体験記事としてスペースを使わせていただけないかというお願いにあがりました」

「ちょ、ちょ、ちょっと待って！　ちょっと待ってくれ。いきなりで話がよく分からん。つまりどういうこと？」

「……わたしたちは――わたしと夫は、パービリオン・マッチメイカー社の犯罪的行為の犠牲となりました。友人もです。何とかしてそれを訴えたい。それだけです。そのために我が社の媒体を使わせていただきたい、というお願いです。すべてはここにまとめてあります。そちらの端末へお送りしましょうか？」

わたしはバッグを叩いて、中に端末があることを示した。

「犯罪的行為？　どんな犯罪？」

「マッチングにおける疑惑です。特Aという判定が出た夫婦は離婚率がゼロだというふうに宣伝していますが、不正が行なわれているようなのです。彼らはあらゆる手を使って離婚を阻止してくるんです。場合によっては洗脳さえ辞さない。すべてここに入ってますから、ご覧になってください。もちろん他の方でも構いません」

桜井部長はしばし唇をつまんで考えていたが、やがて社内電話を取り上げて誰かと話し始めた。

「……ええ……はい……そうです。増刊号の。長峰――下の名前は何だったかな？」

送話口を手で覆い、わたしに聞いてくる。

「月と書いてルナです」

「ルナ……月と書いてルナだそうです……はい。ではよろしく」

受話器を降ろしてもしばらく黙って考え込んでいる。

「……あの、どなたとお話しになったんですか？」

「局長だ。雑誌局の。——今から行くからついてきなさい」

雑誌局局長といえば、わたしにとってみれば社長と同様雲の上の人だ。元々、雑誌で始まった会社なので今でも雑誌局は一番重要な部門と見なされている。もちろん顔を見たことはあるが、話したことはない。そこへ今から連れていってくれるという。

先に立って歩く桜井部長のお尻を見ながらただついていった。エレベーターに乗り、二十一階へ。

立派なドアがいくつか並んだ一番奥に、局長室があった。桜井部長が少し緊張気味にドアをノックすると、くぐもった声が聞こえる。少し悩んだ様子だったが、常識的に考えて入れと言ったと判断したのだろう、ドアを開けて中へ入る。

「失礼します」

「失礼します」

少し太めの桜井部長の陰から顔を出し、わたしも挨拶する。

「桜井さんは、下がってて構いません。直に伺います」

「はい。——では失礼します」

桜井部長はほっとしたように引き下がり、急いで出て行った。一人取り残されるわたし。局長は広い窓を背に立っていた。窓からは東京のビル群と灰色の空が見えている。

「長峰……月さん？　可愛い名前ね。雑誌局局長の細木玲奈です」

細木局長の年はよく分からなかった。いくら年功序列でないとはいっても二十代でこのポストはないと思うのだが、どう見ても三十以上には見えないし、何よりとびきりの美人だ。湯水のごとくお金をかければ五十になってもこんなふうでいられるんだろうか。

「どうぞ座って、お話を聞かせてください」

「はい」

気後れしていても始まらない。わたしはさっきと同じ話を繰り返した。原稿も彼女の端末に送り、じっくりと読んでもらえた。

「……なるほど。それで、我が社があなたの提案に乗ったとして、どういう利益があるのかしら？」

いきなりそう来るとは思わなかったが、冷静になって頭を働かせる。

「……まず、そうですね……有望な新入社員が会社に感謝するでしょう。きっと今後もいい働きをするのではないかと思います」

時間稼ぎでしかないが、そう言って微笑(ほほえ)んでみせる。

局長は大きな目を瞠(みは)って驚いてみせた。

「面白いこと言うのねー。……でもそれだけ？　ある程度お金をかけちゃった社員ならともかく、入ったばかりの社員一人だけなら、いくらでも替えがいるからねー」

「もちろんそれだけじゃありません。我が社は農家中心ではありますが、結婚就職情報サービスをやってます。いわば、ＰＭとはライバル関係にあるはずです。ＰＭの信用が下がれば、我が社のサービスの利用率はあがります」

「単純ねー。まさにライバル関係にあるからこそ、そんな報道をしたら、それこそ世間は商売敵(がたき)をやっかんでるんだと思うんじゃなーい？　それってはっきりプラスの効果が出るかしら？」

そんなふうに考えたことはなかった。わたしたちにはまだまだ世の中の複雑さが分かってない、ということなのか。

「それはそうかもしれませんけど、でもこっちには確かな証拠があります。さっきの画像のオリジナルファイルは裁判でも使える証拠能力があるそうなんです」

「それはどこにあるの？」

「水元くんが……夫が、持っています」

「言い直さなくてもいいわよ。離婚したいんでしょ」

「はい……すみません」

「これがＣＧじゃないと確信できない限り、報道はできない。それは分かってるわね？　それにたとえこれが全部真実でも、犯罪を立証できるほどのものではないし、あなたたちがおかしいだけ、とも捉えられるかもしれないわよ。それでもいいの？」

「はい」

だってわたしたちにはもうこれ以上、打つ手はないのだから。

第九章　子はかすがい

1

指定の時間は十一時だったが、クリニックに着いたのは十時前。別に治療を受けるつもりはないわけだしと、気にせずドアを開けて中に入った。明かりはついていたものの先客がいる気配はなく、中原の姿も見当たらない。恐らくはこのクリニックは、ぼくたちのような特別な「患者」しか診(み)ないのだろう。特Ａなのにそのことを疑って離婚するようなカップルが行列を作るようでは、ＰＭが今のように成功しているはずもない。

「すみません。どなたかいらっしゃいますか」

人を呼ぶインタフォンのようなものがないかと見回しながら声をかけたが、そういったものは見当たらず、返事もなかった。明かりがついているのだから誰か出勤しているのではないかとも思うが、ぼくが来たから自動で点灯しただけのことかもしれない。

カウンセリング室へのドアが目に留まる。深く考える前に、歩み寄ってノブに手を伸ばしていた。

回すと、呆気(あっけ)なく開く。

チャンスかもしれない、といらぬ考えが浮かんだ。今ならカウンセリング室を調べて、ぼくたちを洗脳しようとした仕掛けを発見できるのではないかと思ったのだ。

「……すみませーん。誰かいますか……」

そっと頭から先に入っていきながら、今度はおざなりに声をかける。一応声はかけた、という体裁を作るためだ。

しんと静まりかえったカウンセリング室はただ煌々(こうこう)と明るく、昨日感じたような独特の浮遊感はまるで感じられなかった。カウンセリング時の照明とは微妙に違うのか、それともすでにあの時点で何かの薬の影響下にあったのか。

患者用の椅子に近づき、椅子をじっくりと調べる。頭を載せる部分にガスの噴出口のようなものがあるのではないかと思ったのだ。しかし、ゲルクッションタイプのバリアブルチェアとあって、縫い目もなければ穴もない。とても変な装置を隠すことはできそうになかった。

今度は頭上のあたり、次に床を調べたが、やはり何も見つけられない。中原の座っていた辺りに何かあるかと歩き出したときだった。

「――何をなさってるんですか」

吸音効果が高いせいか足音も聞こえず、振り向いたときにはすぐ目の前に中原が立っていて驚いた。

「い、いや、別に。声をかけたんですけど、ご返事がなかったので……」

対決するために戻ってきたのだから、言い訳など必要ないのだが、後ろめたいからかついそんなふうに言ってしまう。これじゃ駄目だ。もっと相手を呑んでかからないと。

「少し早いようですが、始めますか？――奥様……月さんはどちらに？」

ぼくは小さく深呼吸してから、きっぱりと言った。

「あー……彼女は来ません」

「来ない？　ご夫婦揃ってでないと、カウンセリングは行なえませんよ」

中原はいかにも「困るのはそっちですよ」と言いたげな表情でぼくの視線を撥ね返すが、ぼくは怯まず続けた。

「カウンセリングはもうしません」

「もうしない？――あの男に言いくるめられたんだな」

舌打ちの音が聞こえた。ずっと紳士的だった態度が少し崩れかけているようだ。

「――昨日、ぼくも月も明らかに普通の状態じゃなかった。一体、ぼくたちに何をしたんですか？　何か薬物を使用したんじゃありませんか？」

中原はじっとぼくの目を覗き込んで真意を確かめようとしているようだった。

「薬物？……なるほど。ガスか何かを吸わされたんじゃないかと、床を調べていたわけですか」

少し馬鹿にしたような表情からすると、ぼくは見当違いのところを捜していたのだろうか。それともはったり？

少し早いかもと思いつつ、切り札を突きつけることにした。

「あなたは気づかなかったようですけどね、昨日のカウンセリングの様子は、全部録画させてもらっていたんです」

驚いた様子ではあったものの、期待したほどではないのが残念だ。

「録画？　何のために」

「もちろん、変なことをされたときのためですよ。思ったとおり、カウンセリングと称するものは普通じゃなかった。ガスなのか、ぼくらの知らない別のものなのかは知りませんが、あれはカウンセリングじゃなくて洗脳とか催眠と呼ぶべきものでしょう。違いますか？」

中原の薄い唇が嘲るように歪む。

「それらに一体、どういう違いがあると思われますか？」

「――じゃあ、認めるんですね？　ここで行なわれてるのは洗脳だと」

「そんなことを認めてはいません。わたしたちの目的はただ一つ。皆さんの幸せです」

「自分の幸せがどういうものかは、自分で決める。あんたやPMの決めることじゃない！」

中原は顔の前の蠅でも追うように手を振る。

「それで？　カウンセリングのキャンセルを言いにわざわざいらっしゃったんですか？」

ぼくは一つ深呼吸して気を落ち着けてから、予め頭の中で練習しておいた言葉を言った。

「上の人間と話し合って、この件を終わりにしたい。それができないなら、ここで行なわれていること、PMが顧客を——国民をいかに騙しているかということを公表する。こちらにはすべてを録画したビデオファイルがあることをお忘れなく」

最初はぽかんとしていたが、やがてまたいやらしい薄笑いを取り戻し、救いようがない馬鹿でも見るような目つきになる。

「なるほどなるほど。何だか分からないけど洗脳されかかったような気がする、ビデオを見ればみんなもそれを信じる、とおっしゃるんですね。恐らくわたしもPMも、そんなビデオが流れても痛くも痒くもないとは思いますが、会社は当然厳しい法的手段に訴えることでしょう」

厳しい法的手段——予想の範囲内ではあったが、改めてそう聞くと足がすくむ思いだった。

「ふ、普通の人ならそうかもしれない。でもＰＭの社員が、自分の首を投げ打って訴えるんだ。ＰＭの信頼に与えるダメージは、相当なものだと思うけどね。その決断を、クリニックの先生が勝手にしてしまうのって、どうなんだろう」

　ぼくたちはしばし睨み合った。

　くそっ。駄目なのか。やっぱりＰＭはこんなことではびくともしないんだろうか——と思ったとき、中原がふっと目を伏せ、唇を噛んだ。

　この瞬間、勝った、と思った。ささやかな一勝だが、勝利は勝利だ。

「——確かに、あなたのおっしゃることには一理あります。わたし一人が決断できることじゃない。あなたの望みどおり、上の者に相談しましょう。——でも言っておきますが、こうなった以上、後戻りはできませんよ」

「どういう意味ですか」

「元の生活に戻りたいなら、やめておいたほうがいい、と言ってるんです」

「元の生活って……ぼくらはただ、離婚したいだけなんです。元の生活になんか戻りたいわけないじゃないですか」

「きっと後悔する、そう言ってるんです。離婚なんて考えなければよかったと、そう思うことでしょう。——それでもいいんですね？」

「……そんな脅しにひっかかるもんか。ぼくらはもううんざりなんだ。話の通じる人間に会わせてくれ」

中原は哀れむような眼差しで首を振り、言った。

「しょうがないですね。警告はしましたよ。——今からアポを取ってみますので、少しお待ちください」

「上司に会うのに、アポがいるんですか」

「そりゃ、忙しい方ですからね。サイゾーは」

ぼくは耳を疑った。

「……サイゾー？　あなたの上司は……えと……サイゾー？」

そういえばこの男は、サイゾーが直接アメリカから連れてきたとかどうとか、乾さんが言っていたなあと思い出した。しかし、社内のクリニックのカウンセラーの直属の上司が社長だとは、普通思わないだろう。

ぼくがその衝撃を持てあましている間に、中原は背中を向けて電話をかけていた。

「……クリニックの中原です。緊急の用件で少しお時間をいただきたいのですが。……ええ。患者の件で、と言っていただければ分かるかと。そうです、そうです。大変頑固な——意志の固い患者でして。直接サイゾーからお話しいただいた方がよいかと。——十一時十分から五分？　分かりました。その時間に伺います」

中原は電話を切るとこちらを向いた。

「五分だけなら時間が取れるそうです。まだだいぶ余裕がありますが、とりあえず社長室に行っておきますか」

「今日は、本社に来てるんですか？」

入社式の時以外、生のサイゾーというのは見たことがない。世界中を飛び回っているので本社にも滅多に顔は出さないという噂だった。

「さあ、それは分かりません」

中原は口を濁すと、先に立って歩き出した。

クリニックは専用のエレベーターしか来ていないため、一旦一階ロビーへ戻って、社長室へ通じるこれまた専用のエレベーターに乗ることになる。もちろんぼくはそんなものに乗るのは初めてだ。

社員用のエレベーターよりやや豪華な内装で、生花の活けられた花瓶などが置いてはあるものの、特別のセキュリティチェックのようなものもなく、二人で乗り込むと、何も指示せずとも上昇を始めた。一階と、社長室のある三十階にしか止まらないようだ。ほとんど振動がなく、加速減速もあまりに滑らかなので、扉が開いた時、本当に三十階も上に来たのかどうか訝しんだほどだ。

しかし、エレベーターホールの窓から見下ろせる品川の街並みは、普段見ているより上からのものであることは間違いなかった。今からサイゾーに会うのだ、と改めて思ったせいもあってか、いつになく足がすくむ。

人気(ひとけ)はない。他の面会人もいなければ秘書室のようなものも見当たらず、警護の姿もない。ただマホガニー風の重々しいドアの前に廊下が延び、観葉植物とソファが置いてあるきりだ。

「時間になればドアが開きます。それまで待ちましょう」

中原は慣れた様子でソファに腰を下ろす。

この中原という奴、アフターケアの黒スーツ連中と似たようなものかと思っていたけど、もしかするとずっとPMの中枢に近い、すべてを知る立場にいる男なのかもしれない。サイゾーともすぐ会えるようだし、結局のところこいつに揺さぶりをかけたのは早道だったのかも。

ぼくはそんなふうに考えながら気持ちを落ち着かせようとした。

しかし、サイゾーに今から会える、と思うと、興奮は高まるばかりだった。

子供の頃からの憧(あこが)れだった。両親は、自分たちが結婚できたのも、お前を授かったのもみんな「サイゾーさん」のおかげだ、と繰り返し言っていた。その頃のイメージは、サンタクロースのような優しいおじいさん、という感じだった。やがて大きくなるにつれ、彼の研究者としての才能と、ＰＭを興して世界中にその事業を広げた度胸と才覚に惚れ込んだ。人々を幸せにして巨万の富を築いた男。

ＰＭに入社できたときは、本当に嬉しかった。両親も泣いて喜んだものだ。恩返しが出来る、と。

そのサイゾーに今から会える。

でももちろん、かつてあった純粋な尊敬や憧れには罅が入ってしまった。すべては偽りだったのかもしれないという疑惑だ。サイゾーはぼくたちの敵なのかもしれない。ぼくたちが幸せになるためには、彼の虚像を叩き壊さなければならないのだとしたら――？　そんなことがぼくにできるだろうか。

サイゾーに会いたい、いや会いたくない、という葛藤が激しかったからだろうか、時間はあっという間に過ぎていたようだ。

両開きのドアが音もなく開き、秘書らしき男性が中から頭を下げた。

「水元様、サイゾーがお待ちしております。――お一人でどうぞ、とのことです」

ソファから立ち上がった中原に対し、制するように言う。

ついさっきまでサイゾーの手下としか思っていなかった中原だが、一人で会うとなると急に心細くなって、助けを求めるように見てしまった。

「――自分で望んだことでしょう。せいぜい言いたいことを言ってくるんですな」

ぼくは中原を見つめたまま、ぎくしゃくと足を動かしていた。意に反して、身体だけが社長室に入ろうとしているみたいだった。

ドアの中は、これまた控え室のようだった。広い空間にソファと秘書用らしきデスクが置かれていて、奥にもう一つ先程と同じようなドア。

秘書が近づいてドア横の壁に手を触れると自動的に開いて社長室の中が見えた。

暗い。

窓は見当たらず、薄暗い間接照明が灯されているだけ。調度も、オフィスというよりは書斎やバーのような雰囲気に整えられているように見受けられた。奥にはデスク、中央には大きめの丸テーブルとソファがある。

「早く！　時間が減るぞ。もう三十秒過ぎた！」

壁際に置かれた小さなテーブルから苛々した声が聞こえ、ぼくは急いで飛び込んだ。

背後でドアが重々しく閉じられた。

「水元というのは君か」

「は、はい。そうです。営業二課の水元憲明です」

「まあいい。座れ」

勧められて慌てて座ったソファはふかふかで、ゆったりと沈み込んでしまう。ふと、カウンセリング室と同様のしかけがあるのではないかと思ったが、もう遅い。とにかく気を確かに持つことだ。

改めて向かいのソファで酒か何かのグラスを持っている男に目をやる。

入社式でも見たし、写真やムービーでもよく知っているサイゾーに間違いない。もう七十近いはずだが、そんなふうにはとても見えない。せいぜい五十前後。俳優と言っても通りそうな美男だ。髪は昔から銀色で、生来のものなのか若い頃から染めているのかは不明だ。今はナイトガウンに身を包んでいるが、その肉体が三十代並みの頑健さを保っていることは色んなメディアを通じて知っている。

「……朝からお酒ですか」

緊張のし過ぎか、ついいらぬことを口走ってしまう。

サイゾーは驚いたように自分のグラスを見つめ、次いでかっかっか、と笑う。

「これか？　これは寝酒だ。なかなか悪い習慣というのはやめられんもんでな」

「……徹夜でお仕事をされてたんですね。申し訳ないことをしました」

「いや、そういうわけじゃ――そんなことはどうでもいい。時間がないぞ。俺は睡眠時間を削られるのが一番嫌いだからな」

そうだ。五分しかないんだった。

ぼくはサイゾーに対する畏怖をぐっと抑え込み、中原に対して言ったのと同じようなことを繰り返した。

ぼくたちは断固離婚するつもりであること。妨害工作をやめて欲しいということ。もし今後もこの妨害が続くようなら、ＰＭのそういった陰謀が公になるということ――。

サイゾーはブランデーだかウイスキーだか分からない液体をちびちびと飲みながら、黙ってぼくの話を聞いていた。

「サイゾーさん……」

「サイゾーだ。サイゾーさん、じゃない」

そんなところだけは鋭く反応が返ってくる。

「はい。サイゾー……。――ぼくはあなたを、子供の頃から尊敬してました。ずっとあなたに近づきたいと思っていました。正直、今度のことはすべてぼくたちの勘違いであって欲しいと願っています。あるいは、あなたの与り知らぬところで起きた間違いだと。お願いです。ぼくの憧れたあのサイゾーは、陰謀を巡らすような人間でないと言ってください」

「最大多数の最大幸福、という言葉は知ってるだろうな？」

グラスに語りかけるように、サイゾーは唐突にそんなことを口にした。

「は？　どこかで聞いたような気がします」

「イギリスの哲学者ベンサムの言葉だ。個人の幸福の総計を社会の幸福とする考え方だ。その後色々と修正はあるにしろ、この功利主義の根本概念は、極めて合理的だ。そう思わないか?」

「そう……ですかね。はあ」

「つまりは、社会の幸福を追求する際に、極めて少数の人間の幸福は無視されるケースも存在しうる。当たり前のことだがね」

何となく話の行方が摑めて、嫌な気持ちになってきた。

「俺のシステムは極めて有用性の高いものだ。これを使えば九十九パーセントの人間は幸せになれる。ただ稀に、どうしてもマッチングがうまくいかないものも出てくる。だからと言って、このシステムを捨ててもいいと思うか? もちろんよくない。九十九パーセントの人間が幸福になるってことは、社会の幸福度は確実に上がってるからだ。分かるだろ?」

「分かります。ぼくは別にPMのマッチングを否定してるわけじゃありません。百パーセントでないものを百パーセントと偽るのをやめてくれればいいんです。離婚したい人間を自由に離婚させてくれと、そう言ってるだけです」

サイゾーはグラスをテーブルにどんと置いて立ち上がった。

「何も分かっちゃいない! 人間がどれだけ騙されやすい生き物か。百パーセントと言うから奴らは信用するんだ。九十九パーセントだと言ってみろ。離婚率はさらにあがるに決まってる。どうせ相手が誰だって同じことなのに!」

ぼくはショックを受けていた。サイゾーの口から飛び出すには余りに予想外の言葉だったからだ。

「どういう……意味ですか。誰だって同じ、とは」

サイゾーははっとして押し黙った。

再び腰を下ろし、グラスを取り上げて茶色の液体を口に含んだ。

「……いいか。恋愛結婚、なんてものは近代以降の幻想だ。悪しき、幻想だ。そんなものは日本の——人類の幸福にとって必要のないものだ」

また話がずれている。サイゾーが何を言おうとしているのか摑めなかった。

「夫婦は、愛し合うべきでしょう。相性が合わなければ、結婚生活に支障を来すのは当然のことです。相手が誰だって構わないなんてことは——」

「もちろん、誰でもいいというわけじゃない。正しい相手と結婚するんだ。そして子供を作ればいい。それだけのことだ。結婚するのは何のためかもう一度よく考えてみるといい」

「何のため……？　家庭を持つためです」

サイゾーは少し茶目っ気を出して顔をしかめてみせた。

「惜しい！　近いが、満点はやれん。答は——子孫を残すためだ。決まってるだろうが」

「……まあ、それもありますけど……」

サイゾーは拳でテーブルを叩いた。

「それもある、じゃない！　子孫を残すために、人類は結婚するんだ。よりよい子孫をな」

ぼくは眉をひそめた。

サイゾーの言葉が、じわじわと脳の奥を刺激し、ある疑いが頭をもたげてきた。

まさかそんな――。

2

「それでその、オリジナルファイルはいつ渡してくれるの？」

細木局長がそう聞いてきたので、これが第二の正念場だと改めて気を引き締めた。

とりあえず局長の興味を惹くことには成功したが、こちらはただ記事が載ればそれでいいというわけではない。これを何とかＰＭとの取引材料に使おうとしているのだから。

もし記事を載せて、悪いのは乾さんではなくＰＭの方だと世間も警察も認めたところで、恐らく乾さんも水元くんも無傷では済まないだろう。信用を大きく傷つけた社員をそのまま雇い続けてくれるとは思えない。不当解雇だと裁判を起こしたところで、疲弊するのはこちらだ。すべてが円満に収まって、この記事はなかったことになるのが、理想的な結末だ。しかしその場合、わたしの立場が多少まずいものになるのは避けられない。

オリジナルファイルを局長に渡してしまえば、記事の掲載をコントロールできなくなる。それでは困るのだ。

「すみません。オリジナルに関しては、安全のためぎりぎりまで水元くんが手元に置いておきたい、と」

「……あたしたちも信用できない、と？　でもさっきも言ったと思うけどオリジナルを検証せずには、記事の掲載はできないのよ」

「分かってます。とりあえず記事は作成しておいて、配信までに検証できるようにします。それじゃあ駄目でしょうか？」

鋭そうな人だ。わたしたちの魂胆などとうにお見通しかもしれない。内心びくびくしながら、つとめて平静を装った。

局長はとんとんとデスクを指で叩きながらじっとこちらを見つめていたが、黙って見返しているとふうと息を吐いて言った。

「分かった。その代わり、普段のアカウントで作業しないでね。この記事は直前まで極秘にしておきたいから。特別のアカウントをあげるから、会社の端末でこの記事を書くときはそれでログオンしなおして。あたししか覗けないアカウントにしとく」

なるほど。そこまで頭が回らなかった。作業中に柏木女史なんかに覗かれたら何をしてるのかと問い詰められるに決まっている。できれば発表されることなく終わって欲しい記事だ。見る人間は少なければ少ないほどいい。

「ありがとうございます。――内容は大筋、問題ないんでしょうか？」

「ああ。――こういう記事は初めてなんでしょ？　それにしちゃスジはいいね。新しいアカウントと一緒に赤入れたファイルを送っておくから、全部直して」

「はいっ」

スジがいい、と言われて素直に嬉しくなる。増刊なんかじゃなくてこういう硬派の記事の方が向いているのかもしれない。これがきっかけになって異動ってこともあるだろうか？

わざと楽観的な想像をしつつ、局長室を辞去し、自分のデスクに戻って端末をオンにする。増刊号編集部は人がいないので、かえって目立ちそうだ。

局長はさすがに素早く、新しいアカウントと共に赤入りのファイルが送り返されてきている。しかも赤の入っているところはいちいちもっともな指摘で、容赦がない。その厳しさが、わたしへの叱咤激励であるように思えてますますやる気が出た。

ＰＭとの取引のための記事であるということもほとんど頭の隅に追いやり、わたしは局長の要求を満たすよう、言い回しを変え、時には大胆に削除し、あるいは順番を入れ替えた。

電話が鳴った。

水元くんだと思いこんでディスプレイの表示も見なかった。いい方か悪い方か分からないが何か進展があったのだろう、と。

口元を手で覆い、声をひそめて、

「――水元くん？　こっちの方はうまいこと行きそうよ。そっちは？」

『……なーに言ってんの？　あたし。深尋』

「深尋？　深尋なの？　ごめん」

『あー、何かがっかりしてる？　水元くんの電話を待ってたの？』

少しふてくされたような口調で深尋は言う。やきもち？

「がっかりなんかするわけないでしょ。――ちょっと今、例のことで色々あってね」

『色々って？』

「電話じゃ話せない」

『……今日は月、休みだよね。自宅？』

「ううん、会社」

『そうなの？　じゃあお昼食べながらどうなってるのか聞かせて』

時間を見るといつの間にか十一時を回ろうとしていた。時間の経過にも気づかなかった自分の集中力を誇っていいのか、仕事が遅いと嘆くべきなのか。

「分かった。じゃあ、手が空いたらいつでも来て」

そう言って電話を切ると、十分もしないうちに深尋はわたしのブースにやってきた。話を早く聞きたくて昼休みを繰り上げたのだろう。深尋にはすべて知る権利があるだろう、とまずは記事を見せることにした。

彼女はぶつぶつと口の中で読み上げないと頭に入らないらしく、時折「へえ」とか「そうなんだー」といった間投詞を交えながらゆっくり時間をかけて第二稿を読み終える。

念のためログオフしてスリープにしてから、二人で下へ降りながら、クリニックで起きたこととわたしたちの計画を説明する。

エレベーターを出たところで乾さんの逮捕に話が及ぶと、深尋は突然立ち止まり、口元を押さえた。

「え、何、嘘。乾さん、逮捕されちゃったの？」

「逮捕っていうか……取り調べってことだったんだけど、昨夜は帰してもらえなかったみたい」

「可哀想……。月、そばにいてあげなくていいの？」

「だから乾さんを助けるために、水元くんもわたしも覚悟を決めたんじゃない。わたしたちのためにしてくれたことで、乾さんの人生が滅茶苦茶になったらって思うと――」

「そっか。分かった。月はそのまま仕事をしてて。あたし、何か差し入れに行ってくる」

「え、ちょっと待って。差し入れって、あんた仕事があるんじゃないの?」

「大丈夫。校了まで間があるし、頭痛いって言えば早退させてくれるから」

扉が閉まりかけていたエレベーターに手を突っこんで無理矢理乗り込み、会社に戻っていった。扉が閉まる寸前、彼女はこめかみを指で押さえたり頰に手を当てたり、病気の演技の研究をしているようだった。

地下街に一人取り残されたわたしはしばらく呆然としていたが、頭を切り換え、手早く丼でも食べて戻り、さっさと記事を仕上げてしまおうと思った。

それにしても水元くんは何をしているんだろう。途中経過でも報告してくれればいいのに。

3

ぼくはほとんど恐怖に近い不安を抱いて、サイゾーを見つめていた。

「……約束の時間は過ぎたようだが、ここまで話したんだから、最後までやろうか。睡眠時間を削られるのは嫌いだが、国家の危機とあっては仕方があるまい」

「国家の……危機ですか」

今や国家的プロジェクトであるPMの危機はすなわち国家の危機である、ということだろう。決して言い過ぎとは思わないが、サイゾーの口からそういう言葉が出るのを聞くと、何だか醒めてしまう。そんなぼくの表情を読んだのか、彼は心外そうな口調で言った。

「大げさな言い方だと思ってるな？　大げさでも何でもない。いいか。最初からPMは国策だったんだ。アメリカの国策でもあり、日本の国策でもあり、今や人類にとってなくてはならないものとなりつつある」

「それは確かにそうでしょうけど、でも別にぼくたちの離婚がシステムを危機に陥れるなんてことは――」

「お前は何にも分かってない！」

ぼくの言葉を遮ってサイゾーが初めて怒鳴った。さほど声を荒げたわけではなかったものの、相手がサイゾーだけにぼくの身体は硬直し、一瞬後、全身から汗が噴き出す。サイゾーを怒らせてしまった。

しかし彼はすぐに語調を弱め、続けた。

「いやすまん。――いいから黙って聞け。さっき、結婚するのは家庭を持つためだ、と言ったな？　それを正解としておいてもいい。じゃあ改めて聞くが、家庭を持つのは何のためだ？」

「……幸福のため、というのでは駄目ですか」

恐らくはサイゾーの思う正解ではないだろうと思いながらぼくは答える。

「それは話が逆だ。家庭を持つのは、子孫を作って育てるために決まってるじゃないか。それを幸福だと感じるよう、我々は最初からプログラムされている。それだけのことだ。大体、個人の幸福の追求なんて勝手なことを言い出したから、先進国はどこも少子化の道を歩んだんだ。違うか？」

そういうものの見方は決して否定しないが、共感はできない。でもサイゾーの言いたいことはその先にあるのだと分かっていたから、ただ黙っていた。

「多くの先進国が一夫一婦制を採用しているのには、それなりの社会学的理由があるんだろう。悪しき平等主義の結果ではないかと思うが、現実にその方が社会がうまく動いていくなら受け入れるしかない。しかしもちろん、一夫一婦制には重大な欠陥がある」

突然何の話かと思いながらも引き込まれてしまう。

「欠陥、ですか。何でしょう」

「一夫多妻制なら、より強いオスはより多く子孫が残せる。強い、というのは肉体的にというだけじゃない。社会的な強さだ。外見かもしれないし、体力かもしれないし、知性や資産かもしれない。強いオスはやはり強いメスを捕まえることができる。強いオスと強いメスの子孫は当然強いものとなるだろう。一夫一婦制はその自然淘汰(とうた)を阻害する。医療の進歩によって、子供が作れないはずの夫婦が子供を作り、死産になるはずの子供が生き延びることで、そこに拍車をかけてきたのが前世紀からの流れだ」

「……弱いものは死ねと、そういうことですか」

サイゾーの目が面白そうに光った。

「少し感情的になったか？　そういうタイプだとは思わなかったが。——死ねとは言ってない。本来は生まれてこないはずのものが生まれ、死ぬはずのものが死なないから淘汰が行なわれないと言ってるだけだ」

「だから、淘汰をしようと言うんでしょう？」

「——まだ分からないのか。俺だって鬼畜じゃない。どんなに弱々しい赤ん坊でも、死んで欲しいなんて思いはしない。だから、最初からそんな子供が作られないほうがいい、そうだろ？　一夫一婦制が動かせないのなら、せめて最良の子供ができるよう、より強い子供が作れるよう、相手は慎重に選ぶべきだ。そのために俺はPMを作ったんだ」

話がぐるりと元のところに戻った。

戻ったのだが、それが真に意味するところはすぐには分からなかった。半ば予想していたことであったにもかかわらず、まだ頭は理解することを拒否しているようだ。

「PMのマッチメイク・システムは、夫婦の相性を調べているわけではない。そういうことですか」

「それは誤解だ。相性は一応調べている。既存のお見合いシステム程度にはな。しかしそんなものは二の次だ」

一応。一応調べている。二の次。それらの答がぼくに与えたショックは並大抵のものではなかった。PMのマッチング判定がよければ、幸せな結婚ができると信じて生きてきたのだ。

「特A」。そんな運命の相手と巡り合えたことがどれほど嬉しかったか。

「PMが判定の根拠にしているのはDNAだ。そのことは最初から分かってただろう。強いDNAは強いDNAと交雑するべきだ。そうは思わないかね？　そうすればより強いDNAが生まれる可能性が高まる。もちろん、人間のような複雑な動物のDNAはそう簡単に強い弱いと判断できるもんじゃない。身体は弱いが知性は優れているかもしれないし、美しいけれど深刻な病気を発現する遺伝子を含んでいるかもしれない。よくない遺伝子でも、劣性のものなら相手さえ間違えなければ発現することはない。遺伝子治療も普及したとはいえ、コストもかかる。出生前診断？　妊娠してからでは遅いんだよ。分かるだろ。結婚する前に診断するべきなんだ」

「……つまり……PMというのは、遺伝病の子供が生まれないようにマッチングしてると、そういうことですか？」

「違う、違う。よりよい人類が生まれるように、だ。遺伝病はそのごく一部の要素に過ぎん。君たちのような特Aのカップルは、言うならば遺伝子エリートだ。美しく、健康で、知性もある。そういう夫婦こそが結婚し、たくさん子供を作るべきだ。それが国家の、そして人類の未来を築く」

しばし絶句していた。

遺伝子……エリートだって？

褒められているのだろうが、戦慄しか感じない。

「それは……それは、優生思想とかいうやつじゃないですか」

文系知識――特に歴史には疎かったが、うっすらとそんな言葉を覚えていた。ナチスだかなんだかが唱えたという邪悪な思想。ユダヤ人を抹殺しようとしたのもそれが関係あったんじゃなかったっけ？

「ある意味そうだ。新優生学と呼んでも差し支えない」

サイゾーはあっさりと頷いた。

「そんな人間を管理するような行為が、正しいとはとても思えません」

「そもそも恋愛感情とは何なのか、ちゃんと考えたことはあるか？　美人とは何か。なぜある男は胸の大きい女が好きで、別の男はそうでないのか」

また話ががらりと変わった。

「……そんなの、人の趣味は色々ですよ。当たり前じゃないですか」

「醜男に限って面食いが多いという俗説は本当かどうか」

「知りませんよ」

「俺は知ってる。本当だ。統計的に多い、という話じゃない。人類は——というか恐らく動物は皆、自分の子供がよりよいものになるであろう異性を本能的に好む」

「そう決まってると言うんですか」

眉唾な話だなあと思いながらも、サイゾーの口から断言されると信じそうになる。

「そうだ。ただし、自分で自分の好みがはっきり分かってないケースは多々ある。本能が鈍ってるんだな。しかしそんな連中でも、目の前に、はいどうぞと理想的な相手を差しだしてやれば、見事に飛びつく。今のＰＭの実績が、それを証明してる。身体に糖分が不足すると甘いものが欲しくなるように、自分のＤＮＡの欠損を補うように、長所を伸ばすように、人は最良の異性を求めるんだ。よりよい子孫を残すことが人類の——動物の至上命題だからだ。もちろん、ＡがＢを求めたからといってその逆が成立するとは限らんから、そうそう高いマッチング判定は出ないがな」

「動物はそうだったかもしれません。でも人間は……人間の感情というのはそんな単純なものじゃないんじゃないでしょうか？　恋愛がそんな理屈で割り切れるものでしょうか。勝手にお前の相手はこいつだって決めつけるようなことは、何だか……何だかとても傲慢な気がします」

「当人が幸せなら何も問題はない。——いいか。確かに恋愛は素晴らしい。俺も若い頃は何度もしたよ。でも燃えるような恋なんてものは、どれもこれも一過性の幻だ。熱病だ。

それが醒めた後に、出来の悪い子供が間にいてみろ。誰にとっても不幸な話じゃないか。たとえ愛が醒めなくても、だ。子供の問題で離婚にまでいたる夫婦がどれだけ多かったか。何しろ本能が優秀な子孫を欲しているのに、その出来が悪いのといいのとでは夫婦仲にも大きな差が出るってのは、誰でも想像できるだろう」

「よりよい子孫が、よりよい家庭を作る……そういうことですか」

サイゾーは嬉しそうに笑い、指をパチンと鳴らした。

「そうだ！　うまいこと言うじゃないか。そういうことだ。――だからな、さっきも言ったとおり、お前たちはさっさと子供を作ればいいんだよ。いい子が生まれるに決まってるんだ。可愛くて健康ないい子が生まれるぞ。月さんのように可愛くて、お前のように頭のいい子供だ」

彼はぼくが今回の面会を要求するずっと前から、ぼくたちのデータを読み込んでいるのだろう。恐らくはお客様相談センターに顔を出して要注意カップルになった時点だろう。

ぼくはこれまで自分が飛び抜けたハンサムだとか頭がいいと思ったことはないし、そんな扱いも受けてこなかった。運動能力もそこそこというところで、スポーツ選手になろうなどと思ったこともない。でも「遺伝子エリート」などと言われてみると、すべての点数を合計すると相当いい部類なのかもな、などと思えてくる。

月はもちろん、気が強いのが難点だけれど、ルックスは悪くない。二人の子供は確かに可愛いに違いないと素直に確信できた。

「……でも。でもぼくたちは恋に落ちませんでした。二人とも本能が壊れてるってことかもしれないけど、ぼくたちは離婚するしかないと思いつめたんです。他にもそんな夫婦はたくさんいたんじゃないんですか？　今やほとんどの日本人からは結婚の自由も離婚の自由も奪われている、そういうことですよね。──あなたの言う新優生学が正しいのかどうか、今すぐには判断できません。でも、たとえその考えが正しかったとしても、その実情を伏せてこんなふうにマッチングを行なうのは……間違ってます。事実を明らかにすべきじゃないですか」

「こんな話をお前にしたのは、お前なら分かってくれるだろうと思ったからだ。こんな話を馬鹿な連中にできると思うか？　それこそ現代に蘇った優生思想だと決めつけるだろう。とんでもない。すべては極秘裏に進める必要があったんだ。──結婚の自由？　本気で言ってんのか。お前はＰＭに相手を任せると決めたんだろ？　それで紹介された相手と結婚した。自由意志で、だ。離婚は本当にしたいならすればいい。ただしそれは、ＰＭに泥を塗るだけじゃすまない。日本の、人類の未来を台無しにすることだと覚悟してやるんだな」

「そんな……」

「さあもう、話は終わりだ。いい加減寝かせてくれ」

見えないところで何かの合図があったのだろうか、入ってきた扉が自動的に開き、サイゾーは立ち上がって歩き去った。

「ちょっと、ちょっと待ってください。ぼくたちは──」

「悪いが、もう話すことはないし、聞くこともない。──間違った判断を下さないよう、祈ってるよ」

第十章　火のないところに……

1

　そろそろもう一度局長に見せられそうな記事になったと思えてきた頃、ようやく水元くんから電話が入った。もう午後の一時を回っている。

「もしもし？　ずっと待ってたのよ。そっちはどうなったの？」

『……無理だ』

　いつになくかぼそく情けない声が聞こえてきてわたしは驚いた。

「え？　何？　何が無理なの？」

『……ぼくたちの手に負える話じゃなかった』

「一体何があったの？　全部ぶちまけるぞって言ったんでしょうね？」

『言ったよ。そんな問題じゃないんだ。もっと根が深い話なんだ』

もっと根が深い話――。何やらひどく絶望的な口調に、たまらなく不安になる。

「どういうことかちゃんと話して」

『……家で話すよ。先に帰って待ってるから』

「ちょっと待って！　記事はどうしたらいいの？」

『駄目だ！　そんなの発表したら何もかも終わりになる』

「だって――」

『とにかく、記事のことは忘れろ！』

「忘れろってどういうこと？」

わたしが聞き返したときにはもう電話は切れていた。

一体何があったというんだろう。取引が決裂したのなら、記事は公表するしかない。泥沼の戦いになるかもしれないが、わたしたちには他に選択肢がないのだ。そしてもちろん、取引がうまくいったのなら、あんなふうに取り乱す必要はない。

その二つの可能性しかわたしたちは考えていなかった。まったく予想もしない展開になってしまったということだろうが、何も教えてくれないのでは不安は増すばかりだ。

「まったくもう、勝手なんだから」

不安よりも水元くんに対する怒りが湧いてくる。

わたしはほぼできあがった記事をしばらく睨みつけていたが、とりあえず保存だけしてスイッチを切った。

わたしが突然これを放り出して帰ってしまったら、局長はきっと不審に思うことだろう。何か言っておいた方がいいだろうかと思いつつ、うまい言い訳を思いつかなかった。何より、一体PMとの話し合いで何があったのか分からないことにはどうしようもない。要点だけでも話してくれればいいのに、と苛つきながらわたしは急ぎ足で会社を後にした。

駅の改札を通った時、ふと乾さんと深尋の顔が浮かんだ。わたしも様子を見に行った方がいいだろうか、と思ったのだ。

もし釈放されたのなら、どちらかから何か連絡があるだろう。今は水元くんに事の次第を聞くことの方が重要だ。そう判断し、わたしは自宅へ向かう電車に乗った。

途中、何か返事があるかと思って端末から『どういうことか説明して』とメールを送ってみた。しばらくして戻ってきたのは『込み入ってて、電話やメールじゃ話せない』というものだ。

「いい加減にしてよ」

わたしは思わず呟いてしまい、周囲からの視線に顔を伏せた。

気晴らしに何かを読む気にもならず、いつも以上に長く感じる数十分だった。

電車を降り、早足でマンションへの歩道橋を渡っている時、焦げ臭い匂いを嗅いだ。いつも通勤している時間でないということもあるかもしれないが、歩道橋の途中で立ち止まって下を見下ろしている人たちがいるのも妙だ。

チューブ状になった歩道橋のガラス越しに、自宅マンションのエントランスを見ると、消防車が二台と、パトカーが数台、止まっている。

まさか。

何だか分からないが、今回のことと関係しているのだとしたら、水元くんの身に何かあったのかもしれないと思った。

わたしの足はさらに早くなり、気づくと走り出していた。

歩道橋は直接わたしたちのマンションの二階に連絡し、飲食店などが並び通り抜けることもできるようになっているが、住宅階へ通じる扉の前には制服警官が二人立っている。

もしかしたら彼らはわたしたちを逮捕しに来たのかもしれないと思い、立ちすくんだ。

乾さんのことを考えるとそれもあながち妄想とは言えないだろう。しかしとにかくまず、水元くんのことを確認する必要がある。

わたしは意を決して警官に歩み寄った。二人はわたしを認めたようだったが、特に表情が変わった様子はない。

「すみません。ここの住人なんですけど……何かありましたか？」

「ああ。ちょっとした出火がありまして。もう消火はしましたが、これから現場検証で。

——一応お名前を伺ってもよろしいですか？」

「水元⋯⋯です」

警官たちが顔を見合わせ、何とも言いがたい表情をする。困ったような、哀れんでいるような。

「うち……なんですね」

わたしは二人の顔を交互に見ながら、言った。

「え、ええ。608の水元さんでしたら、そうです」

「水元くんは！――夫は、無事なんでしょうか？」

警官に通してもらってエレベーターに飛び乗ると、六階へ。扉が開くと、水元くんの背中が見えた。ドアの前で刑事らしきコートの男性と話をしている。

「……水元くん」

素早く振り向いた水元くんの顔はひどくやつれていたが、目が合った途端、ぱっと輝いたように見えた。

「月（ルナ）！」

呼び捨てにされたことなど気にならなかった。小走りに駆け寄り、手を伸ばすと、水元くんがそれを握り、引き寄せた。人目がなければ抱き合っていたかもしれないが、かろうじて直前で踏みとどまった。

「……よかった。怪我は、ないのね？」

「ないよ。ぼくもさっき帰ってきたところだ」

「何があったの？」

「……放火だ。誰かが忍び込んで、火をつけた」

わたしは息を呑んだ。水元くんが無事だったのは嬉しいが、放火となるとやはり恐ろしい。

「あいつら……なの？」

後ろで聞き耳を立てていそうな警官に聞こえないよう、わたしは声をひそめた。

「それ以外考えられないだろう。このタイミングで」

「一体何で……？」

「失礼。奥さんですか？」

水元くんの肩越しにコートの男が声をかけてきた。

「あ、はい」

「どうやら、空き巣のようですな。ちょくちょくあるんですよ。盗むものがなかった腹いせとか、証拠隠滅のために火をつける奴が。こちらは幸いスプリンクラーが完備してたんで、家具や壁紙が燃えた程度で済んでますが、リフォームはせんと住めんでしょうなあ」

「空き巣……？　静脈認証システムなんですよ。窓だって全部警報システムがついてます。

一体どこから入ったんですか」

PMならともかく、そこらの空き巣に侵入されるほどやわなマンションだったのだろうか。

刑事はうんうんと頷きながら答える。

「……恐らくドアからでしょうな。静脈認証も色々と破る方法はありまして。極薄で、本物と見分けのつかない読み取り装置を被せたりね。あなた方のどちらかの生体情報を盗み取るんです。こういうものはどこまでいってもイタチごっこですから、過信はせんことです」

「とりあえず何日か泊まれるところを見つけなきゃなりませんね。ホテルかどこかに？」

ちらりと水元くんを見ると、『何も言うな』という目つきをしていたので、わたしは黙って頷いた。

「……そうですね、はい」

水元くんは慎重に答えた。

「盗まれたものがあるかどうかリストにしなきゃなりません。今日のところは水浸しでどうにもなりませんから、また明日にでもご足労願うかと思いますが、よろしいですか」

「分かりました」

今は用済みということらしかったので、わたしたちは頷きあい、そっとその場を離れた。

エレベーターで降り、とりあえず二階通路にあるカフェに入った。新居を見に来たときに一度入ったことがある、アメリカ資本のどこにでもあるチェーン店だ。カウンターで味気ないスタイロフォームのカップに入ったコーヒーを受け取り、奥のトイレに近い隅の席に落ち着く。意識したわけではないけれど、入り口を向いて座ったので、入ってくる客はよく見える。

話し声が聞こえる範囲に客がいないことを確認してから、わたしは水元くんを詰問した。

「どうしてＰＭがこんな真似を？　取引は一体どうなったの？」

水元くんは話しづらそうにしていたが、やがて驚くべき話を始めた。

新しい優生思想。そもそもそのアイデアに基づいてＰＭのシステムは創始された。わたしたちは相性がいいからマッチングされているわけではない。優秀な子供を次々産みだすためにこそ組み合わされたのだと。そしてそれは国家の意向でもあるというのだ。

「……サイゾーは、『離婚したいならすればいい』と言った。ただ、それなりの覚悟をしておけとか何とか。だから強硬な手段を使う気はないんだと思ってた。でもあれは油断させるためにそう言っただけだったんだろうな。あんなこと言った裏で、ファイルを盗みに入らせたんだ」

「ファイル！　連中はファイルを狙ってたのね？」

わたしは遅まきながらそれに気づき、思わず声を大きくしていた。

「しっ！……決まってるじゃないか。他に連中が欲しがるものなんかうちにないだろ？」

「それで？　盗まれちゃったの？」

「いや。連中がこんなことまですると思ってたわけじゃないんだけど、いったんは身に着けて出かけた。でも社内で身体検査でもされたらまずいと思ってさ、ある場所に隠したんだ。だから元々家には置いてなかった。馬鹿な連中だ」

ひどい目に遭ったのはこちらなのだけど、そうでも思わないとやってられないのだろう。

「……でも、あいつらは何度でも狙ってくるんじゃない？　向こうがそのつもりなら、さっさと記事を発表しちゃうしかないんじゃないの？」

わたしがそう言うと、水元くんは頭を抱えた。

「無理だよ！　こんなこと、とてもじゃないけど発表する勇気がない」

「こんなふざけたこと、黙って見逃せって言うんじゃないでしょうね」

「……ふざけたこと。そうなのかな。ぼくにはよく分からないんだ。彼らのやってること自体は正しいことなんじゃないかって。人類の未来のためになることかもしれないって。ぼくたちにとってはショックなことだけど、彼らが間違ったことをしてると断言できないんだ」

わたしは耳を疑った。

「何言うてんの！　あいつらはわたしたちを、国民全部を騙しとうねんで。いや、世界中の人たちを騙しとうわけやん。そんなん絶対間違っとう。当たり前やんか。いい子供を産むことが結婚の目的やって？　それを決めるのはわたしたち自身やわ。あいつらが勝手に決めることとちゃう。──そうでしょ？」

言いつのるにつれ余計に腹が立ってくるのが分かり、少し冷静にならなきゃと自分で思ったほどだ。

「そう。それはそうなんだ。でもなあ……」

水元くんはこんな恐ろしい考えに、少なからず共鳴してしまっているようだ。もしかすると男性はこういう考えに染まりやすいのだろうか？　わたしには到底受け入れられない。子供を積極的に欲しいと思っていないことも大きいのかもしれない。人は結婚してもしなくても、子供を作っても作らなくても、それぞれに幸せになれる。色んな幸せの形があるはずだし、あるべきだと思ってきた。よりよい子孫を作って残していくことがわたしたちの最大の役目だなんて、動物と同じと言われているようで我慢できない。

「水元くんが決断できないんなら、わたしがしてあげる。これは公表するべきことよ。その上で、これが有用なシステムだと判断する人はＰＭを使えばいい。それだけのことでしょ」

水元くんは訴えかけるような目をして首を振る。

「そんな簡単な問題じゃない。何が起きるか想像もできないんだぞ！　世界中で家族がバラバラになるかもしれない。各国の政府が次々と倒れるかもしれない。暴動や戦争が起きるかもしれない。子供を殺す親が出てくるかもしれないし、親を殺す子供が出てくるかもしれない」

「……そんな、大げさな……」

「ありえないことじゃない！　何が起きるか分からないんだ。ちょっと考えてみろよ。長年、幸せに暮らしてきた家族が、その土台を揺るがされたときどんなふうに思うか。ＰＭに、政府に騙されてたって知ったときどう思うか。どんな形でかは分からないけど、人がたくさん死んだっておかしくないと思うね。ぼくは……ぼくはそんな責任を負いたくない」

自分たちの結婚が、家族の絆が幻想だと分かったからといって、人殺しが起きる？　そんなことがあるだろうか。とても信じられないが、絶対ないと言い切ることはもちろんできなかった。こんな計画を始めたＰＭの連中や政治家や役人が――そしてひいては国が少々混乱したところでその責任はわたしたちじゃなく彼らにあるんだと思えるけれど、何の罪もない人が傷つけられるとなると問題だ。

「じゃあ、水元くんはこんなことをこのままずっと続けさせるって言うの？　わたしは絶対に嫌よ！」

水元くんは苦渋に満ちた表情を浮かべる。

「……分かってる。この計画が正しいものかどうかすら分からないけど、このままじゃいけないのは確かだと思う。だからずっと一番いい方法は何なのか考えてきた。でも分からないんだ、どうすればいいのか」

「もう！　そんなこと言ってる場合じゃないでしょ。放火までされて。ＰＭは何としてもあのファイルを奪おうとしてる。ってことは逆に考えると、好きにしろなんて言ったのははったりで、絶対に公表して欲しくないのよ。つまり、切り札はまだこっちにあるってことじゃない」

顔を上げた水元くんの目に、光が戻ってきた。

「切り札……あのファイルが？　じゃあまだ、取引ができるかもしれないのかな？」

「多分、そうだと思う。あのファイルは――」

わたしは言葉を切って顔を伏せた。

黒スーツの二人組が、カフェの入り口から中に入ってきて店内を見回したからだ。

「どうしたの？」

「しっ！　あいつらがわたしたちを探してる。振り向かないで！」

ちらっと視線をあげたとき、二人が早足でこちらへ向かってくるのが見えた。駄目だ。見つかった。

「――逃げるわよ」

「逃げるって、どうやって」

水元くんは硬直したまま訊ねる。

「わたしはトイレから逃げられないか試してみる。水元くんは——自分で何とかして」

わたしは男たちには気づいていないかのようにゆっくりと立ち上がり、彼らに背を向けてトイレのドアを開けてするりと入った。すぐに内側からロックをする。小さい窓があるが、斜めに開くだけで、とても人間が通れる隙間はできない。文字どおりの雪隠詰めだ。

しばらく息を潜めていると、興奮したようなやりとりが聞こえてくる。水元くんが何か喚いているようだ。その後、派手な物音がして叫び声と入り乱れた靴音が響く。何だか分からないが彼なりに頑張っているようだ。

わたしは意を決してトイレのタンクの蓋を持ち上げた。重い陶器の蓋だ。

外の騒ぎがますます大きくなるのを聞きながら、その蓋を思い切り窓ガラスに叩きつけた。

2

月がトイレに駆け込むのを見送っていると、後ろからバタバタと足音が聞こえてくる。

ぼくは振り向きたい気持ちをぐっとこらえ、タイミングを見計らって足を通路に出した。

がつんと足に衝撃があったかと思うと、黒スーツの男はきりもみのような状態ですっ飛んでいき、トイレに通じる通路の壁に激突して倒れた。予想以上の結果に驚き、その痛みを想像して身を竦めてしまうほどだった。

近くにいた若い女性客のものらしい小さな悲鳴を、男の怒声が掻き消す。

「坂口！」

二人目の男がぼくの足を飛び越えて倒れている男の方へ駆け寄ったので、ぼくは一瞬迷った挙句、外へ逃げ出した。無傷の一人がぼくを追ってくれれば、月の方は一人で何とかするだろう。いくら連中でも人目のあるところでトイレのドアを打ち破ったりはしないはずだ。

あいつらにも普通の名前があったんだ、と当たり前のことに驚き、少し得体の知れない恐怖感が薄れた。「63号」とか「ミスター・T」とかじゃないんだ。

しかし、外の通路に飛び出したものの、どっちへ行くべきか分からなくなった。

右に向かえば駅だ。すぐに電車が来て飛び乗ってしまう光景を想像したが、そうタイミングよくあいつらを振り切れるとは思えず、すぐに却下。

左に行けばひたすらマンションが林立する住宅街だ。体力に自信があれば撒いてしまうことができるかもしれないが、不気味な黒スーツの男たちの能力は未知数で、競走に勝てる自信はない。

と、マンションの入り口に立っている警官の姿が目に入った。彼らに助けを求めるべきだろうか？　上に行けば放火の捜査をしている刑事たちもいる。

店の奥から、怒りに満ちた表情で男が走ってくるのが見えて、ぼくは反射的に走り出していた。左側へ。

深く考えたわけではなかったが、警察に頼る気にはなれなかった。ＰＭの敵は国家の敵であるのかもしれない。乾さんと同じように理由をつけて逮捕されてしまいかねない。

――待てよ。放火の捜査をしているあの刑事たちも、実は捜査を名目にデータを探してるんじゃなかろうか？

分からない。妄想であって欲しかったが、警察には頼れないという思いは強くなるばかりだった。

連絡通路を走り抜け、歩道橋を駆け下りて地面に立った。追いかけてくる靴音が聞こえたので、方向も確認せず走り出してブロックごとに角を曲がり、走り続ける。冷気が鼻の奥や喉に痛いほど突き刺さり、気管が締め付けられるようだ。昼の住宅街にほとんど人気（ひとけ）はない。ぼくと黒スーツの靴音だけがマンションの谷間に響き渡る。

こんなに走るのは高校のサッカー部以来だ。

追いつかれる恐怖がないわけではなかったが、走るほどに思い出してくる懐かしい感覚に、妙に笑みさえこぼれた。

しかしもちろん、クラブで走らされていたときはこんな固い革靴ではなかった。体力はまだありそうだったが、指先や足の裏が痛くてたまらない。

ふと、追いかけてくる足音が消えていることに気づいて速度を落とし、振り向いて確かめる。

いない。見える限りのビルの谷間に、黒スーツの姿はなかった。

振り切ったのだろうか？　荒っぽい仕事は得意でも（想像だが）、走るのは苦手だったのかもしれない。

一瞬ほっとしたが、今度は月が心配になった。彼女は無事に逃げ切っただろうか。

どこかから男が現われるのではないかと警戒しつつ、手近のビルのエントランスに身を隠して端末を取り出した。

ちょっと考えてボイスメールを送ることにする。

「月、大丈夫か？　こっちは大丈夫だ。電話できるようなら電話してくれ」

送信してしばし待つ。トイレの中に閉じこめられているだけならまだ問題はないが――。

意外と早く着信があった。

「もしもし？　まだトイレの中か？」

『……ううん。今は外』

かぼそく、弱々しい声に聞こえた。やはり彼女を置いて逃げたのは間違いだったのではないか、そんなふうに思えた。

「あいつら、いなくなったのか？」

『知らない。窓から出たから』

窓？　あそこのトイレにはそんな大きな窓があったんだろうか。

「窓って……でもあそこ二階だろ？」

『……忘れてたのよ』

「今、どういう状況なんだよ」

『説明したくない』

意味を聞き返そうとしたとき、後ろから声をかけられた。

「あんまり余計な手間をかけさせないでもらえますか」

振り向くとそこに、黒スーツの男が立っていた。ほんの少し息を切らしているようだが、顔つきは平然としていた。

エントランスに上がり込んでいたぼくには逃げ場はない。マンションらしきビルの入り口はもちろんオートロックで固く閉じられている。

『……どうしたの？』

異変に気づいたらしい月が訊ねるが、余計な心配はさせないでおきたい。

「また後で電話する」

ぼくはそう言って通話を切った。

「奥さんですね？　できればご一緒にお話を伺いたかったんですが」

見た目とは違う慇懃な態度が妙に不気味だ。

「人の家に放火までしといて、話を伺いたいもないもんだ」

「――あなたがお持ちだというデータファイルをいただきたいのです」

男はあえて放火について否定する気もないようだった。やっぱりこいつらか。

「サイゾーは好きにしろと言ったぞ。あれは嘘だったのか」

「サイゾーはオプティミストでしてね。現場の状況をご存じないんですよ」

ではこいつらはサイゾーの知らないところで、汚い仕事をしてるってことだろうか。サイゾーのコントロールも利かないのだとすると、それはもしかすると想像以上に恐ろしいことになっているのかもしれない。しかし、サイゾーがぼくを騙そうとしたのではないと思うと、何となく嬉しくもある。

「じゃああんたたちに命令してるのは誰なんだ。取引がしたい」

「すべてはデータファイルをいただいてからです。我々に下された命令はそれだけなので。その後で、ボスにお会いしたければお好きにどうぞ」

「駄目だ。権限のある人間にしかファイルを渡す気はない」

「困りましたね」

ちっとも困っていない様子で男は言った。

3

そう、わたしたちのいたカフェはマンションの二階部分にあった。しかも、この建物の二階は駅との連絡通路になっているため通常の住居階よりも高さがある。そのことに気づいたのは、割ったトイレの窓から破片を取り除き、肩が通ることを確かめた時だった。下は歩道で、何も考えず足から出ていたら、運がよくても骨折くらいはしていただろう。わずか数メートルのことのはずなのに、高層階から見下ろした時のように足がすくんだ。舗装してない土の上ならさほど怪我をしないで済むのではとも思うが、植え込みなどがあるのは車道に近いあたりで、ジャンプしても到底届きそうもないし、狙ってうまく着地できるほどの広さもない。

店員が異変に気がつき、ドアをどんどんと叩き始める。

「どうしました？　何かありましたか？」

黒スーツの男たちが外にまだいるかもしれない以上、おとなしく出ていくわけにはいかない。

「大丈夫です！　何でもありませんから」

そんな言葉で納得するとは思えなかったが、そう言っておけば無理矢理開けるのもためらうだろう。時間稼ぎにはなる。

もう一度窓から身を乗り出して外を見てみると、中の床と同じような高さに足場になりそうな出っ張りが続いていることに気づいた。カニ歩きのようになら歩いていけそうだ。どこに行けばいいのか分からないけれど。

「お客様？　具合が悪いんでしょうか？」

「違います！　何でもありません！」

決断しなきゃ。窓から出るか、ドアから出るか。

わたしは邪魔になりそうなウールのコートを脱いで、窓枠に半分通して広げた。これで多少残ったガラス片で怪我をしないですむ。コートは傷みそうだが、仕方がない。靴をちょっと眺め、これもやはり邪魔だと判断した。さほどヒールは高くないが、裸足（はだし）の方がいい。窓から下を見て誰もいないことを確認すると、二つ揃えてまっすぐ下に落とす。歩道に転がるのを見て、傷がついていませんようにと祈った。

バッグの持ち手を口でくわえ、窓枠の上の部分を両手で摑んで便器に登り、太腿（ふともも）をコートの上に載せる。コート越しに、残ったガラス片がちくちくしたが気のせいだと思うことにした。

少しずつ足を外に出し、お尻が窓枠に載ったところで痛みが無視できなくなってきた。

でもう後戻りはできない。懸垂の要領で腕に力を込めつつ、ゆっくりと身体を下ろしていく。指先が汗で滑る。

「んー、んー」

バッグの持ち手をくわえた口から声が漏れる。

再び強いノックの音が響く。

「お客様？」

まだ前で粘ってたのか。でもこの状態では何も答えられない。

お尻が完全に窓枠を越え、ほぼ全体重が腕にかかったが、まだ足は出っ張りに届かない。

ゆっくり腕を伸ばし始めてから、実のところ懸垂は苦手だった、と遅まきながら気がついた。

あっと思ったときには我慢できなくなって手が外れ、落下しそうになったのと、足が出っ張りを探り当てたのが同時だった。

勢い余って外に向かおうとする身体を必死で引き戻し、壁にへばりつく。

数秒間して、大丈夫、落ちていない、と確認した途端、全身からぶわっと嫌な汗が噴き出した。

止まっていたように思える心臓が恐ろしいスピードで動き始める。

「お客様？　お客様？」

壁についた右手をそっと引き剝がし、バッグを手に取った。口を開けようとしたのだが、なぜか開かない。がっちりとくわえ込んでいる顎が開いてくれないのだ。

無理矢理こじ開けるようにして、ようやく少し口が開いた。革の持ち手にはくっきりと歯形が残っている。

「お客様？」

「大丈夫だって言ってるでしょ！　ほっといて！」

黒スーツの男を店内に引き留めておいて、できるだけ早くここから降りてしまわなければ。

わたしは心臓の鼓動が少し収まるのを待って、とりあえず左側へ、駅のある方へ進んでみることにした。全身で壁をこするようにして、一歩ずつ足を進める。

寒風が吹きすぎ、窓枠にかかったままのコートのことを思い出したが、今は諦めることにした。ちょっとした動作も命取りになりかねない。

幸い街路はほとんど人気がなかったが、誰かに見つかったらどれほど間抜けに見えることだろう。黒スーツの連中に見つかるのも、関係ない誰かに見つかるのも同じくらい嫌だった。

出っ張りはずっと続いていたが、安全に降りられそうなところは見あたらないし、建物の中に戻れそうな入り口もなかった。今すぐにも窓から黒スーツの男が顔を出して自分を見つけるのではないかと、つい後ろを見てしまう。

とうとう角までやってきてしまった。とりあえずそこを回り込めば、トイレの窓からは見えなくなる。出っ張りを歩くのにも慣れてきたこともあって、少し速度を上げて回り込んだが、そこは連絡通路から丸見えだということに気がつき、慌てて元へ戻る。駄目だ。反対に向かうべきだった。

その時メールの着信音が響いて、心臓が止まるかと思った。

しばらく硬直していたが、やがて気を取り直してバッグから端末を取り出す。

水元くんだ。どこにいるんだろう？

『月、大丈夫か？　こっちは大丈夫だ。電話できるようなら電話してくれ』

この大変な時に、と最初はむかついたが、その声はなぜか妙に頼もしく聞こえた。今までそんなふうに感じたことはなかったのに。

わたしは壁にもたれ、天を仰いで息をついた。

何で、何でこんなことになってるんだろう。どうしてわたしはこんなスパイダーマンみたいな真似をしてなきゃいけないの？　ただ離婚しようとしただけなのに。

寒い。身体が凍え、強ばっていることに気づいた。早く何とかしなきゃ。

わたしは震える手で端末を操作し、水元くんに電話をかけた。

『もしもし？　まだトイレの中か？』

「……ううん。今は外」

『あいつら、いなくなったのか？』

「知らない。窓から出たから」

そう聞いてくるということは水元くんは店内にはいないのだろう。一人で逃げてしまったのだろうか。

『窓って……でもあそこ二階だろ？』

「……忘れてたのよ」

『今、どういう状況なんだよ』

「説明したくない」

後になれば武勇伝かもしれないが、今の状態は誰にも知られたくなかった。でも、自分だけではどうしようもない可能性はあるから、その時は水元くんに助けてもらうしかないのかもしれない。一応どういう状態か言っておいた方がいいだろうか、と悩んでいると向こうの空気が変わった。誰かの声が聞こえたが、何を言ったのかは分からなかった。

「……どうしたの？」

『また後で電話する』

水元くんの声が緊張していた。見つかったんだ。

「待って！　どこにいるの？」

すでに通話は切れていた。

もう。全然状況が分からなかった。

でも、一人じゃない、そう思えた。面と向かって話しているときにもそんなことは思わないのに、確かに今二人で戦っているんだと確信できた。

周囲に何か足がかりになるようなものがないか、改めて見渡す。とにかくここから降りなければ。

直接飛び降りるのは無理でも、出っ張りにぶら下がってから手を離せば多少衝撃は少なくなる。できるだろうか？

そもそも十五センチほどしかない幅のところで、しゃがむことすら難しい。そろそろと身体を屈(かが)めてみたが、中腰の状態より先には屈めなかった。手を足下の出っ張りにつけることすらできない。

壁を向いている方がやりやすいかと、思い切って身体を反転させて試してみる。やっぱり駄目だ。

角だ。角なら何とかなるかもしれない。

連絡通路から見られるかもしれないが、仕方がない。

わたしはまたバッグを口にくわえ、両手と両足でマンションの角を挟みつけるようにしつつ、しゃがむことに成功した。

今は自分の格好を想像しないようにと思ったが、つい思い浮かべてしまい顔から火が出そうになる。ビルの角に貼り付いた紙相撲の力士。なんて羞恥プレイだ。

膝を曲げ、ゆっくりと身体を下へずらしていく。力士の立ち合いのようだ。しかしこれ以上しゃがもうとするとお尻から後ろに倒れてしまうし、スカートも邪魔だ。

今度は少し身体を右に傾け、左手で壁を押さえながら、右手を出っ張りに突く。右足を浮かせられることを確認し、出っ張りから外した。左手と左足、それと右手で身体を支えている状態だ。そのまま、左手を動かそうとしたとき、ずるっと左足が滑り、身体が落ちた。

「きゃあっ！」

思わず声が出てバッグが先に下へ落ちていったが、一瞬だけ両手で出っ張りにぶら下がることには成功した。衝撃で肩が抜けそうになり、顔は壁にこすれて痛かったが、必死でしがみついた。

落ちても大丈夫な高さかどうか見ようとしたとき、耐えきれなくなって手を離してしまった。

第十一章　つかず離れず

1

目の前の男を睨みつけながら考えた。

人通りが少ないとはいえまだ明るいし、どこに人目があるとも限らない。そうそう手荒な真似はしないだろう。もう一度逃げてみるか？　でも一体どこへ？

「逃げたって無駄ですよ」

男はぼくの心の中を読んだみたいに言った。

「どうやってあなたを見つけたと思います？」

ただ単に走って追いついたというわけじゃなさそうな言い方だ。黙っていると少し得意げに説明を始める。

「今は街中のいたるところに防犯カメラがあるのはご存じでしょうが、そのデータの八割はうちの系列会社がネットワークで一元管理してまして。緊急時には周辺データを検索できるようになっています」

　きっとこのビルのエントランスにもカメラがあるだろう。ぼくは陰に隠れたつもりで逆に姿をさらしてしまったのだった。

「個人情報の侵害だ」

「そういう声もあるようですが、今のところ合法なんです。個人宅を覗いてるわけじゃありませんので」

　いまどきどこへ行っても防犯カメラがあるのは当たり前で、特に意識したこともなかったが、それらが大企業の手で一元管理されているとなると恐ろしい。警察ならともかく、一民間企業がそんな力を行使できるなんてどう考えても間違ってる。

月（ルナ）はトイレの窓から外に出たらしいが、彼女が捕まるのも時間の問題ということか。くそっ。どうしたらいい。

「選択の余地はありませんよ。ファイルを渡してください」

「……ここには持ってない」

「持ってない？」

　男が初めて動揺した様子を見せたので、少しだけ勝ったような気がした。先に家を捜索して見つけられなかったものだから、当然ぼくが持っていると思いこんでいたのだろう。

「じゃあ彼女の方が……？」

「違う。ある場所に隠してある。その場所を知ってるのはぼくだけだ。もしぼくや月に何かあったら、それは自動的にあるメディアに送られるようになっている」

慌てて隠したのでとてもそんな仕掛けをする余裕はなかったのだが、それくらいのはったりはかましておかなければならないだろう。

男は眉をひそめ、少し考えているようだった。

「仕方ないですね。ではそのファイルのあるところまでご一緒しましょう」

「どっちみち会社の近くだ。あんた方のボスというのに直接渡すよ。もう一人いただろ？あいつも一緒に来てもらう」

いざとなればいくらでも増援は呼べるだろうが、少しでも時間を稼げれば月はなんとか逃げ出せるかもしれない。それで事態が好転するという保証はないけれど、二人一緒に捕まってしまうよりはいいだろう。

「奥さん想いなんですね。別れたがっているようには見えませんよ」

男は皮肉なのかなんなのかよく分からない言い方をして端末を取りだし、上司に連絡しているようだった。

「……はい……そうです。会社の近くに隠してあると……はい……駅に向かいます」

端末を切ってコートの左ポケットにしまうと、その手で先へ行くよう促す。ふと気づくと右手はコートの右ポケットに突っこんだままだ。寒いから、というわけでもなさそうだ。

「どうぞ、お先に」

ぼくはゆっくりと歩き始めたが、背中がぴりぴりとするのを抑えられなかった。

2

足から落ちはしたものの、勢い余って後ろ向きに倒れ、歩道で強烈に尻餅をつく。電撃のようなショックが頭の先まで走り抜け、思わず変な声をあげていた。

「ああっ……くぅ～！」

しばらく尻餅をついた姿勢のまま身動きできずにいると声をかけられた。

「だ、大丈夫ですか？」

建物の角にあったカフェから女性店員が顔を覗かせている。一体どこから現われたのかと不思議そうに空とわたしを見比べている。恥ずかしさと痛さで全身からぶわっと嫌な汗が噴き出した。

「大丈夫です！」

全然大丈夫な気などしないのに、そんな言葉が口を衝いて出、生まれたての子馬のように震えながら立ち上がった。

店員が若い男の人じゃなくてよかった、そんなことを思いながら、よろよろと店の前を離れる。

バッグを落としていたことに気づいて戻ると、店員が相変わらずこちらを覗いていたので、歩道に転がっていたバッグを拾ってから無理して微笑(ほほえ)み、急いで壁の陰に隠れる。見回すとさっき自分で投げ落とした靴が転がっているのが見えた。

痛むお尻を押さえ、腰を曲げた状態で靴を拾いに行く。惨めだった。あまりの恥辱と痛みで、なんでこんなことになっているのかもよく分からない。

靴を履いて痛みをこらえて背筋を伸ばすと、少し自分を取り戻した。目を上げると、さっき出てきたトイレの窓に黒いコートがはためいているのが見えた。

もたもたしてる場合じゃない。早くここを離れなくちゃ。そろそろわたしが窓から逃げたこともばれているに違いないし、すぐこっちへ様子を見に来るだろう。

でもどこに逃げればいいんだろう？

さっきの雰囲気では水元くんは連中に捕まってしまったのかもしれない。問題なければいずれまた連絡してくるだろう。とにかくわたし一人だけでも自由に動ける状態でなければ、ゲームセットだ。

少しでも人目が多いところの方が安全だ。できればこんな田舎じゃなく、繁華街の方がいい。どうしても強硬手段に訴えてくるなら、少しでも目撃者を増やしてやろう。そう思って再び電車に乗って都心へ戻ることに決めた。

歩道橋を上って駅へのコンコースに出ようとしたところで、目の前を通り過ぎていく水元くんを見かけて危うく声をかけそうになったが、そのすぐ後ろに黒スーツの男たち二人がぴったりとついているのを見て慌てて口を押さえ、階段の陰にしゃがみ込む。

そっと陰から顔を覗かせると、三人は気がついた様子もなくずんずんと駅構内へと入っていった。まだ帰宅時間には早く、そんなに乗降客はいないから、今後ろをついていけばすぐ見つかってしまうだろう。でも、彼らがどこに向かうつもりなのか見届けたい気持ちもある。

彼らの姿が見えなくなってから、わたしは我慢できずに後を追った。ここより東や北へ向かうとは思えないから、彼らも都心に戻るに決まっている。とりあえず上り電車の別の車両に乗れば見つからずに追えるだろう。――見つかったら見つかったときのことだ。

改札を抜けて階段を上り、あと数段というところで止まってホームの様子を窺う。

ちらほらと人影はいるものの、黒スーツの男たちも水元くんも見えない。もしかしたら向かいの下りホームかもしれないなどと警戒しつつ最後の数段をあがる。目立たないよう壁際を伝いながら、三人の姿を探した。

いた。階段の裏側のベンチにふてくされたように座っている水元くんの両脇に、黒スーツの男たちがボディガードよろしく立っている。わたしは再び階段を数段降りて、身を隠した。

五分ほど経って電車が来た。ドアの開く音がして数秒我慢してから、目の前の車両に駆け込んだ。

背後でドアが閉まってから、恐る恐る隣の車両の方へ視線を向ける。

彼らとはドア三つ分、ほぼ車両一台分くらい離れていて、こちらに気づいた様子はない。さっきと同じように、腰かけている水元くんの前で男たちは立っていた。

何か脅迫されていて、逃げられないんだろうか？　それとも彼らと取引することになったのか。

メールでもしてみたいと思ったが、それは彼らにも見られてしまうかもしれない。いっそ電話した方がいいだろうか。

そう思ったとき、端末に着信があった。メールだ。慌てて取り出すと、深尋からだった。すっかり忘れていたけど、彼女は警察署に行ったはずだ。一体どうしてるんだろう。

『乾さん、釈放されました。相当疲れてるみたいだから、ちょっとついててあげようと思います。そっちは問題ない？』

よかった。釈放されたんだ、と安堵する一方、微妙な違和感が胸に残る。長時間の取り調べで疲れてるなら、さっさと自宅に戻って休みたいところだろう。ついててあげるって、何するつもりだろう。手料理でも食べさせるとか？

　まさか。さすがにそんなことはないだろう。深尋は水元くんに気があるみたいだったし、わたしが乾さんと再婚——するかどうか分からないけど——つきあうのを応援してくれていたはずだ。

　そうだ。釈放されたんなら、乾さんがこの状況をなんとかしてくれないだろうか。

　一瞬そう考えたものの、すぐにその考えを捨てた。わたしたちのせいで大変な思いをしたのに、またすぐ手伝わせるなんて余りに虫がよすぎる。一つは問題が解決したのだから、一歩前進だ。あとはわたしと水元くん二人の問題だ。これ以上あの二人を巻き込まない方がいい。

　わたしは深尋あてにメールの返事を書いた。

『乾さんに謝っておいて。ご迷惑おかけしてすみませんって。今ちょっと手が放せないけどこっちは問題ありません。また明日連絡します』

　やっぱり乾さんに助けてもらいたい——そう思いながらもえいやっとメールを送る。

　大丈夫。一人で——二人で？——なんとかしてみせる。

　そう覚悟して水元くんたちの様子を窺う。

月の話はもう出なかった。というか、電車の中では男たちはほとんど口を利かなかった。黙りこくった黒スーツの男が二人並んで立っている姿は何とも奇妙で、周りの乗客も時折ちらちらとこちらを見てくる。護送されてる犯罪者みたいに見えるのではないかと思って、髪をかきあげたり、腕を組んだり、両手が自由になっていることをことさらに強調して見せたりした。

3

二人とも押し黙っているので、ぼくも黙って二人を観察した。

ぱっと見には区別がつきにくい二人だが、ぼくを追いかけてきた方が若干年かさのようで、少し痩せている。三十前後だろうか。物腰がえらく柔らかいだけに不気味な感じがする。

もう一人――カフェで派手に転んだ方は、ぼくと余り年が変わらないかもしれない。右目の上の方に巨大なたんこぶを作っていて、ずっとぼくのことを怒りに満ちた目で見下ろしている。何も言わないが、一対一になったら仕返しされそうで怖い。

年かさの方が青木、若い方が坂口というのだと名字だけは教えてくれたが、それが本名なのかどうかは分かったもんじゃない。

「――それ、痛む？」

ぼくは恐る恐る訊ねた。

坂口はほとんど口を動かさずに答える。

「当たり前だ」

「冷やした方がいいよ。コブになってるから、大した怪我じゃないと思うけど……」

彼の目に憎しみの光が増したようだったので、ぼくは口を閉じた。余計なことは言わない方がよさそうだ。

ふと右のほうへ目をやると、何かが見えた。視野の隅でちらっと一瞬何かが動いただけだったのだが、なぜかそれが心に引っかかったのだ。

今何が見えたんだろうと考えながらぼくはじっと車両の端を眺めていた。変な動きをしている人がいるわけでもない。変な格好の人もいない。虫が飛んでるわけでもない。気のせいか、と別の方角へ視線を向けたとき、再び何かが気になって視線を戻した。

月。

車両の連結部のドアの向こうに、月の顔が一瞬見えて、また消えた。

信じられない思いでじっと見ていると、そろそろとまた彼女の頭が見えてくる。間違いない。月だ。

ぼくはそっと目だけを動かして、目の前の男たちの様子を探る。

大丈夫だ。二人は月に気づくどころか、ぼくのことも見ていない。

ぼくは自然体を心がけながら、もう一度月のいる方に視線をやる。

どうやら、ぼくに気づかれたことは分かっているらしい。ぼくは合図などせず、ただ彼女の方を見ていた。何をしても男たちに気づかれそうで怖い。

彼女はどこかに隠れていて、ぼくたちが電車に乗るのを見て追いかけてきたんだろう。追いかけてきて一体どうするつもりか知らないが。まったく向こう見ずとしか言いようがない。黙ってどこかに隠れていればいいものを。

とりあえず無事だということは分かった。これからどうするべきだろう。電話でもかけて、じっとしてろと言うべきか。

男たちは今のところは何も言わないが、彼女と連絡が取れたら、一緒に来いと言うのではなかろうか。駄目だと言ってもどうなることか。こっちには、データファイルという切り札一つしかない。彼らが本気で脅しにかかったら、ぼくにも彼女にも対抗できる手段はないといっていい。

考えた末、何もしないことに決めた。彼女には彼女なりの考えがあってのことだろう。見守ってくれている、微かに繋(つな)がっている、そう思うことだけで少し安心できた。彼らの知らないカード——役に立つかどうか分からないカードだが——が一枚増えた、そのことも少しではあるが心強い。

そろそろ品川だ。電車に乗っている間には何も起きないだろうと思っていたせいか、到着するのが怖い。会社に着いたら、もう誰も助けは期待できない。連中が人殺しも辞さない集団だったとしたら、ぼくにはもう未来はないのかもしれない。その時はせめて、せめて月だけは逃げられたらいいのにな、そう他人事のように思った。

4

水元くんは何度かわたしの方へ視線を向けた後はあえてこちらを見ないようにしていたようだった。多分わたしの存在が黒スーツの男たちに気づかれない方がいいと思ったのだろう。決して状況が改善しているわけではないことは確かだった。

電車が品川駅のホームに滑り込んで行くと、予想どおり水元くんは立ち上がり、黒スーツの男たちを従えるようにして降りていった。やはり会社に連れて行かれるのだろうが、何だか主導権は水元くんにあるようにも見える。

他の客の後ろに隠れるようにしながら最後に降り、水元くんたち——というより、黒スーツ二人連れの背中を追う。目立つ格好をしてくれていることを初めてありがたいと思った。

電車の中が暖かかっただけに、駅ビルを出た途端、寒風が身に染みる。すれ違う人たちも、寒くないのかと言いたげな視線を向けてくるので、震えそうな身体に気合いを入れ、背筋を伸ばして平気なふりをする。

水元くんがずんずん歩くものだから黒スーツの男たちは急ぎ足でついていかねばならず、後ろを振り返る余裕などないようだった。もしかするとそこまで考えて水元くんは前を歩いていたのかもしれないと思い当たる。

二人にとって必要だからそうしているだけだと思ったが、自分に向けられた気遣いのように感じられて少し彼を見直した。

横断歩道を渡り、ＰＭ本社へ向かっていく三人を、十メートルほど後ろからついていきながら、中に入るわけにはいかないと気がついた。今どきのインテリジェントビルに、気づかれず侵入することなど不可能だ。おまけにわたしのＩＤはもう登録されているから、誰が来たかも記録される。外で待つしかないけれど、それで何かの役に立つだろうか？

正面入り口から入っていく三人を見送りながら立ちすくんでいると、電話がかかってきた。端末を取りだして見ると、何と、乾さんからだ。ついさっきは頼るまいと決めたのに、その名前を見ると心が揺らいでしまう。

ＰＭビルの壁面に寄り添うようにして電話を取ると、勢い込んだ乾さんの声が耳に飛び込んでくる。

『もしもし？　月さん？』

「はい」

『何か、困ってるんじゃないの？』

「……え、どうしてですか」

深尋からメールを見せられたのだろうけど、そんなことを匂わせるような文章だっただろうか？

『片付いたんなら片付いたって言うだろう？　俺はとりあえず釈放されたけど、そっちの問題は何も終わってないんじゃないかと思って』

勘の鋭い人だ。

「……大丈夫です。大変だったでしょうから、ゆっくり休んでください」

『……外？　声が震えてるけど。何か困ってるんじゃないの？』

水元くんたちの姿はもう見えない。どうするべきか、ちょっと相談してみるくらいはいいのではないだろうか？　でもそんなことをしたら乾さんはすっ飛んできてしまうかもしれない。

悩んで言葉に詰まったのを、肯定のしるしと思ったようだった。

『今どこにいるの』

「……ＰＭの前」

そんなつもりはなかったのに思わず言ってしまった。

『本社の？　品川？』

「はい」

後はもう、聞かれるがままにすべてを喋ってしまっていた。自宅が火事になったこと、黒スーツの男たちに追われたこと、水元くんは二人に捕まってPMに連れてこられたこと、こっそりその後をつけてきたこと――。トイレからの脱出や危険なアクションについては話す余裕がなかったが、いつか笑い話として話せる時が来ることを願う。

『――分かった。俺たちが行くまで、そこで待ってて。無茶をするんじゃないよ』

「はい」

乾さんの言葉にはちょっとした違和感を感じないでもなかったが、すっかり安心しきっていたわたしはすぐにそんなことは忘れてしまった。

乾さんなら何とかしてくれそうだ、と性懲りもなく思ってしまったのだ。

5

「どこに行くつもりですか？」

本社の正面入り口を抜けると、困惑した様子で青木が声をかけてくる。

依然多くのお客が出入りしているロビーの真ん中で立ち止まり、ぼくは振り向いて言った。

「データファイルはここから五分もしないで取りに行ける場所にある。上司に会わせてくれれば、すぐにでも渡せる。ここに呼び出してくれ」

青木と坂口は顔を見合わせ、周囲を見回す。

黒スーツの男たちは、自分たちの会社であるはずのここでも、明らかに悪目立ちしていた。ぼくたちが普段滅多に見かけないことから考えても、恐らく彼らは社内にいるより社外で活動することの方が多いに違いない。ここで何か事件でも起こせば、会社の評判を落とすにはもってこいだ。多少強硬手段に出る覚悟をしていたとしても、ここは逆に避けたい場所ではないかと思ったのだ。

どうだ、と言うように二人を見返したが、それほど困っている様子でもなかったのが残念だ。

「……分かりました。伝えてみましょう」

最終判断は自分がすることじゃないし、とでも割り切っているのかもしれない。端末を取りだして再度上司に連絡している様子だった。

「はい……はい……一階ロビーです。はい。五分で行けるところにある、と……分かりました。ここで待ちます」

電話を切るとこちらに向き直って頷き、「すぐにいらっしゃいます。――ファイルは？」

と訊ねる。

「慌てなくても、降りてきたら上司とやらに渡すよ」

自分でもそれでいいのかどうか分からなかったが、そう答えておくしかなかった。ファイルを渡したが最後、こちらには何もカードはなくなる。それで交渉はうまく行くんだろうか。

月はどうしただろう、と気になって周囲を見回す。

入ってきてはいないようだ。賢明な判断だろう。外でやきもきしているのだとしたら申し訳ない。――そういえばあいつ、コートを着てなかった。一体どうしたんだろう？

6

「乾さん！」

建物に身を寄せて風を避けながら待っていると、不意に目の前に乾さんが現われた。

彼は会社近くのマンションに住んでいるようだが、それでも十分ちょっとで目の前に辿り着いたのは相当急いでくれたのだろう。実際、最後はどこからか少し走ってきた様子で、思い切り息を切らしている。

わたしを見つけると両手を合わせて頭を下げるので、こっちが恐縮してしまう。

「月さん！　遅くなってごめん。――水元は、まだ中？」

「ええ。――でもほんと、よかったんですか？　警察でひどい目に遭ったんでしょう。もう乾さんには迷惑かけられないって思ったんですけど……」

嬉しさと照れくささと申し訳なさが入り交じり、柄にもなく乙女っぽくもじもじとしていると、聞き慣れた声が遠くから聞こえてきた。

「乾さーん！　ちょっと待ってくださいよー！」

目をあげると、乾さんの後ろから、のたのたと変な走り方の女がやってくるのが見えた。

「――深尋？」

その瞬間、さっきそう言えば「俺たちが行くまで」って言ってなかったっけ、と思いだした。「俺たち」って乾さんと深尋ってこと？

「もう、乾さんたら、速すぎるぅ～」

瀕死の様子で辿り着きながら、乾さんにしがみつき、ぜえぜえとわざとらしく荒い息をしてみせる。乾さんの腕にぎゅうっとしがみつき、胸を押しつけているようにも見える。

振り払って。そんなの振り払っちゃって。

そんなわたしの思いも知らぬげに、乾さんは優しい――優しすぎる声で深尋に話しかけた。

「ごめんごめん。大丈夫？」

「大丈夫じゃなーい！　足首ひねったかも」

「――深尋、何しに来たの？」

「ひどい言い方。月たちの役に立とうと思って来たんじゃない」

深尋は頰を膨らませてそう言ったが、依然身体は乾さんに密着していて、離れようという気配はない。それよりショックなのは、乾さんが、若干困惑した様子ながらもそれを許容しているらしいことだ。

わたしの剣呑な表情に気がついたのだろう、乾さんは二人を見比べ、唇を嚙みながら言い澱んだ。

「あー、あの、実は月さんに言わなきゃいけないことがあって……」

とてつもなく嫌な予感がした。その先は聞きたくなかった。

「それって、今聞かなきゃいけないことですか」

妙に口調が硬くなっているのが自分でも分かる。

「いや、その、なるべく早くはっきりさせといた方がいいことだと思うから……」

「なに、何の話？」

深尋があまりに無邪気な、天使のような表情で見上げながら口を挟む。

「だからそれは……俺たちのことだよ」

まただ。また「俺たち」。

耳を塞ぎたくなる。

意を決した様子で乾さんがわたしを正面から見据えたので、わたしも視線が逸らせなくなった。

「ごめん！」

唐突に乾さんは歩道に手をつき、頭を擦りつけるようにして大声で謝る。道行く人々も深尋も、そしてわたしもぎょっとして、一瞬世界が硬直したようだった。

「な、何ですか、一体」

そう言いながらもわたしは頭のどこかで何もかも分かっていた。

「――俺たち、つきあってるんだ。というかその……そういうことになったんだ」

そういうこと？

「ちょっと、やだ、そんなことわざわざ言わなくたっていいじゃない。もう」

深尋はまんざらでもない様子で乾さんの背中をばんばんとバッグで叩く。

「君と結婚したいなんて言っておきながら、本当にいい加減な男だと思う。申し訳ない。何と言われても言い訳のしようがない。でも、だからこそ、今度のことでは最後まで君の役に立ちたい」

「……そんなに謝ることないよー。まだつきあってたわけじゃないもんねー？　二人のせいで刑務所にまで入ったんだし」

刑務所じゃないって。ていうか、この女……いっぺん殺したろか。

「と、とにかく立ってください。お願いします。こんなところでそんなこと言われても、困ります」

「そうだね。ごめん。本当にごめん」

乾さんは立ち上がりながらも何度も頭を下げ続ける。

半ば予想していたせいなのか、それともショックが大きすぎるのか、感情らしい感情というものがまだ湧いてこない。

親友（というほどでもないけど）に、男を取られた。そういうことか？

よくある話だ。昔も今も。

信用できる女じゃないと分かってはいたけど、ここまでひどいとは想像もしていなかった。きっと昼間わたしから乾さんが警察にいることを聞いてすっ飛んでいってすぐ、彼は釈放（逮捕されてなくてもそう言うんだろうか？）されたのだろう。その後彼を元気づけるためか何か、何時間か一緒にいた間に、妙な雰囲気になってしまった、ということか。条件のいいマッチングを望んでいたはずの深尋にしては軽率すぎる行動だと思うが、彼女の性格なら驚くほどのことではない。

しかし、たった一度誘惑に負けたからと言って、それを馬鹿正直に報告するこの人もちょっと変だ。

「それで、俺はどうしたらいい？」

「どうしたらって言われても……深尋のことが好きになったんなら、おつきあいでも結婚でもすればいいんじゃないですか」

乾さんは首を振った。

「そうじゃない。俺たちのことじゃなくて、月さんの気持ちだよ。月さんの離婚の意思が変わってないかどうか、聞いてるんだ」

「わたしの離婚の意思……ああ」

そうか。わたしは離婚した後、乾さんと再婚するかもしれないと思っていたわけだ。乾さんを深尋に取られた今、それでも離婚したいか、という意味らしい。

段々腹が立ってきた。

誰に、なのかはよく分からない。乾さんも深尋もPMも、そして水元くんも含めた全世界に対してのようだった。

「――わたしは別に、乾さんと結婚するために離婚しようと思ったわけじゃありません。離婚したいから離婚しようとしてるんです。それだけです」

わたしは言いながら、視界が滲むのを感じていた。

風のせいだ。冷たい風のせいで、何だか目が痛い。

第十二章　栴檀は双葉より芳し

1

　サイゾーに対面したときも相当に緊張したものだが、彼は元々憧れの対象でもあった。今こちらへ向かっている黒服の男たちのボスは、単なる恐怖の対象だ。サイゾーの時の、ある種心地よい緊張とはまるで違う、胃が重たくなるような緊張をぼくは感じていた。

　一体どんな奴なのか。サイゾーも関知していないＰＭの裏の仕事をしているのだから、ある種のヤクザみたいな奴だろうか。

「いらっしゃいました」

　青木にそう言われて彼の視線を追うと、クリニックへあがるエレベーターがある方角から、またしても黒服の男二人――いや、四人が正方形の陣形で固まって歩いてくるのが見えた。ＶＩＰを守るＳＰのようだが、真ん中には誰もいない。あの似たような四人のうちの一人が「ボス」なんだろうか？　それにしても、自分たちのボスのことを言うのに「いらっしゃいました」は敬語として間違ってるんじゃないか。ぼくも社員だからいいのか？

そう思ったときだった。近づくにつれ、前を歩く二人が少し幅を拡げたので、真ん中に実は人が隠れていたのだと分かった。

隠れていたつもりではないのかもしれない。単に見えなかっただけなのだろう。

黒服に囲まれてにこやかに近づいてきたその人物は、身長が百三十センチ程度しかなかった。

子供だった。

小六か中一くらいにしか見えない子供がブラウンのスーツを着てネクタイを締めているのだが、意外にも着なれた感じで、七五三的には見えない。

「水元さん。初めまして。高田未来と申します。あなたのご要望に応じて、出てきましたよ」

下から出された手を反射的に握りながら、聞き返していた。

「君が……こいつらのボス？」

驚くほど小さく柔らかい手は、女の子のものかと思うほどだった。運動などまったくしていないのだろう。

「そうです。皆さんの眼に触れるところに出てくるのは不本意なんですけどね」

そう言って周囲を見回すと、ロビーに訪れている客たちの多くから、どういう集団だと不審に思っているらしい視線を集めていることに気づいた。黒スーツの男たちだけでも充分異様なのに、そこにスーツを着た子供がいるとなると注目を集めるのも当然だ。

「本当に子供なのかとお悩みでしょうが、ご心配なく。ぼくは十二です。本来なら義務教育の年齢ですね」

もしかするとアンチエイジングが進んだ結果、今はこんな大人も存在するのかもしれないなどと思っていたので、説明してくれてほっとした。

しかし十二の子供がなんでまたPMの裏の仕事を、と思ったとき気がついた。面立ちがどことなくサイゾーに似ている。

「高田……と言ったっけ？　まさか――」

少年は苦笑するように唇を歪めた。

「ええ。お察しのとおり、ぼくはサイゾーの息子です」

察してなどいなかった。孫か何かだと思ったのだ。サイゾーの私生活はほとんど明らかになっていない。妻がいるという話さえ聞いたことがないが、PMを作ったくらいだからいい相手が見つけられないなんてことはないはずだし、子孫を残すことにもあれほど積極的なのだから、きっと子供もいるのだろう。彼の年齢を考えるととうに孫の一人や二人――というか十人くらいいてもおかしくはない。還暦近くなって作った子供ということか。

今のサイゾーの若々しさからすれば普通に作れたとしてもおかしくないし、人工授精したのかもしれない。

しかし、だとしてもこんな小さい子供に仕事をさせる必要が一体どこにある？

「サイゾーが自分の息子に、汚い仕事を任せたってことか」

「汚い仕事とは人聞きが悪いですね。難しい仕事を、少しずつ肩代わりしてあげてるだけです。彼もああ見えて結構な年ですしね」

異様な感じだった。

顔は子供なのに、相対している感覚はサイゾー本人に極めて近い。段々、サイゾー本人に感じたような畏怖を覚え始めていた。

ぼくの考えを読んだみたいにぱっと笑顔になる。

「ぼくがもしかしたらサイゾーのクローンじゃないか、なんて考えたんじゃないですか。分かってると思いますけど、ヒトのクローンは禁止されてますし、クローンじゃオリジナルより優れた子孫は生まれません。ぼくは、サイゾーが生み出した中でも一番優秀な子供でしてね、もちろんサイゾー自身、自分より優れた遺伝子を持ってると認めてるんですよ」

一番優秀な、というからには子供が一人しかいないわけではないようだ。その上でこの少年を重要そうなポストに据えたのだから、サイゾーが彼を認めているというのは間違いないのだろう。

「これまた誤解してもらうと困るんですが、ぼくは遺伝子操作の怪物なんかでもありません。ＰＭが選び出した、サイゾーにぴったりの母との間に生まれた普通の人間です」

常にこちらの思考を先回りして話をするので、口を差し挟む余裕がない。

「ところで」

高田未来はちらりと周囲を見回して言った。

「ずっとここで話さなきゃ駄目ですか？　ぼくがあなたに危害を加えることを心配しているんですか？」

こんな子供が怖いの、と言いたげに、やけに無邪気な表情でぼくを見上げる。

ぼくは改めてロビーを見渡した。

もうさほどの注目は集めていないようだったが、ちらちらとこちらへ視線を送ってくる人たちも何人かいる。ここにいれば色んな意味で安全だとは思っていたわけだが、何だか馬鹿馬鹿しく思えてきた。

高田未来は、黒スーツの連中よりもある意味不気味だったのだが、その不気味さは人目があれば安心できるという類のものでもない。半ば投げやりな気分になってぼくは言った。

「いい……ですよ、どこでも。あなたのお好きな場所で」

いつまでも子供相手の口調を使うこと自体、何だかこちらの大人げなさを露呈しているように思えたので、あえて敬語に切り替えてみると、彼は面白い生き物でも見るみたいにぼくを見つめ、再びにっこりと笑った。

「ではぼくの執務室へ行きましょう。──ああ、そういやビデオファイルを交換にいただけるんでしたよね」

いつ言い出すかと思っていたことを、まるでついでみたいに口にする。

何とか引き延ばして別の取引に使えないものかと考えていると、未来は再びロビーをちらっと見回し、黒服の男の一人に囁いて指示を与えた。

と、その黒服は一人離れ、壁際に置いてあったある観葉植物の鉢植えに真っ直ぐ向かう。ちらりと裏を覗き込んで木の裏から何かを取り上げるとすぐ戻ってきた。

「ありました」

そう言って、ぼくがサイゾーとの会見直前に慌ててそこに隠しておいたペン型カメラを未来に手渡す。未来は受け取ってちらりと見ただけで、スーツのポケットに突っこむ。

「なんで……」

少年はなぜか残念そうに説明した。

「ここからすぐ取ってこれるところに隠したとおっしゃったでしょ？　ここまで来てから、慌ててどこかに隠した方がいいと思ったわけだ。とても大事なものだから、誰かに見つかって持って行かれるようなことではまずい。だから建物内を選んだんでしょうね。でもこのロビーでは、ほぼ死角なく防犯カメラが設置されていて、あなたの行動も全部記録されてました。調べさせたらすぐ分かりました。うかつでしたね」

ヒントを与えてしまっていたのか。おまけに、自社内に防犯カメラが設置されているだろうことも考えなかった自分に猛烈に腹が立つ。一度だけでなく二度までも。

「……じゃあ、ファイルのありかが分かってたのに、何でこんな取引に応じたんだ」

子供に馬鹿にされたせいか、ついむかついて口調が元に戻ってしまった。

「あなた方にPMのことを誤解したままでいてほしくなかったんですよ。不幸なすれ違いがいくつかあったようなので。ともかく上でゆっくり話しましょう」

未来が振り向いてエレベーターへ戻っていくと、再び四人の黒スーツが陣形を組んで進んでいく。背後から青木がぽんと背中を押すので、仕方なくぼくは未来の後を追った。

あのガキ。何とか一泡吹かせてやれないものだろうか。

——とてもじゃないけど無理だ。

そんな気がしていた。

2

わたしたちは昨日も入ったカフェに避難して、現状の説明と今後の対策について相談した。今にも水元くんが何かひどいことをされているかもしれないという焦りはあったが、考えなしに飛び込んで一緒に捕まったのでは何の意味もない。もし万が一、会社から彼が出てこないなんてことになれば、マンションの不審火の件もあるし警察も本腰になってくれることだろう。

わたしは少し落ち着きを取り戻して、今日あったことを説明しながら、乾さんに対する申し訳なさが消えていることに気づいた。彼の気持ちが深尋に傾いてしまったことは相当なショックだったものの、その埋め合わせをしてくれてもいいよね、という気分になっていたのだ。

わたしの方ははっきりと態度を決めてもいなかったのにそんなふうに思うのはなんだかわがままだ、とも思わないでもなかったが、でも実際問題彼の協力は必要なのだから遠慮したってはじまらない。

少し迷ったあげく、水元くんがサイゾーに聞いたというマッチングの真の目的についてもすべて話した。これはある意味、彼らを本当に巻き込んで抜け出せなくさせる行為だと分かってもいたのだけど、ここまで深く関わった以上——そしてわたしを傷つけた以上——しょうがないよね、という思いだった。

深尋はショックのあまり目を丸くし、口を半開きにしている。

「嘘……でしょ？　じゃあマッチングって、あたしたちのためじゃなくって、子供のため

「じゃああたしが今まで高い判定を待ち続けたのは何の意味もなかったってこと？」

「……まあ、そういうことね。個人の幸福より種の幸福っていうか」

のものってこと？」

同じようにショックを受け、怒っているようでも、微妙にわたしとは怒りのポイントが違うようでちょっとおかしい。

「意味がないってことはないんじゃないかな。誰だって優秀な子孫は欲しいだろうし」

慰めようとしたのか、乾さんはそんなことを言う。薄々ＰＭの真の目的に気がついていたのか、それとも共感できる考え方なのか、さほどショックを受けてはいないようだ。

「子供なんて二の次よ、そうでしょ？　自分が幸せになれるかどうかが先に決まってるじゃない！」

「――でもおかげで俺は君に会えた。それでいいじゃないか」

乾さんがそっと深尋の手に自分の手を重ねてそう言ったので、わたしはたまらず目を背けた。

「それは、そうなんだけど……でもむかつくじゃない！　マッチング料金だって馬鹿にならないし」

そこかよ。わたしはそんなこと思いつきもしなかった。

「とにかく！　連中はずっと国民を――ううん、世界中の人たちを騙してきたし、これからも騙し続けるつもりなのよ。こんなことって、許せる？」

「当面の問題を、見失わない方がいい」

乾さんは少し冷ややかな口調で言った。

「今はまず、水元と君の問題に集中しよう。それ以外のことは君たちのことがうまく行ってから考えればいい」

「それはそうだけど……でもこれも何かの取引材料にならない？」

「サイゾーとの会話は記録してないんだろ？　伝聞だけじゃな。サイゾーが直々にそんなことを水元に教えたってこと自体、弱みにも何にもならないってことじゃないか？」

確かにそうだ。証拠もなしに喚き立てたって、妄想と思われるのがオチだ。

「――だったら証拠を、摑んじゃえばいいんじゃない？」

深尋があまりに無邪気にそう言ったので、わたしも乾さんも思わず「はあ？」と聞き返してしまった。

「乾さんは社員なんだしさ、社内ＬＡＮでちょちょっとハッキングかければ、やばいファイルの一つや二つ、発見できるんじゃない？」

「おいおい。今どき、中小企業だってそんな甘いセキュリティの会社ないだろ。大体、何かやばいデータを見つけたって、それを外に持ち出す方法がないよ。絶対コピーロックがかかってるんだから」

乾さんは苦笑する。

ロックのかかったデータは最初に作った数から増やすことは出来ないし、もちろんストレージに移すこともLANの外へ送ることも出来ない。パスワードや何かで解除することも出来ない。面倒なこともあるけれど、極秘文書にかけておくのは当然の処置だ。

「ビデオで撮っちゃえば？」

「何だって？」

「この前ドラマでそういうのやってたよ。端末の表示をそのまま録画しちゃうの」

わたしは、水元くんから渡されたペン型カメラをバッグの中に入れたままなのを思い出した。

「ビデオなら、ここにあります。水元くんがクリニックで使ったのと同じものなんですけど」

バッグから取りだして見せると乾さんは一瞬真剣に考えたようだったが、すぐに首を振った。

「いやまあ、そんなデータに辿り着けたら、って話だろ。そもそもそこが無理なんだから。それに、そんな原始的な手段に対策を講じてないとも思えない」

「ふーん。やっぱりダメかあ」

「……試してみる価値はあるんじゃないかな」

考え考え、わたしは言った。

「端末画面の撮影じゃ、盗めるデータはしれてるでしょ。撮影を防ぐ方法なんてのも難しそうだし、そこまでは考えてないかも」

「君までそんなこと言うのか。何にしたって、そんなデータに辿り着けなきゃ意味のない話だって言ってるのに！」

乾さんは一瞬上を向いて大声をあげたが、店員がこちらを見ていると気づきすぐに背中を丸める。

わたしは期待を込めて乾さんを見つめ続けた。

「駄目だよ。無理だって。そんなことがうまく行くわけがない」

「やってみても、いいんじゃない？」

深尋が無邪気なアシストをしてくれる。彼女にとってはちょっとした冒険気分なのかもしれない。

「失敗したら、今度こそ逮捕されるぞ。それに、俺の社員ＩＤはもう停止されてるかもしれない。もしそうなら社内ＬＡＮにすら入れない」

「そこも得意のハッキングでなんとか！」と深尋が持ち上げる。

「俺は別にハッカーってわけじゃない！　こないだやったのは、子供でもできるようなことだけだ。固いセキュリティがかかってるものをこじ開けるような知識はないんだ」

「だから、駄目なら駄目で撤退すればいいじゃない。とにかくできることはやってみましょうよ。――お願いします」

わたしは少し殊勝な顔つきをして頭を下げた。

他に何か出来ることがあるとは思えなかったのだ。乾さんはああ言っているけれど、何だかうまく行くような予感すらしていた。

乾さんは腕組みをして渋面を作っていたが、わたしがもう一度目を見つめると諦めたようだった。

「――分かった。やってみよう。でも多分、一人じゃ無理だ。二人にも協力してもらわなきゃならない。場合によっては全員逮捕されるかもしれないぞ。それでもいいのか？」

「わたしはもちろん、覚悟の上よ。――深尋はいいのよ。相談に乗ってくれただけでありがたいと思ってるから」

「いやよ！　あたしだって仲間だもん。乾さんがやるんだったら、あたしもついてく」

本当にわけの分からない女だ。強大で、危険な集団を相手にしているのだということがぴんと来ていないのかもしれない。でも進んで協力してくれると言うのを、あえて断るつもりもなかった。

五分後、わたしたちはＰＭ本社ビル前に戻っていた。

まず、乾さんと深尋が客を装い、腕を組んでビルに入っていく。わたしは一分ほど待ってから後を追った。どちらかの顔がチェックされていて、黒スーツの連中が飛んでくるかもしれない。一緒に捕まるよりはバラバラの方がいいだろうと思ったのだ。

乾さんの説明によると、PMのIDカードを持っている人間は、どの入り口を通って出入りしてもすべて記録が残り、タイムカードの役目を果たすだけでなく、社内のどこにいるかまで分かるらしい。LANへのログイン時にももちろん必要だ。指紋認証とセットなので通常は他人のカードを使うことはできない。一度ハッキングを試みているわけだから、彼のIDは停止もしくは抹消されていてもおかしくはないが、警察に拘禁させただけでことは済んだと思っている可能性もなくはないとわたしは楽観していた。

受付前にはまだ多くの若い男女が順番待ちをしている。その中に紛れ込んだ乾さんたちの様子をわたしは離れたところからしばらく見ていた。

彼らのところにもわたしのところにも、黒スーツの連中が近づいてくるようなことはなかった。水元くんの相手で手一杯なのか、それとも罠を張って待ち構えているのか。いずれにしても先へ進むしかない。

数分様子を見たところで、乾さんが深尋の背中を押し、彼女はお客様カウンターに手続きをしに行く。彼女はとうに会員だから、手慣れたものだろう。乾さんはトイレにでも行くような素振りでロビーを離れ、途中でエレベーターに向きを変えた。わたしもなるべく自然な足取りでそちらへ向かい、彼がエレベーターに乗り込んで数秒後に追いついた。

彼が押したボタンは五階。そこが職場なのか聞こうと口を開いた途端、乾さんはそっと自分の唇に指を当てる。防犯カメラのあるエレベーター内の会話はまずいということだと分かり、わたしは大人しく口を閉じ、顔を伏せた。

五階に到着すると、乾さんはきょろきょろとフロアを見渡し、部署表示などを確認している。どうも、自分の持ち場へ行こうとしているのではないらしい。

「当てがあるんですか？」

「……なくもない。――こっちだったか」

左に行きかけて方向転換し、早足で右へ歩いていく。ほぼオープンスペースとなっているうちの会社とは違い、各部署は完全に壁で仕切られていて、廊下を歩いている人もいないので、誰かと出くわすこともほとんどなさそうだ。といっても防犯カメラはあちこちにあるかもしれないから、黒服の連中がモニター監視でもしていれば一発で見つかってしまうに違いない。そんなことにならないのを祈るだけだ。

「人事部」と書かれたドアを見つけると、乾さんは素早く開けて中へ滑り込んだので、わたしも慌ててそれに続いた。職場の中の方がカメラがない可能性が高いと思ってのことだ。

各人のデスクはうちと同様ブースになっているため、仕事をしている人とはほとんど顔を合わせないで済む。ただ、そのブースの間を抜けた真正面のデスクにいる人は顔をあげ、こちらを見て驚いているようだった。

その中年の男の人はどうやらここで一番偉い人のようだから、恐らくは人事部長なのだろう。乾さんの今回の件も知らないはずはないだろうし、見つかってただで済むとも思えない。わたしは咄嗟に逃げ場所を求めてきょろきょろしていたが、乾さんはあろうことか、つかつかと人事部長のデスクに向かっていく。

「……お、お前、何でここに……」

中年の人は怒ったように怒鳴りかけ、すぐに声をひそめて続ける。

「何のつもりだ？　お前のせいでわたしまで根掘り葉掘り聞かれたんだぞ！　一体何をやってるんだ？」

「ごめん、悪かった。――でも迷惑ついでにもう一つだけお願いを聞いて欲しいんだ。一生のお願いだ」

わたしは恐る恐る乾さんの後ろをついていきながら、聞き耳を立てる。

「……誰？」

「この人は人事部長。乾人事部長。俺の親父の弟だよ」

親父の弟……叔父さん？

まあ、これだけ大きな会社なら親族がいるのもおかしくはないし、もしかしたらコネ入社だったりするのかもしれない。

「一体何なんだ。――そのお嬢さんは？」

「俺の後輩の嫁さんだ。彼らが困ってるんで、それを助けようとしてるだけだ。何も聞かないで、端末を貸して欲しい。ログインして、ちょっと席を外してくれればそれでいい」

「わたしまでクビにさせる気か！」

「大丈夫。今からやろうとしてることがうまく行ったらそんなことにはならないし、失敗しても、叔父さんが何も知らないなら多分影響はない」

「そんなこと信用できるか。駄目だ」

乾さんは落ち着き払って叔父さんを見つめ、ふうと一つ溜め息をついた。

「――あのことを親父に言うよ」

途端、叔父さんは絶望的な表情を浮かべる。

「何言ってるんだ！　今さらそれはないだろう！……雅晴、冗談だろ？」

「いや、冗談じゃない。本気なんだ。分かってよ」

「一生あのことでわたしを脅す気か！　お前は悪魔か！」

「これで絶対に最後にする。もう二度と叔父さんに頼み事はしないから。だから――」

乾さんはがばっと床に跪き、カーペットに額をこすりつけるようにして土下座した。

ついさっきわたしにしてみせたみたいに。

「お願いします！」

二分後、乾さんは空きブースの一つを借り、社内LANにログインしていた。色んなフォルダを探索し、適当なキーワードで検索したりしているのを後ろから見ながら、わたしはどうしても我慢できなくて乾さんの耳元で訊ねた。

「……あのこと、って何？」

乾さんは作業の手を止めずに思い出話を始める。

「ん？　ああ、あれ。――子供の頃さ、見ちゃったんだよね。親父がしばらく留守してた頃、母さんがあいつと浮気してたみたいなんだ。その時は意味が分からなかったんだけど、それ以来ずーっと優しくしてくれてるってわけ」

「え、それって……ひどい話じゃない……」

「んー、まあ普通はそうだよね。十歳くらいになって、ああ、あれはこういうことだったのか、と思ったんだけど、別に誰に対しても腹は立たなかったな。大人って、そういうもんなんだろうなって」

「お母さんはそのこと――」

「俺が知ってることを知ってるかって？　いや全然。俺と叔父さんだけの秘密。親父もだけど、母さんもショックだろうね。俺がずーっとそれを知ってたって分かったら」

その光景を想像したのか、少し悲しげに――わたしにはそう見えた――笑う。

「ん。この辺、人事部長でも覗けないフォルダがごろごろあるな。怪しいけど……どうすりゃいいのかな」

「何とか、……なるんでしょ？」

期待を込めて訊ねる。いつでも撮影できるようにペン型カメラを握りしめたまま。

「……うーん」

そう言ったきり、乾さんは画面を見つめたまま黙り込んでしまった。

3

高田未来の「執務室」と称する部屋は、デスク周りを見る限り、サイゾーのそれとは違って、いかにも経営者らしい、ビジネスに特化したもののようだった。角部屋らしく二面の壁はほぼ全面が窓になっていて、元々広々とした空間を、さらに広く感じさせている。ある意味微笑ましく、ある意味グロテスクなのは、その調度品のサイズだ。デスクや椅子、棚、観葉植物の鉢にいたるまで、通常の七割か六割程度の大きさのものが揃えてあり、そこに黒服の男たちとともに入ると、錯視をテーマにしたアミューズメントパークに迷い込んでしまったような気がする。未来が子供なのではなく、自分たちが巨人であるかのような。

来客用のソファだけは通常サイズのものになっていて、勧めに応じてその一つに腰かけると、未来は自分専用のものらしい椅子に腰かける。ステップのついた、座面の高い椅子だ。そこに座ると、少しだがぼくの方が見下ろされるような形になる。

「このとおり子供なんでね、少しでも心理的に優位に立てるように設計してあるわけですよ」

黒服の男たちは、特に命令せずともそれぞれ壁際に引き下がって気配を殺している。いつもこんな感じなのだろうか。

「……種明かしをしたら意味がないんじゃないのか」

どんな天才だか知らないが、下手に出るのはやめることにした。なるようにしかならない。

「あなたと腹の探り合いをするつもりはありませんから。あなたには、ＰＭのすべてを知っていただきたいのです」

これまで散々恐ろしい目に遭わせておいて、こちらに切り札もなくなった今になってこんなふうに低姿勢になられても、何か裏があるようにしか思えない。しかしぼくにはただ彼の話を聞く以外の選択肢はないのだった。

「サイゾーから聞いたこと以上にまだ何か秘密があるのか？」

「……これだけの世界的大企業ですからね。そりゃあ秘密はたくさんあります。多分、ぼくも関知していないようなこともね。でも、重要なことはもうすべてサイゾーがお話ししたことでしょう。PMは、まさに人類の未来を担ってる。そのことを認識していただきたいんです」

PMの考える「人類の未来」というのは、目の前にいるこの少年のような生き物を大量に生み出すことなのだろうか。それは人類をよりよくするものだろうか。

「まだぼくを怪物でも見るみたいに見てますね。——繰り返しますが、PMは遺伝子操作を行なっていません。あくまでも、国民が——世界中の人々が、よりよいペアリングを行なってくれるよう推奨しているだけです。元々ぼくのように知能の高い人間は、少数ですが常にいて、人類に貢献してきました。PMがするのは、少しでもその割合を高めること、そしてできればこれまで以上の能力を持った人間が生まれる確率を増やすということです。倫理に反することは何もないと思いませんか?」

確かに彼の言うように、天才はいつの世にもいた。中にはそのせいで怪物のように恐れられた子供もいたことだろう。そしてそういった天才たちが歴史を作ってきたのは間違いないことだし、全体の知性が向上し、天才のパーセンテージが上がるのは、いいことに違いない。

それでもやはり違和感は消えない。

この違和感を一所懸命言葉にしたところで、きっとこのガキはいくらでも論理的な反論を用意してやがるんだろう、そう思うと考える気も失せた。

——待てよ。

いくら天才だろうと、こいつは子供なのだ。論理だってきっとサイゾーの受け売りだ。そこに何か突破口があるような気がした。

「君はその……あれか、毛は生えてるのか」

少年の頬がさっと赤らんだが、口調は冷静だった。

「——時々そういうことをおっしゃる方がいましたよ。捨て台詞みたいにね。毛も生えてないんだろとか、ケツが青いとか。ご期待を裏切るようですけど、蒙古斑は元々ありませんし、陰毛も最近生えてきましたよ」

「いや、ごめん。からかうつもりじゃなかったんだ、ほんとにごめん」

口が滑ったのは事実だったのでぼくはなるべく素直に謝った。

「ほんとに聞きたかったのはそういうことじゃないんだ。——君は、恋をしたことがあるかって聞こうと思ったんだ」

少年の唇がきっと引き結ばれた。どうやら先程よりはましな質問だったようだ。

「……それが何か関係がありますか」

ぼくは慎重に言葉を選ばなければならなかった。相手は子供だ。しかし天才の頭脳を持っている。そういう人間をどう取り扱えばいいのかさっぱり分からなかった。

「サイゾーはぼくに言ってたよ。若い頃にはたくさん恋をした、って。その話は、聞いたことあるか？」

少年は答えなかった。

「ぼくだって、結婚前に何人か女の人を好きになったことがある。PMに登録する前——小学生の時にも好きだった女の子がいるし、登録した後も、やっぱりいつも女の子のことは気になってた。思春期だからな、当然だろ？　高校生の時、お互いすごく好きになった子がいて、親に黙ってPMの判定を出してもらったことがある」

十八歳未満が判定を受けるには本来双方の親の承諾がいるのだが、ぼくたちは親のかけたパスワードロックを知ってたので、こっそり見ることが出来たのだ。

「……結果は？」

本当に興味を覚えている様子で少年は訊ねた。初めて年齢相応の表情を浮かべた瞬間だった。どこに進もうとしているのか自分でも分からないが、間違ってはいない、そう思った。

「散々だった。D判定。——でもぼくらはお互いそんなこと気にしないって言ってその後もしばらくつきあってた。……もちろん、プラトニックだけどね。でもそのうち何が理由だったのかわかんないけどぎくしゃくしだして、高校卒業と同時にお互い連絡も取らなくなっちゃったんだ」

「悪い判定が出たせいだって言いたいんですか？」

「違う違う。そんなことじゃない。ぼくが言いたいのは……」

　ぼくが言いたいのは……？

「ああいうふうに人を好きになることは、誰にとっても必要なことなんじゃないかってことだ」

　少年は再び年に似合わぬ皮肉っぽい笑みを浮かべた。

「恋はたくさんしろってことですか。――そんなのは脳内で一時的に快楽物質が出てるだけのもので、錯覚ですよ」

　サイゾーと同じ答だから、それは想定していた。

「錯覚でもいいよ。その思い出はぼくにとって大切なものなんだ。うまくいかなかったけど、しなければよかったとは思わない。二度とできない、あの時期だけの経験だ」

「……一体、何が言いたいんですか？　まったく話が見えないんですが」

　確かにそうだ。自分でも何を言おうとしていたのか分からなくなっていた。

　もう一度軌道を修正して、口を開く。

「確かに、子孫を残すことは生物の一番大切な行動だろう。よりよい子孫であるに越したことがないのも、正論だ。――でもそれじゃあ、ただの動物みたいじゃないか。それでいいのか？　せっかく高い知能を持って生まれてきても、結局考えるのは繁殖のことだけなんて、悲しすぎやしないか？」

サイゾーの前でははっきりと言えなかったことが、今ようやく言葉に出来た。

「悪しき個人主義に染まった考え方ですね。日本人――いや、日本人に限りませんが、現代の人間の多くが、自分の権利ばかり主張して義務を疎かにしているようです。子供を作ること――それもできるかぎり優秀な子供を作ることは、我々の義務なんですよ。共同体への義務であり、国家に対する義務であり、人類に対する義務なんです。法律の話じゃありません。生物としての義務です。確かに、人間ですから、生殖を目的としないセックスをするのも結構、恋をするのも結構、趣味に生きるのも結構――しかしそれはすべて、義務を果たした上での話です。立派な遺伝子を残して育ててから、後の余生は心おきなく『人間』としての喜びを味わえばいい」

「――みんながみんな優秀な子供が作れるわけじゃないだろう」

「各々が、自分よりは優秀な子供を作るよう努力すればいいんです。どうすれば自分より優秀になるか。それはPMのマッチングに頼るしかない。それだけのことで、義務が果たせるんですよ。我々は、みんなが義務を果たす手助けをしているだけです。もちろん、遺伝子予測にはランダムな要素が必ず入ってきますから、どのカップルにも優秀な子供が生まれるというわけじゃありません。確率を上げてやるだけです。それでも、効果は少しずつ、確実にあがってきています」

「そもそも、自分より優秀だとか劣ってるとか、一体何で判断するんだ」

「基本的には才能と生命力を総合した値ですね。才能というのは知的活動だけでなく、アスリートに必要とされる身体能力や、外見の美しさも含みます。生命力というのは、病気に対する抵抗力などを持ち、長寿命を期待できるかどうかという値です」

「性格はどうなんだ。優しさとか、思いやりとか、そういうものは何の意味もないのか」

「鬱(うつ)、怒りについてはほぼ特定されていてマイナス値として合算しますが、優しさの遺伝子は残念ながらまだ特定できていません。他者に対する共感性遺伝子らしきものは発見されていますが、そもそも性格については後天的なものの影響が大きく、その働きはまだ完全には解明されていないのです」

「ということは、これまで『優秀』とされてきた人間がもしかすると未解明の部分で他より劣ってるって可能性は充分あるってことだ」

「……ですから共感性については後天的な影響も大きいわけですから、きちんと教育すれば……」

「生物の多様性についてはどう考えてるんだ。個体の多様性だ」

少年はにやりと笑った。この程度の質問には答が用意してあるようだ。

「あなたの言いたいことは分かりますよ。一つの価値基準で優秀な遺伝子を残していけば、結果的に多様性が失われ、何かの際に絶滅の危機に瀕(ひん)するんじゃないか、そういうことでしょう？　それについてはサイゾーも一度危惧したことがあったようです。何十年も前にね。繰り返しシミュレーションを行なった結果、多様性はまったく失われないことが証明できています。想像してみてください。人間の優秀性を表わす正規分布曲線のグラフがあったとしましょう。そのグラフ全体をちょんと右へ五パーセントほど動かしてやる。それがＰＭのしていることですよ。多様性に影響がないのはお分かりでしょう」

人類全体がそうやって優秀になっていく、と言いたいらしい。

しばし考え、再び口を開いたとき、黒服の一人がすっと未来に歩み寄り、耳元で何かを囁いた。

「ハッキング？　大胆なことをしてくれますね。居場所は？……モニターに出してください」

未来は椅子から飛び降りるとデスクを回り込んで仕事用の椅子に座った。

「……お友達があなたを助けようとしてるみたいですよ」

彼がディスプレイを見ながら言ったので、見てみろという許可だと判断した。立ち上がって彼の後ろに回り込むと、端末のディスプレイに、本社ビルのどこからしいフロアの地図が映し出されていた。その地図の一部が赤く点滅し、乾さんの顔写真が横に添えられている。どういうことだ。乾さんが会社に来て何かをしてる？　月が彼の助けを呼んだのだろうか。

「恐らく月さんか乾雅晴さんが何かしてくるだろうと思っていましたのでね、乾雅晴さんがログインすればすぐに通報されるようにしておいたんですよ。案の定、権限を越えたアクセスを試みてるみたいですね。これは明らかに違法です。今度逮捕されれば、間違いなく有罪になるでしょう」

未来が誰かに向かって頷くと、男たちの二人——青木と坂口が執務室を出て行った。

「ちょっと待ってくれ！　乾さんは……乾さんはぼくたちを助けるためにやってくれてるだけなんだ。お願いだから、あの人を逮捕させないでくれ……ください」

「だって、彼のしてることはれっきとした犯罪ですからね。見逃せと言われても……」

ぼくは乾さんに警告をしようと端末を取りだしたが、電話をかける前に黒服の男に取り上げられた。

ドアに向かって突進したが、黒服二人ががっちりと門番のように並び、ぼくの両肩をがっしりと押さえた。

「くそっ、放せ」

想像どおり彼らの力は強く、ぼくはやすやすと両腕を捻りあげられ、跪かされてしまった。

「やめろ！　暴力反対！」

「まあまあ、落ち着いてください。いきなり警察に連れて行ったりはしません。とりあえずはここに来てもらいますから。話したいこともあるでしょう」

また乾さんに迷惑をかけてしまう。それに月は。月は一緒にいるんじゃないんだろうか。

少年は何も手に持っていなかったが、青木か坂口とやりとりを続けているようだった。

「そうだ、そのフロアだ。まだアクセスしてる。見つけたらここに連れてきてくれ。多分近くに長峰月もいるはずだ。見つけたか？……何だって。どういう意味だ」

少年は眉をひそめて唇を噛んだ。

「どうしたんだ、一体」

少年はちらっとぼくを見たがその質問には答えず、再び命令を発した。

「ともかくその女を連れてこい。何か話が聞けるだろう」

乾さんはうまく逃げたということか。月だけが捕まってしまったらしい。

もうこうなったら煮て食うのも焼いて食うのもこいつらの自由だ。ぼくらにできることは何もない。乾さん一人がうまく逃げたとしても、もうハッキングだってできないだろうし、助けにはならない。

「――放してやれ」

少年の命令で、ずっと捻りあげられていた両腕が解放された。ぼくは、痛む筋肉を揉みながら立ち上がった。

もう、打つ手はない。後はただ、彼の命令に従うだけだ。離婚は諦めるしかないのだろう。もうどうでもいい。

よろよろとソファに近寄り、腰を下ろした。

ドアが勢いよく開けられ、とんとんっとつんのめるように誰かが入ってきた。足元を見ただけで月ではないと分かった。見たこともないピンクのハイヒール。

はっとして顔を上げると、そこには困った様子の深尋ちゃんが立っていた。

「……水元さん……こ、こんにちは」

「相澤……深尋さんですね？　どうしてあなたが乾雅晴さんのＩＤをお持ちなのか、教えていただけますか？」

高田未来は再びデスクから立って歩いてきて、深尋ちゃんを見上げながら訊ねた。

第十三章　合縁奇縁

1

わたしの端末がメール着信を告げ、見ると深尋からのボイスメールだった。

再生すると囁くような彼女の声が流れてきた。乾さんも操作の手を止めて声に耳を傾ける。

『もう見つかったみたい。黒スーツの連中がこっちに来るわ。――じゃあまた、後でね。幸運を祈ります』

深尋が囮だと分かれば、いずれは乾さんの叔父さん――人事部長のことを思い出して彼を調べに来る可能性は高い。そろそろ次の行動に移らなければならない。

乾さんは人事部長のＩＤでログインしたデスクトップ端末に、自分のＩＤを打ち込んで現在位置を表示させた。当然、乾さんのＩＤカードを持っている深尋の現在位置が表示される。そのＩＤがマップ上でエレベーターへ移動し、フロアを移る様子を心配そうに見ている。覚悟の上の計画とはいえ、〝恋人〟にもしものことがないかと気にしているのだろう。

「——思ったとおりだ。連中、彼女を水元と同じところに連れていこうとしてる」

乾さんは精一杯平静を装った口調で言う。多分、彼女を心配していることをわたしには気取（けど）られたくないのだろう。今さらそんなことで傷つきはしないというのに。——いや、傷つくかも。

通常のフロアなら、マップ上に部課名が表示されているのに、深尋が連れて行かれたところには何の表示も出ない。隠し部屋みたいなものだろうか。

「じゃあいいね。さっき言ったプランで行くよ」

乾さんは念を押した。

「……はい」

今や水元くんだけでなく、深尋も人質に取られたような状況だ。一か八かの計画だけれど、失敗は許されない。

「じゃあ、気をつけて。——防犯カメラの位置を忘れないで」

「分かってます」

ＩＤカードを持ってないと分かれば、防犯カメラをチェックするに決まっている。ずっと死角を通るなんてことは無理としても、少しでもカメラに捉えられている時間が少なければ、見逃す可能性も高くなるだろうと、一応さっき防犯カメラの位置とその映像を見せてもらった。カメラのある側の壁沿いに歩き、どうしてもカメラの前を通らなければいけないところは早足で。頭の中でシミュレーションしてから、大きく息を吸い込んで廊下に飛び出す。

死角らしき場所まで数メートルを走り抜け、壁にへばりつく。幸い人目はない。蛙のように貼り付いたままエレベーターへ向かう。しばらく移動したところで、今度は廊下を飛び越えて反対側に貼り付く。カメラが廊下の両側に、交互に三台設置されているからだ。カメラそのものは目に見えないので、位置は廊下を目測で四分割しただけだ。とにかくスピードが優先される。

壁にぺったり貼り付くのもやめ、ジグザグに駆け抜け、エレベーターに辿り着いた。

エレベーターの中のカメラには死角はなく、万が一乗っている時に見つかったら、強制停止させられるかもしれないが、仕方がない。ここではむしろ、他に誰か乗っていてくれた方がありがたい。無関係な社員の前で、そう手荒なことはできないかもしれない。

ボタンを押してじりじりしながら待つ。ようやく来た箱は空で、見送ろうかどうしようかと一瞬迷ったものの、すぐ乗り込んで一階を押した。時間の方が大事だ。

たった四階分下がるのをこんなに長く感じたことはなかった。天井あたりにあるのだろう防犯カメラから顔を隠すように、操作パネルの前でじっとうつむく。心臓が激しく鼓動し、喉から飛び出そうだった。

チン、と馴染みの音がして扉が開いたのでうつむいたまま外へ飛び出そうとして、誰かとぶつかり、その誰かがわたしの腕を摑む。

捕まった！

「いや！」

そう叫んで両腕を振り回しながら一歩下がる。

「な、何だ君は！」

顔を上げると、見知らぬおじさんが、驚いた様子でわたしを睨みつけていた。

スーツは茶色だし、年齢的にもあの連中の仲間ではなさそうだった。たまたま乗り込もうとしてぶつかっただけのようだった。

「すみません、すみません！　人違いでした。すみません」

何度も頭を下げながらおじさんをそっと回り込み、出口を確認したところで——走り出す。

もうカメラなど気にしていられない。他のお客の目もあるし、手出しはできないだろう。

「おい、こら！　なんだ……近頃の女はまったく……」

後ろでさっきのおじさんが文句を言っているのが聞こえたが、気にしちゃいられない。

走っている女を不審そうに眺める客たちの間をすり抜け、出口を目指す。エアカーテンの風を感じ、外へ出た、と思った瞬間、ぐいと両腕を摑まれ中へ引き戻されていた。危うく後ろへひっくり返りそうになる。

慌てて両側を見ると、制服の警備員が二人がかりでわたしの腕を押さえている。

「何するの、放して！」

せいぜい大声をあげれば怯むかと思ったが、逆効果だったかもしれない。周囲にいた一般客はちらりとこちらを見たものの、危ない人でも見たように顔を背けてしまう。

「失礼ですが、ちょっと来ていただけますか」

右腕を摑んでいる警備員が、慇懃だが有無を言わせぬ口調でそう言った。

「どこに？」

わたしは抵抗しながら聞き返したが、二人の力は強く、ふりほどけない。二の腕に指が食い込んですごく痛い。

「不審者が侵入しているという情報がありまして……」

「わたしが不審者だっていうの？　放して！　何か問題があるなら、警察を呼びなさいよ警察を！」

「とにかくこっちへ、お願いします。他のお客様の迷惑になりますので」

お願いします、と言いながら、引きずるように連れていこうとする。わたしは踏ん張ろうとしたが、靴底は磨かれた床の上でずるずると滑るばかりだ。

いつの間にか、「迷惑な客」にさせられてしまっているようで、誰も助けてくれない。

一瞬、「わたしは離婚したいだけなのよ！　ＰＭは離婚の自由を認めろ！」と叫んでみたくなったが、ますます危ない人と思われかねないと諦めた。しばらく様子を見るしかない。抵抗するのをやめて一緒に歩いていると、警備員たちはわたしをさっき降りてきたばかりのエレベーターに連れ込んだ。

仕方がない。計画変更だ。

わたしはエレベーターの天井を見上げて、にっこりと笑った。

きっと見ているであろう、黒スーツの連中の親玉と、乾さんに向けて。

2

「自分のＩＤを彼女に渡してしまったんじゃ、ログインもできない。――確か乾には人事部長の叔父がいたんじゃなかったか。そいつがログインしてるかどうか調べろ」

部下に命令を下し、未来は再び深尋ちゃんの前に立つ。

「――あなたは、長峰月（ルナ）さんの同僚ですよね。どうして彼らに協力してるんです？」

「どうしてって……友達だから」

まだ相手が子供であることにどう対応していいのか分からない様子で、深尋ちゃんは答える。

「せっかく運命の相手を見つけて結婚できたというのに、離婚させるのがお友達のすることですか？　本当のお友達なら、離婚を思いとどまらせるべきじゃないんですか？」

「それは……」

彼女がちらりとぼくを横目で見たのを、少年は見逃さなかったようだ。

「ああ、なるほど。あなたと乾さんは、水元夫妻が離婚した方が好都合だ、そういうことですか？　そうすればあなたと水元さん、乾さんと月さんで結婚できるとでも考えましたか」

図星を指された。それが単なる推測なのか、情報収集の結果なのか分からないが、彼らが一体どこまでぼくたちの事情を理解しているのかと考えると空恐ろしい。

しかし、深尋ちゃんは驚くというよりも困惑した表情で未来とぼくとを見比べている。

「――確かにそういうこともちょっと考えたんですけど……」

ちょっと考えた？　ちょっと考えたって、どういう意味だろう。しかし深く考える暇もなく、部下の男が未来を呼んだ。

「いました。五階のブースから、ログインしています」

「何をしてる？」

「あちこちのフォルダを覗いて回っているようですが、上位のファイルへのアクセスはありません」

「ふーん……」

少年は少し考えた後、ちらりと深尋ちゃんの方を見て、何かを思いついたようだった。

「これも囮かも。——廊下の防犯カメラを表示しろ」

未来は再び自分のデスクに行き、ディスプレイを見つめる。

「いないか？……過去五分に遡って再生してくれ。早送りでいい。いた！……一応カメラを避けてるようだが、無意味だね。完全な死角はないし、ちらっとでも映ればプログラムが自動的にピックアップするっての」

月だろうか。それとも乾さんか？

気になってぼくは立ち上がり、ゆっくりと少年の後ろに回った。誰かが制止するかと思ったが、未来はわざわざぼくが見やすいように身体をずらしさえする。

ディスプレイにはそれぞれどこかの廊下をモニターしているカメラの映像が並べられている。そのうちの一つの隅っこにちらちらと見え隠れする黒い影がある。

月だ。壁に貼り付くようにして動いていたが、微かにその頭と肩が映っているのだ。

「長峰月がエレベーターに乗ったぞ。一分前だ！　もうロビーに着いてる。ロビーに誰かいるか？　いないなら警備員を使うしかない。エレベーターから降りた女は産業スパイだとでも伝えろ。急げ！　ロビーの防犯カメラを出せ」

廊下の映像に代わってロビーの様子が十個の視点から映し出される。こちらは録画ではなく生のようだ。

そのうちの一つ、恐らく正面入り口真上から中を広角で捉えたカメラの映像に、月が飛び込んできた。まさに「飛び込んできた」というしかない感じだ。真ん中、画面奥から真っ直ぐこちらへ向けて走ってくるのだ。

捕まるな、逃げろ——そう念じているとそのまま画面下に消える。

執務室から一瞬だけ、音が消えたようだった。

逃げ切ったのか、そう思った次の瞬間、部下が声を発した。

「警備員が制止したようです。——どうしますか？」

「仕方ない。連れて来させろ」

少年は半ばうんざりしたような口調で言った。

「どうするつもりなんだ。——相澤さんと、三人まとめて始末するつもりなのか？　乾さんは？」

「我々を暗殺集団か何かだとでも思ってるんですか？　さっきも言ったでしょう。誤解を解きたいだけです。じっくり話し合いましょう」

3

　思ったとおり、わたしが連れてこられたのは水元くんと深尋がさっきまでいたはずのフロアだった。水元くんに無事でいて欲しいと心から願っている自分に気がついて少し驚いた。

「このフロアには誰がいるの？」

　エレベーターの扉が開く瞬間、両脇を占めている警備員に何気なく訊ねてみたが、二人ともむっつりと押し黙って答えてはくれなかった。

　わたしはエレベーター前で待ち構えていた黒服の男二人の前に歩み出て振り返ると、警備員たちに微笑みかけて言った。

「——もしわたしがこいつらに殺されたら、あなたたちも共犯だからね。忘れないで」

　警備員たちは困惑した表情で顔を見合わせ、黒服の男のどちらかは舌打ちをした。

「こっちだ」

　少々乱暴に背中を小突かれわたしは歩き出す。エレベーターの扉が閉まる前だったから、きっと警備員は今のも見たに違いない。もしわたしが東京湾に浮かんだら、このことを思い出してくれるだろうか？　こいつらは、人の死体くらい跡形もなく処分することができるかもしれないし、報道をコントロールすることもできるかもしれないし、あの警備員たちも全員グルかもしれないということについては考えないようにした。

社長室か何かがあるのだろうかと思うような立派な木目調のドアの前まで連れてこられた。

サイゾーがこの中にいるのだろうか。サイゾーとかいう人に対しては、水元くんと違って特別な思い入れなど何もないけれど、頭がいい人で、ＰＭのような大企業のトップであることは間違いないのだから、もし直接会うことになれば緊張するのは確かだろう。

黒服の一人がドアを開けたので、わたしは背中を押される前に自分から足を踏み入れた。

見回すと、すぐに水元くんと深尋と目が合った。

「月！……大丈夫か？」

水元くんが立ち上がって、自分が言おうとしたことを先に口にしたので不思議な気分になった。最後に言葉を交わしてから何日も経ったような気さえしたが、もちろんあれはたかだか数時間前のことだ。

「長峰月さんですね。——ようやくお会いできて嬉しいです」

声のする方へ顔を向けてわたしは思わず口を開けてしまった。

スーツを着た子供が立っていたからだ。それも妙にぴったりと着こなしているので、何だか周囲の縮尺がおかしくなったような変な錯覚に陥る。

「初めまして。高田未来です。手荒な真似をしたことはお詫びいたします。あなた方に危害を加えるようなことはありませんので、どうかご安心を」

わたしは返答に困って水元くんや深尋を、そして黒服の男たちの顔を見回した。みんな真面目な顔つきで、誰一人これが何かのコントだと思ってる人はいないようだった。

「高田……未来？　つまりあなたはサイゾーの……親戚？」

「素晴らしい、素晴らしい！　さすがに水元さんの奥さんだけあっていい勘をしてらっしゃいますね。そうです、サイゾーはぼくの父になります」

手を叩いて大げさに褒められたが、本気だとは思えない。

「そりゃ高田って名字なんだから——父？　おじいさんじゃなくて？」

「父です。しかも人工授精じゃありませんよ。自然な受精だったそうです。——犬じゃないんで、証拠写真が残ってるわけじゃないですけど」

面白いジョークのつもりなのか、そう言って少年は満面の笑みを浮かべてみせる。

——気持ち悪い。

生理的に受けつけない、と思った。

あどけない顔つきをしてるだけに余計不気味だ。

わたしはじりじりとその少年を迂回するように歩いて、水元くんたちの近くへ行ってソファに腰を下ろした。水元くんはわたしに向かって手を伸ばしかけたが、その手は宙で止まり、ゆらゆらと躊躇うように彷徨った後、結局自分の膝の上に戻った。その気持ちは痛いほど分かった。わたし自身も同じような行動を取りかねなかったから。お互いの無事を確認し安堵しているし、その身体に触れてもっとはっきり確認したい。そう思っているのだ。でもわたしたちは離婚しようとしている、とことん合わない夫婦なわけで――。

「ねえ、乾さんは？」

深尋が我慢しかねた様子で聞いてくる。少し声をひそめたつもりだったのかもしれないが、みんなに聞こえている。睨みつけて黙らせようとしたが、通じないようだった。

「やだ、何睨んでるの。――ねえ、乾さんはどうしたの？」

「やっぱり、乾雅晴さんもまだどこかにいるんですね。彼にできることは何もないと思いますが、一応捜索を続けた方がよさそうですね」

少年の言葉を聞いてようやく、深尋は自分の失言に気がついたようだった。

「やだ。あたしのせい？」

「あんたのせいよ！」

わたしは一応怒って見せたが、乾さんがずっと見つからないでいるなどと期待していたわけではもちろんない。深尋にＩＤを使わせた以上、彼らが乾さんを探すのは覚悟の上だ。

「それで、坊やはわたしたちをどうしようと思ってるわけ？」

わざと使った坊や、という言葉に少年がぴくっと反応したのは見逃さなかった。苛ついてる苛ついてる。サイゾーの子供だか何だか知らないが、こんな年齢の、まして男の子を恐れるようなわたしじゃない。

　少年は何かをぐっと飲み込むような表情を見せ、ぎこちない笑みを浮かべて言った。

「さっきもご主人に申し上げたところなんですが、ぼくは誤解を解きたいだけなんです。あなた方には大変ご迷惑をおかけしたことと思いますが、危害を加えるようなことをするつもりはまったくありません。ＰＭはそんな会社じゃないってことを分かっていただきたいんです」

　何だろう、この低姿勢ぶりは。

「あらよかった。じゃあ、離婚するならクビだと言ったり、家に火をつけた上にわたしたちを追い回したのも全部誤解だったんですね」

　今度は少年もたじろがなかった。

「大変残念な行き違いがあったことは認めます。責任の所在ははっきりさせて処分しますのでどうかご勘弁ください」

　そう言って深々と頭を下げる。

　わたしは思わず水元くんの方を見たが、彼も困惑した様子で肩をすくめ、首を振るだけ。本気かどうか分からない、ということだろう。

「――じゃあ、わたしたちの離婚については認めてくれるってことでいいわけね？」

「どうしても別れたいということであれば仕方ないことでしょう。ただ、会社に対して大きなダメージを与える以上は、解雇、及び損害賠償請求の対象となる可能性については覚悟しておいていただかなければなりません」

「損害賠償請求だって？　一体どれくらいの――？」

これは初耳なのか、水元くんが驚いた声をあげる。

「ご承知のとおり、我がパービリオン・マッチメイカー社は、多国籍企業です。今回の問題は、単に日本本社一社の問題ではなく、全世界のPMの信用、ひいては株価にも影響を与えることは確実ですから、その損害は最低でも十億二十億――ドルですよ、円ではなく――といった単位にはなるんじゃないでしょうか」

水元くんがあんぐりと口を開けた。

「冗談じゃない。一個人にそんな金払えるわけないじゃないか！」

「わたしはPMの社員じゃないわ。顧客よ。わたしの方が被害を受けたと言えるんじゃないの」

少年はうんうんと頷く。

「そうかもしれません。そう思われるのなら、あなた方も我々を訴えればいいでしょう。二人一緒でも、別々でも」

巨大企業相手に訴訟合戦ということか。果たしてそんなことをして勝ち目があるんだろうか。ただ離婚しただけで何十億ドルもの賠償金を払わなければならないなんて直感的にありえない話だけれど、潤沢な資金を使ってわたしたちが根負けするまで裁判を続けることだってできるのだろう。彼らにはたとえ勝ち目がゼロだとしても、絶対に負けない自信はあるのかもしれない。

「……結局、脅迫じゃないか。脅してすかして、何としてでも離婚をさせない気なんだろ」

水元くんが弱気な言葉を吐くと、少年は自分の椅子を黒服の男に持ってこさせてわたしたちの前に腰かけ、親切めかした口調で言った。

「いいですか。ぼくは、あなた方のために言ってるんですよ。このまま結婚生活を続けた方が、あなたたちが幸せになれるからです」

「結婚もしたことのない坊やに何が分かるの」

「——あなたは宇宙に行ったことがありますか？」

少年は少しも怯まずそんな質問を投げかけてきた。

個人の宇宙旅行はさほど珍しくもなくなっては来たけれど、もちろんわたしは行ったことはない。

「ないけど、それが関係あるの」

「宇宙から地球を見たことなくても、地球が丸くて青いって、知ってるでしょ？　それと同じですよ。ＰＭがあなたと水元さんを高い判定でマッチメイクした。ということは二人が結婚すれば幸せになれるってことだ。科学に基づいた結論ですよ。わざわざそれに逆らって離婚する意味なんかどこにもない」

「わたしたちは相性が悪いの！　趣味が合わないのよ！」

「そういう錯覚を持つ人もごく稀にいるようですね。一時の恋愛の多くが錯覚であるように、逆の錯覚もあるということです。サイゾーも言ったはずですが、さっさと子供を持つことです。そうすればそんな錯覚には何の意味もなくなるんです」

「あなたは女の子を好きになったことがないの？」

少年は笑った。

「ご主人と同じことをおっしゃるんですね。あなた方、やっぱり気が合うんじゃないですか？」

わたしたちは一瞬顔を見合わせた。水元くんはちらちらとわたしと深尋の顔を見比べる。

水元くんは多分まだあのことを知らないんだ、と気がついた。

何か言うべきかどうか迷っている間に、水元くんは少年を睨みつけて言った。

「ぼくたちは何があっても離婚する。そして結婚相手は自分自身の目で決めるんだ。――深尋ちゃん。ぼくと結婚してくれるね？」

言っちゃった――。

わたしは顔を背けながらも、横目で水元くんと深尋の様子を窺っていた。

「ごめん、無理」

深尋はあっけらかんと答え、水元くんの顔に驚愕の表情がゆっくりと拡がっていった。

「え……無理って……どういうこと？」

「だって、水元さん会社クビになって、何十億ドルも借金背負うことになるんでしょ？　そんな人と結婚できるわけないじゃないですかあ」

『乾さんを好きだから』とでも言うのかと思っていただけに、この返答にはわたしも腰が抜けそうになった。この分じゃ、乾さんも同じ立場になりそうなだけに、すぐに振られかねない。

「そ、それはそうだけど、でもそれは裁判で負けたらの話で――」

「でも、クビになったら収入はなくなるわけでしょ」

くっくっく、と少年が笑いをこらえている。

「――ぼくは確かに自分自身の恋愛経験は少ないですけど、データとしてはたくさん見てきましたよ。現実の壁にぶつかったときに錯覚が消える瞬間をね。さっきあなたは言いましたよね。たとえ錯覚だろうとたくさん恋をするのはいいことだって。相澤さんを好きになったことも早くいい思い出にするんですね」

ひどい言いようだ。確かに水元くんはちょっとおっちょこちょいだけど、そこまで言われるのは何だか可哀想に思えた。もちろん、そこには、乾さんに振られたわたし自身の姿も多少重ねられてはいる。あれは恋とはいえないほどの感情だったけれど、傷ついたことは間違いない。この無神経なガキのしているのは、その傷に塩をすり込む行為だ。本当に傷ついたことがないガキだから、こんなことができるんだろう。

深く考えたわけではない。心のままに従っただけだ。

わたしは黙ったまま立ち上がると、少年に近づき、にこっと笑いかけてから、その頰を思い切り張り飛ばした。

黒服の男たちが一瞬わっと駆け寄りかけたが、互いに顔を見合わせ、たたらを踏んで立ち止まる。

高田未来は、頰を押さえ、ぽかんと口を開けてわたしを見上げていた。

「お父さんに、言うてええことと悪いことの区別を教わらんかったみたいやから、わたしが教えてあげるんよ。感謝しい」

第十四章　共に白髪の……

1

スパーン、と小気味よい音が広い室内に響き渡った瞬間は、単純に爽快だった。

「お父さんに、言うてええことと悪いことの区別を教わらんかったみたいやから、わたしが教えてあげるんよ。感謝しい」

そう言いながら少年の前にすっくと立っている月の姿は神々しいまでに美しく見えた。月が、ぼくが傷つけられたことに憤ってくれたのだということにも、胸がじんと熱くなった。

しかしすぐ次の瞬間ぞわぞわと恐怖が背筋を這い上がってきた。

サイゾー・ジュニアをひっぱたいた月自身はもちろん、ぼくも深尋ちゃんもこれで助かる道は閉ざされた。みんなみんな殺されるに違いない——そんなふうに思ったからだ。

少年が月から目を逸らし、周囲を見回したとき、ぼくは思わず目をつぶった。てっきり何か命令を下すものと思ったのだ。

ところが、いつまで経っても何も聞こえてこないので、ぼくはそろそろと目を開けた。目を閉じる前と寸分変わらぬ光景だった。みんな石像のように動きを止めている中、ただひとつだけ時間の経過を示しているものがあった。

高田未来の顔が、真っ赤に染まっていたのだ。叩かれた部分は手で押さえているのでどの程度赤いかは分からないが、額から首まで全体が赤く染まり、今にも湯気が上がりそうに見えた。

自分の顔が赤くなっていること、それに全員の視線が集中していることに気づいたのだろう、彼はくるりと振り向くとすたすたと窓際に近づいた。本当は走り出したいのにそれを必死で我慢してゆっくりと歩こうとしている、そんな微妙な急ぎ足だった。

背を向けはしたものの、依然真っ赤な耳が刈り上げた髪の両側に飛び出している。息が苦しいのか、それとも怒りをこらえているのか、小刻みに肩が震えているようだ。

みんな黙って彼の言葉を待ち受けていたが、いつまで経ってもこちらを向かないのを心配したのか、月が歩み寄って後ろから声をかけた。

「……い、痛かった？　ごめんね。ちょっと力入れ過ぎちゃったかも」

今になって自分のしたことの恐ろしさに気づいたのか、慌てた口調だ。後先考えずに行動するところが怖い。

　未来は向こうを向いたまま口を開いた。耳の赤みが少し薄れてきている。

「——ぼくは父と母から、優秀な遺伝子とそれを活かせる場所は与えられたけど、いわゆる愛情なんてものをもらった覚えはない。色んな機関や家庭教師に教育はされたけど、しつけなんてものもされなかった。しつけは犬にするものだ、人間に必要なのは教育だ——ていうのは父の言葉でね。ぼくは愛情もしつけもなしに育ったけど、同年齢の子供より余程礼儀も身につけてるつもりだよ。そう思わない？」

「そう……かもね。でも——」

　月は困惑した表情で言い返そうとするが、未来は構わず続ける。

「だから父も母も、もちろん家庭教師たちもぼくを叱ったことはないし、体罰を受けたことはない。こんな……こんなひどい体罰は初めてだ」

「ごめんなさい。でもあなたが——」

「このぼくを殴れる女性がいるなんてね。ほんと驚いたよ。余程の馬鹿か、そうでなけりゃ——」

　未来は言葉を切って振り向いた。顔の火照りは多少治まっているものの、まだ全体に赤い。そして涙をこらえてでもいたようにキラキラと潤んだ瞳で月を真っ直ぐ見据え、言った。

「これは根拠のない直感なんだけど、月さんとぼくのマッチングはすごくいいかもしれないね。もしその判定が特A——いや、A以上だったら、ぼくが結婚してあげてもいいよ。そのためにはまず、水元さんと離婚してもらわないと困るけどね」

一瞬、何を言っているのか分からなかった。それが果たしてぼくたちの得になる話なのかどうなのかも。

ええと、まずぼくたちが離婚する。そして、月は未来と結婚する。それってつまり、どういうことだ？

「何を言ってるの？」

月がぼくの気持ちを代弁した。

「……あくまでも、判定が出てからだよ。もしいい判定だったら、結婚してやってもいいって言ってるんだよ。悪くない話だろ？」

月はしばし眉間に皺を寄せて考え込んでいたが、やがて言った。

「——あなたと結婚するなら離婚を認めてやってもいい、そういうこと？」

少年は再び背を向けて、頭の後ろを掻く。

「そんな脅迫みたいな言い方してないだろ。結婚してやってもいいって言ってるだけだ」

「あらそう。それはどういたしまして。光栄のいたりですわ。——それで、いつ結婚してくださるの？　今年？　来年？　あなた今いくつだったっけ？」

「……十二」

「じゃあわたしはあなたを最低六年は待たなきゃいけないわけね。ふーん」

少年はくるりと振り向いて月を睨みつける。

「何だよ！　嬉しくないのかよ！　離婚させてやる上に、俺の嫁にしてやってもいいって言ってんのに！　ゆくゆくは『ＰＭ社長夫人』なんだぞ！　六年くらい我慢しろ！」

「ＰＭ社長夫人――！」

隣で深尋ちゃんが息を飲みながら呟いたが、他の人の耳には届かなかったようだ。

相手が深尋ちゃんなら、あっさりと転んでいたに違いないが、月は鼻で笑っただけだった。こちらからはよく見えないが、多分ぼくにも何度も向けたような侮蔑的な視線を向けているに違いない。あの目で見られるとダメージでかいんだよな。

「――あなた本当に可哀想な子ね。知識ばっかり溜め込んでも、絶対身につかないことはあるのよ。それが恋愛よ。『たくさん恋をするのはいいことだ』って水元くんが言ってたの？　わたしもそう思うわ。今あなたがわたしに感じてるのが、恋よ。初めてだから分からないのかもしれないけど、認めなさい。あなたわたしに惚れたんでしょ？　正直に言いなさい」

月にそう詰め寄られて、未来の顔は再び赤くなっていた。どれほど賢くても子供は子供だ。感情を隠し通す技術はまだまだのようだ。少年に感じていた恐怖は、一体何だったんだろうというくらい小さなものになっていた。彼自身が結局子供だと分かったところで、その持っている権力の大きさに変わりはないのだが、何かしら突破口があるのではないか、そんな気がした。その突破口を開いてくれるのは、月しかいない。でも直感という本能で行動しているとしか思えない彼女のやり口はまるで綱渡りのようで、果たしてそれが正解なのかどうなのか、ぼくはただハラハラしながら見守るしかなかった。

「違う……ぼくはそんな、恋とか、何だとか……そんなの関係ない。あんたなら……あんたなら嫁にしてやってもいいかなって、そう思っただけだ」

月はさっき叩いた少年の頬に右手を伸ばした。未来ははっとして自分の手で頬を隠す。月は構わずその上から自分の手を被せた。

「——六年後、わたしがまだ独身で、あなたがまだわたしと結婚したいと思ってたら、ちゃんとプロポーズしなさい。そうしたらその時、考えてあげてもいい。判定なんか関係ないわ。でもその時は——誰が相手でもいい、こう言うのよ。『あなたと一生苦楽を共にしたいです。だから結婚してください』って。分かった？」

一生、苦楽を共に——。

今でもそういう言葉が存在しないわけではないけれど、それは一種の儀礼的な表現であって、そんな言葉に心を込める人などほとんどいない。みんなお互いよく知りもしない相手と結婚するのだから、当然だ。でもこの時の月のセリフには感情が込められていた。

今の今まで全然ぴんと来ない言葉だった。だって結婚というのは幸せになるためにするものだし、子孫を残すためにするものだと教えられてきたからだ。でも今、彼女の言葉を聞いていると、そんな考えは間違いだったと思えた。結婚には、楽しいことだけ待っているわけじゃない。一人の人生でもそうだし、二人の人生でも三人の人生でもそうだ。

結婚は幸せになるためにするものでも、子孫を残すためにするものでもない。人生で出会う喜びをもっと大きなものにしたり、苦しいことを乗り越えやすくするために、一人じゃなく二人で、二人じゃなく三人や四人で共同戦線を張る——そういうことなんじゃないだろうか。一人で充分だ、という人もいるだろう。二人がちょうどいい人もいるだろう。三人、四人、時には十人必要だと思う人もいる。足を引っ張る奴も出てくるだろうから、数が多ければいいというものでもない。人それぞれ、ちょうどいい数というのはあるのだろう。

もちろん、みんなが子供を作らなければ、日本の、人類の未来がなくなるのは確かだ。でも、最小単位である個人や夫婦が幸せにならないで、国や世界が幸せになるはずもない。

こんなふうに順序立ててではなく、すべてを一瞬にしてぼくは悟った。月が、教えてくれたのだ。

「……ぼくと……ぼくと結婚するって約束しなかったら、絶対離婚させない——そう言ったら、どうする？」

ているようだ。

未来は歯を食いしばりながら絞り出すように言った。彼は彼で、何か激しい葛藤と闘っ

「どんな条件だろうと、そんな約束はできないわ。ごめんなさい」

「バッカじゃないの！　だってあなたは何も考えないでそいつと結婚したんだよ？　そんな、何の取り柄もない普通の男と。それで必死で離婚しようとしてる。そいつとぼくを比べたら、どっちを旦那にするのが得かは考えるまでもないだろ。それに、どっちにしろずっと先の話になるんだ、ぼくと結婚するって、嘘でも言えばいいじゃないか！」

月はゆっくりと振り向き、ぼくに視線を合わせた。何の取り柄もない普通の男に。

何だかとても悲しそうな、それでいて穏やかな表情に見えた。

「――そうね。考えるまでもないわよね。ＰＭの平社員と、御曹司だもんね。――その上わたしはあの人のこと、ほんとに嫌いだった。判定がいいから結婚するのは当たり前で、結婚したんだからセックスするのは当たり前で、そうしたら子供ができるのは当たり前――そんなふうに思ってるのが見え見えだった。そんな何も考えてない人と一緒の空気を吸ってることも嫌だった」

確かにそのとおりだ。反論のしようもない。ぼくは視線を逸らそうとしてできなかった。

もし今二人きりだったなら、許しを請うたかもしれないが、今はそれも叶わない。

「だったら――」

未来の言葉を遮って、月は予想外のことを口にする。

「でも今は、あの人のこと、全然嫌いじゃないことに気づいた。って言うか、わたしは最初から自分のことが嫌だっただけなのかもね」

「え……？」

「ＰＭの判定や世の中の風潮に流されてよく知りもしない人と結婚した自分自身がどうしても許せなかったのよ。だから何もかもリセットしてやり直したいの。今度こそちゃんと自分の頭と心で考えて」

月は未来に向き直る。

「だから、あなたたちがどれほど妨害しようとわたしたちは離婚する。──その先のことはそれから考える。六年後、あなたがすごくいい男になってて、わたしからプロポーズするって可能性も、なくはないんじゃない？　そんな自信はないわけ？」

そう言って、挑発するように少年を見下ろした。

2

目の前の少年は、持てあました感情を抑えている様子で、しばらくうつむいていた。

わたしの言葉が通じたという自信はまるでない。そもそもこんな子供に、会社の命運を左右するような決定権があるのかどうか、改めて考えるとそれさえ信じられなくなる。でもわたしには、相手が大人であれ子供であれ、天才であれ凡才であれ、思ったことをそのまま口にすることしかできないのだ。

息を飲んでこちらを——高田未来がどう反応するかを待ち受けている水元くんたちを見やった。

そうだ。

自分でもたった今気づいたことだったけど、わたしは彼のことを嫌ってなんかいなかった。そもそもわたしは、嫌いになるほど水元くんのことを知ってたと言えるだろうか？なのにわたしときたら、結婚までしておきながら、あんなにも手ひどく彼を拒否してしまった。ひどく傷ついたことだろう。

もちろん、わたし一人の責任だなんて思ってるわけではない。彼の無神経さも問題の一因だったのは確かだ。でも、彼が特殊だったわけじゃない。今の時代、ＰＭに登録して結婚相手を探す人々のほとんどがあんなだし、それを無神経と責めるのは酷だろう。わたしはもっと自分の気持ちを説明するべきだったし、何より自分自身をもっと理解するべきだった。

未来は、はあっと大きな溜め息をつくと、くるりと窓の方を向いて腕を後ろで組む。いかにも社長然としていておかしい。

「――分かったよ。そんなふうに言われて、嫌だなんて言ったら、まるで子供じゃないか。ぼくの権限で、あなたたちがすんなり離婚できるよう、役所に根回ししておく」

わたしはしばらく彼の言っていることが理解できなかった。ずっとそれを目指して闘ってきたはずなのに、あまりにもあっさりと手に入ってしまったのが信じられなかったのだ。

「え、えーと……離婚して、いいの？」

わたしがそう聞き返すと、未来は少し苛ついた口調になる。

「今そう言ったじゃないか！……離婚の申し立ては、結構大変なんだ。離婚届のフォーマットを手に入れようとしただけで、事情を根掘り葉掘り聞かれて、考え直すよう促される。勘違いしないでくれよ。ぼくたちが邪魔するんじゃない。役人が邪魔するんだ。ふらっと役所に行って一日目で離婚できるカップルはまずいない。フォーマットも手に入れられずに追い返されるのがオチだ。離婚率を下げるのは国策だからね。離婚しようとする人間が少なくなってからは、ますますその傾向はひどくなってる」

そんなことは考えもしなかった。結婚届と同様、二人で役所に行きさえすればそれですむものと思っていた。多分、昔はそうだったはずだけれど、役人たちに何か裏で通達が出ているんだろう。断固たる態度を取りさえすれば、役人にはそれを止める権限なんかないはずだけれど、何かと理由をつけては書類を渡し渋り、いざ記入して提出すると不備を指摘して受け付けを拒否する――他のことでは似たような目に遭ったことがあったから、そういうことなのだと想像がついた。

「でも、本当にいいの？　ＰＭの、イメージダウンになるんでしょ？」

「……何とかしてみせるさ。ＰＭの情報公開度がいかに高いかを示すいい機会かもしれない」

よく言うわ。犯罪行為まで犯してわたしたちを止めようとしたくせに。

そんな気持ちをこらえ、呆然とした様子で立ちすくんでいる水元くんをちらっと見てから再び口を開いた。

「なら、水元くんや乾さんのやったことも、もちろんお咎めなしにしてくれるわよね？　彼らを処分したら、ＰＭがケツの穴の小さい企業だって言ってるのと同じことになるわよ」

少年は一瞬、ぎょっとしたように目を丸くしてわたしを見つめ、すぐに視線を逸らした。

――何か驚かすようなこと言っただろうか？

「分かってるよ。彼ら――あなたたちがやったこと全部を不問に付す。もちろん、ぼくたちのやってきたことを口外しないという約束と引き替えだよ。あなたたちの離婚は、何の障害もなく円満に行なわれた。そういうことになる」

「あ、マンション！　マンションの被害は――」

「あれが我々のやったことだって証拠でもあるの――って言いたいところだけど、まあいいや。被害額を算定して教えてくれれば、こっそり払うよ」

少年はかなわない、とでも言うように首を振り、肩をすくめた。

「──女って、えらく図太い生き物なんだね。少し認識を改めなきゃいけないかも」

彼がちらりと水元くんの方を見ると、いかにも同感だという表情を返したのが心外だった。わたしだって、可愛い女でいればいいなら、そうしていたいわよ。むかつく。

他に言い忘れたことはないだろうかと考えたが、特に思い当たらなかった。

「じゃあ、明日役所に行って、離婚届を提出しても構わないのね？」

未来の気が変わってしまわないようにということもあり、一刻も早く決着をつけてしまいたかった。

「ああ。あなたたちが着く頃には、話が通ってるようにするよ」

「じゃあお願い……します。──えーと……じゃあ、またね」

「また？……うん。また、いつか」

少年はちらりとわたしの目を見て、そんな日が来るとは思っていないような口ぶりで答えた。

部屋を出ようと振り向き、黒服の男たちが突っ立っているのを見て、動きを止める。こいつらが、主人──未来の命令を無視してわたしたちを捕まえたりするなんてことは、ないだろうか？

警戒しつつ、水元くんたちに声をかける。

「帰ってもいいみたいだから、さっさと出ましょう?」

わたしは男たちの間をそろそろと進み、水元くんと深尋はその後ろをついてきた。

男たちはやや不本意な様子で一歩下がり、道を開けてくれる。よかった。未来の言葉には従うしかないようだ。

ドアを開け、三人全員がそこを通り抜けてから、同時に大きく息をついた。みんな、素直に解放してもらえると信じてはいなかったのだ。

廊下にも二人の黒服がいた。

そいつらにぎこちない笑みを返し、急いでエレベーターに乗り込む。一階に降り、ロビーを急ぎ足で通り抜けてビルの外へ出た。

深い深い海の底から上がってきたような気分で、冷たい外気を胸一杯に吸い込んだ。

3

こうしてPMの外にいることがまだ信じられない。

自由なんだ。

そしてこれからぼくと月は、正式に離婚しようとしている。何の障害もなく。

自由——。

ぼくは自分にそう言い聞かせたが、その「自由」とやらはまるで、宇宙空間で命綱を切り離されたかのような、そんな頼りないものにしか思えなかった。

「そうだ。乾さんは？」

「……忘れてた。まだ必死で何かやってるかも」

月はそう言って電話を取り出す。

「……あ、乾さん？　大丈夫。全部片付きました。……ええ。だから出てきてください。大丈夫ですって。何もされたりしませんから。ええ、ほんとに。正面入り口にいます。深尋も、います。じゃあ」

「深尋も」と言ったときの表情が何だか微妙だったけれど、聞いてはいけないような気がして黙っていた。深尋ちゃんはぼくとは結婚してくれないと言ってた。そのことと関係があるんだろうか？

乾さんは、すぐ逃げ出せるように、割と玄関から近いところに隠れていたらしく、すぐに外へ出てきた。

何かの罠ではないのかと疑っているのがありありとしていて、きょろきょろと首を巡らせながらゆっくり近づいてくる。スナイパーが狙っているとでも思っているのか。

「大丈夫ですよ、乾さん。ぼくたち、本当に解放されたんです」

「……解放？　何で。どんな取引したんだ？」

ぼくと月で代わる代わる説明したが、それだけでは乾さんはどうにも納得がいかない様子だった。

確かに、あの場にいた人間でないと、高田未来の変心の理由は今ひとつ納得しにくいかもしれない。まだ何か罠があるんじゃないかと言われると、そんなことはないと言いきる自信は段々なくなってくる。

「とにかく明日、届を出しに行けば分かることよ。そうでしょ？」

月はそう言って話を打ち切ってしまったが、彼女にも確信がないことは明白だった。まだ、気は抜けない。もっとも、もしこれが何かの罠だったとして、ぼくたちにできることは何もないのだ。

「乾さんと深尋にも、立会人として来て欲しいんだけど、いいですか？」

「もちろん。最後まで見届けますよ」

乾さんが言い、深尋ちゃんも頷いた。

「今晩は……どうするの？　マンション、泊まれないんでしょ？　何だったら、月、うちに来る？　水元さんは、乾さんのところに泊めてもらうとか」

「あ、いや、気にしないで。この辺のビジネスホテルにでも、泊まるから」

ぼくは正直、乾さんに泊めてもらってもいいかなと思ったのだが、月は慌てた様子で断る。

「そうだね、この辺ならホテルいくらでもあるもんね。――じゃああたしたち、失礼するね。明日は休み取るから、朝出かける時に電話してくれる？」

――ん？　あたしたちって、誰のことだ？

月がそんな疑問も抱かなかった様子で頷き、「じゃあまた、明日お願いね」と軽く手を振ると、深尋ちゃんは当然のように乾さんの腕を取り、どこかへ向けて歩き去った。

「え、え、どういうこと？　何なんだ、あれ？」

掠れそうな声をぼくは思わず漏らしていた。

「――そういうことなのよ。分かるでしょ。――寒い。早くどこかにチェックインしないと風邪引いちゃいそう」

コートもない月は寒風に震えだしている。

「そういや、コート、どうしたの？」

自分のコートを脱ぎ、彼女にかけてやりながら、ぼくは訊ねた。

「――ありがと。コートは、カフェに置いて来ちゃった」

「ふーん……？」

何だか状況がよく分からなかったが、あまり喋りたくはなさそうだったのでそれ以上は聞かなかった。

手近なビジネスホテルに向かって急ぎ足で歩き、ロビーに飛び込む。

フロントで部屋があるか訊ねると、「ツインお一部屋でしょうか?」と聞き返される。

「いえ、シングル二部屋でお願いしたいんですけど……」

一瞬、ツインしかない、と言われるのではないかと思ったが、そんなことはなく、無事隣り合わせの部屋を取ることができた。

「そういや、お腹空いてない?」

それぞれのキーを受け取って顔を見合わせると、月がそんなことを言い出した。

確かにそう言われてみると、急にお腹が空いてきたようだった。一応昼は軽く食べたのだが、いろんなことがあってすっかりエネルギーを消耗しているようだ。しかし、もう一度寒い中へ出ていくのは気が進まないなと思って振り返ると、ちょうどホテルの入り口脇にレストランがあるのに気がついた。

「うん。わたしもそこでいいかなと思ってた」

月がぼくの視線の先を辿って頷く。

「じゃあ、そこで食べよう」

色々あって疲れていることもあったのかもしれないが、ぼくたちは驚くほど自然にレストランのテーブルにつき、ちょっとしたディナーを楽しんだ。ファミリーレストランよりは割高だけれど、記念日のディナーにしては少し安上がりな感じ。――いや、離婚記念日なら、これくらいがちょうどいいかもしれない。

グラスワインを二杯ずつ飲み干し、お腹もくちくなると、ぼくたちは何だか妙にハイなテンションになって、楽しく喋りまくった。離婚のことや、乾さんと深尋ちゃんのことなどは微妙に避けて、お互いどんな子供だったとか、家族一人一人の耐えられない癖の話とか、ＰＭの履歴書ではとうてい分からない話をした。もちろん、そんなことはＤＮＡにも刻まれていない。

ふと気がつくともう十時になっていて、ぼくたちは店を追い出された。

二人でエレベーターに乗り、同じ七階で降りる。

「７１２号室……ここだ」

ぼくは自分の部屋を見つけて立ち止まった。

「わたしはそこね。７１３」

向かいだった。

ぼくたちは廊下で黙ったまま、一瞬見つめ合い、そして目を逸らせた。

「ああっと、その……まだ早いし、ちょっとビールでも、つきあう？」

ぼくは軽い口調で言ったが、口の中はなぜか一瞬でカラカラになった。

言ってしまってから、『何言ってんの、馬鹿』と一蹴(いっしゅう)してもらいたいと思った。しかし月は目を伏せ、少し考えているようだ。

もうこれ以上の沈黙には耐えられない、と思ったとき、月は何だか真面目な顔をしてぼくを見つめ返し、こう答えた。

「——今日は疲れたし、もう寝る。明日また一悶着（ひともんちゃく）あるような気もするし、ね」

「……そう、だね。じゃあ、おやすみ」

断ってくれて、何だか残念なような、ほっとしたような不思議な気持ちだった。

「うん。おやすみ」

そう月は言って、今までぼくに向けたことのないような柔らかな笑みを浮かべた。そして肩のゴミでも見つけたみたいにこちらへ手を伸ばしたかと思うと、そのまま後頭部に手を回し、ぼくの頭を押さえた。

「な——」

何するんだよ、と言いかけたぼくの唇に月の唇が押しつけられ、すぐに離れた。

一瞬だった。多分、結婚式の時のキスよりも短い。でもぎゅっと押しつけられた唇のその強さは、あの時とは段違いで、感触がいつまでも残っている。

「ル……月……？」

「おやすみ」

月は優しい笑みを浮かべたまま、もう一度そう言って、ドアの向こうに消えた。

ぼくはその夜、ほとんど眠れなかった。

4

わたしはここ数ヶ月なかったほど安らかな気持ちになって熟睡し、一応仕掛けておいたアラームが鳴る一分前にぱっちりと目を覚ました。

六時半だ。

ゆうべ寝る前に、部屋の端末からビジネスホテルなんかにはもちろん置いていないコスメとバスグッズもろもろ、それにコートと下着も一揃い頼んでおいたのがフロントに届いていたので、それを部屋まで持ってきてもらい、準備を整える。

今日は新たな再出発の日なのだから、適当では済まされない。寝る前にも軽くシャワーを浴びたけれど、もう一度念入りにアロマオイルを入れたバスに浸(つ)かり、髪を乾かしてから化粧を始める。このところの心労、不摂生、飲酒、などなどが祟(たた)ってか、ぽつんと吹き出物があったりもしたが、ぐっすり寝たおかげか、色つやは悪くないように思える。

すべてをぎりぎりの時間で行なったつもりだったが、それでも自分で合格点を出した時にはもう八時を回っていた。

そろそろ水元くんも起きた頃かと思って、まず電話をかけてみる。十コールほど鳴って、諦めかけたとき、ようやく寝ぼけた声が聞こえてきた。

『……ふぁい』

「月です。まだ寝てた？　ごめん。じゃあわたし、今から下のレストランでゆっくり朝ご飯食べるから、早く用意して降りてきてね。よろしく」

『……分かった』

いつも起きる時間はそんなに変わらないのだから特に何も言わなかったけれど、何時に出るか時間を決めておくべきだっただろうか。

続いて深尋に電話をかけることにした。あっちも、寝坊している可能性はありそうだ。

案の定、こちらもなかなか出ない。諦めて一旦切って待っていると、三分ほどして向こうからかかってきた。

『もしもし？　おはよう。もう出かけるの？』

「今からご飯食べるけど。早すぎた？　午後から出社できるかもしれないし」

『えー。休んじゃおうよ。一緒にどこかダブルデートに行ってもいいし……ってそういうわけにも行かないかー。離婚するんだもんね』

相変わらずの深尋の能天気さに、腹が立つというより笑ってしまった。

「そうだよ。離婚するんだよ。――駅まで来たら電話して。すぐ近くのホテルでゆっくりご飯食べてるから」

『わかった。じゃあ用意する』

　ゆうべディナーを食べた同じレストランで、朝食バイキングを軽く二人前くらい食べて紅茶のお代わりをして、端末で今日のニュースをチェックしていると、ようやく水元くんが寝起き丸出しの顔でやってきた。

「朝ご飯、食べる？　それともう出かける？　深尋たちもそのうち来るはずだけど」

「……コーヒーだけ、飲ませて」

　そう言ってどっかりと向かいの椅子に腰を落とすと、ウエイターにコーヒーを注文する。何だか寝不足らしく充血した目をしていたので、わたしは訊ねた。

「どうしたの？　あんまり眠れなかった？」

　わたしの方を恨めしそうにちらりと見て溜め息をつく。

「――あんまり、ね」

　もう一度、今度は覗き込むようにじろじろとわたしの顔を見て、不思議そうに訊ねる。

「君はその……よく眠れたみたいだね」

「ええ。おかげさまで」

「へえ……その荷物は何？」

　わたしの傍らに置かれた大きな紙袋を見つけたようだった。

「洗濯物とか、化粧品とか。女の子には色々と必要なのよ」

「化粧……ああ、それでか」

納得したように頷く。

「それで、何？」

「……いや、その……きれいだなって……」

横を向いてもごもごと呟く。

「えっ？　何？」

ほとんど聞こえていたのだけど、わたしは聞き返した。

水元くんは観念した様子で繰り返す。

「――いつもより、きれいだったから」

化粧のおかげと思われるのは何となく癪だけれど、まあいいことにする。

水元くんがコーヒーを飲み干した頃、タイミングよく深尋から電話があった。

『駅に着いたよ。どこ？』

「うん。すぐ行く」

答えて、わたしは立ち上がった。

「さ、しゃきっとして。わたしたちの再出発なんだから」

「再……出発？」

「そうよ。再出発よ」

5

つくば市役所は駅前にあり、特急を降りてすぐ、迷うことなく到着した。婚姻届と住民票などなど、いっぺんに済ませたので、まだこれが二回目だ。

「離婚はええと……戸籍？　結婚？　どこの窓口だ？　婚姻届と同じところかな？」

四人で建物に入ってきょろきょろ見回したが、「離婚」の案内は見当たらない。行き先案内地図にも、「離婚」の文字は発見できなかった。もしかするとこれも「離婚率を下げるための方策」なのかもしれない。

月は迷わず案内地図につかつかと近寄り、ガイドボタンを押して、「離婚したいんですけど」と言い放った。

『離婚については、戸籍課へお越しください』

あっさりと機械音声が答え、地図上で戸籍課の場所が点滅してルートも示してくれる。二階だ。

親切なものだ。もしかするとこれも高田未来のおかげかもしれないが。

階段を上がり、目的の戸籍課にはすぐ辿り着いた。待っている人は大していない。

「すみません。離婚届の用紙をいただきたいんですが」

月が窓口の女性に声をかけると、水でもぶっかけられたみたいな顔をして、睨み返してくる。

「しょ、少々お待ちください」

彼女は立ち上がり、フロアのずっと奥まったところに座っている偉そうな男の耳元で囁いているのが見えた。二人でちらちらとこちらを見て、何やら慌てている。

「話が通ってるんじゃないのか。何だか、銀行強盗でも見るような目つきだぜ」

乾さんが落ちつかなげに言う。

非常ベルでも鳴らされて、どっと警官隊に囲まれるような、そんな気がしてならなかった。

女性が話しかけた上司もそそくさと立ち上がり、奥のドアをノックしてそこに消えた。

戸籍課長だか市役所所長だかなんだかさらに偉い人がいるのだろう。

やがて、その中でどういう会話がなされたものか、太った上司が一人でカウンターの外へ出てこちらへやってきた。

「……ええと、水元憲明様と長峰月様、でしょうか？」

「そうです」

「はい」

ぼくと月は答え、一歩前へ出た。

「……この二人は証人として来てもらった友人です」

「そうですか……ではこちらへどうぞ」

男は困ったような顔をしつつも、七、八人用の小さな会議室風の部屋へ案内してくれた。ぼくらを奥に座らせると、自分は向かいに座り、脇に抱えていたバインダーを開いて書類を大事そうに引っ張り出す。

離婚届だ。

「これはその、お分かりかと思いますが、本来厳正な審査の上でないとお渡しできないものになっておりまして……それもこれも、安易な離婚による、不幸な国民を作らないための国の方針で――」

話が通っていても、何だか面倒くさいものであるらしい。

「安易な離婚が駄目なら、安易な結婚も駄目なんじゃないですか。国のやることって何だか片手落ちですね。わたしたち、余りに安易に結婚してしまったんで、反省して離婚しようとしてるんです。子供を作るどころかまだ何も夫婦らしいことなんかしてませんから、どうぞご心配なく。わたしたち、離婚しても不幸になったりしませんから」

「そ、そうですか……？」

太った男は上目遣いにぼくの方をちらちらと窺いながら、ようやく離婚届をぼくらの方へ滑らせる。

ぼくと月は顔を寄せ合い、用紙を覗き込んだ。

筆記具は、と胸ポケットを探し、そういやあのペン型カメラは返してもらっていないと気がついた。

役人が慌てて、自分のペンを差し出す。

ぼくが受け取ったので、少し迷ったが、とりあえず自分の名前と住所だけを書いて月に回した。彼女は躊躇せず記入する。続いて乾さんと深尋ちゃん。

そして残った部分を、月が考え考え埋めていった。

端末を使って電子印鑑を各自押していき、IDによる本人確認も行なわれた。

月が、記入漏れがないことを確認して、ぼくを見た。

ぼくはごくりと唾を飲み込んだ。

「――これでいい？」

その質問は何だか奇妙に響いた。記入がこれでいいかという意味なら、ぼくではなく、市役所の人に聞くべきだろう。

ゆうべの彼女の表情と、唐突なキス。

もしかしたら……もしかしたら彼女は迷ってるんだろうか。離婚をやめにして、もう一度やり直そうと思ってる？　そんなこと、あるだろうか。

「これでいいって、どういう意味？」

月は少し困ったように眉をひそめる。

「どういう意味も何も……これでいいのねってことよ」

「何が」

「何がって……この離婚届を出しちゃっていいのよねってことじゃない」

「……だって君は、離婚したいんだろう？」

「そうよ。だから、確認しただけじゃない」

月は少し不機嫌そうな口調になった。

「ねえ月。もしかして迷ってるの？　だったらやめた方がいいんじゃない？」

深尋ちゃんがぼくが思っているのと同じことを言ってくれた。

「——そうだよ、月さん。もし考え直すんなら、今のうちだ」

深尋ちゃんとつきあうことにしたんだから、ぼくたちが元の鞘に収まった方がいいとでも思っているのか、乾さんまでそんなことを言い出す。

「馬鹿なこと言わないで！　わたしたちが……わたしが、離婚するって言い出したせいで、みんなに迷惑かけたのよ。わたしたちだって大変だった。今さらやめられるわけないじゃない」

何だかその口調は、やめたがっているようにしか聞こえない。

「あの、もしお悩みでしたら、また明日ということにしてはいかがでしょうか。こういうことはゆっくりお考えになった方が——」

職員までもが口を出したので、月は苛々した様子で声をあげる。

「悩んでなんかいません！　これで、全部書けました？　だったら、受理してください」

「待って」

ぼくは思わず言った。

全員が驚いた様子でこちらを振り向く。みんな、期待に満ちた目をしていた。月を除いて。彼女だけは、厳しい目つきでぼくを睨んでいる。

「今さら……今さら言わないでよね。やめるなんて。さっきも言ったけど、わたしは決めたの。離婚するって。気持ちを変えることなんかないんだから」

「分かってる。分かってるよ。ぼくも君と同じだ。ぼくも、君と同じ、気持ちだよ」

ぼくは月の瞳を真っ直ぐ見つめながら、ゆっくりと言った。ぼくの今の本当の気持ちが伝わるように。

「ぼくたちはこの離婚届を提出するけど、そもそもぼくたちは結婚してたとは言いがたい。だから、形式的には離婚だけど、ぼくたちの気持ちはそうじゃない。間違った結婚をなかったことにするだけだ。そうだよね？」

「……そうよ」

月の瞳が昨日の夜のように柔らかな表情を取り戻した。

「じゃあ、それを受理してください。ぼくたちは結婚をキャンセルしたいんです」

「はあ」

職員はバインダーに離婚届を挟むと、あちこちを指で操作した。書類をスキャンしてそのままサーバーに送ったのだろう。

彼はしばらく待っていたが、やがて悲しげに頷いた。

「これで正式に離婚が成立しました。残念ですが」

ふう、と誰かが重たい息を吐いた。

月も、乾さんも、深尋ちゃんも、快哉(かいさい)を叫んだっていいはずなのに、どっと疲れが出たみたいに机に肘(ひじ)をついてうなだれてしまっている。

ぼくは立ち上がった。

「――月……長峰さん」

月は黙ってぼくを見上げた。

「返事はすぐじゃなくても構わない。五年後でも、六年後でもいいよ。高田未来が大人になってから比べてくれてもいい。――ぼくと、結婚してくれないか」

月は目を伏せて、笑った。

「……もう。駄目じゃない。いつかそのうちわたしからプロポーズするつもりでいたのに」

「え？」

じゃあ、じゃあやっぱり——。

「冗談はいい加減にしてくださいよ！　わたしの責任が問われるんですからね！」

太った男はバインダーを机に叩きつけた。

6

「さむーい」

市役所の建物を出ると、深尋が無邪気に声を上げ、襟元をかき合わせて縮こまる。

何となく四人で立ち止まり顔を見合わせてしまった。

何か言わなきゃいけないような気がしたが、何を言っていいのか分からない。

短い間にあまりにも色んなことがありすぎた。

と、水元くんが突然二人に向かって頭を深く下げた。

「乾さん、相澤さん——ぼくらのわがままのせいで色々とご迷惑をおかけしました。本当にすみませんでした」

そうだ。やっぱりまずそこから始めるべきだと思い、わたしも慌てて頭を下げた。乾さんにも深尋にも、多少複雑な思いはないではなかったが、迷惑をかけたのは間違いない。

「本当にごめんなさい。——ありがとうございました」

「そんな！　お礼を言われる筋合いじゃないです。俺の方こそ……何て言うかその……」

乾さんが複雑な表情をしている横で、またまた深尋が能天気に口を挟んでくる。

「なんでー？　乾さんは刑務所まで入ったんだし、いくらでも謝ってもらって構わないと思うな。……あたしはまあ面白がってついてきただけだし、あんまりお役に立ったとは言いがたいけどね、へへ」

かろうじて自分の立場は理解しているらしかった。

乾さんを「奪った」ことについては何の罪悪感もないらしかったけれど、何だか彼女の顔を見ているとそんなことは本当にどうでもいいことのような気もしてきた。

わたしより深尋の方が、乾さんに対して積極的に動いた。ただそれだけのことだ。もしわたしが今でも乾さんを欲しいと思うのなら、逆に深尋から彼を奪ったって構わない。でももちろん、わたしはそこまでしようと思うほど乾さんのことを好きなわけではないのだ。

「マンションが片付くまで、うちに泊まるか？　ずっとホテルじゃ高くつくだろう。水元一人だけでも、二人一緒でもいいぞ」

乾さんがありがたい申し出をしてくれた。ゆうべは深尋がいたからお邪魔だったかもしれないが、彼女だって今日は家に帰るだろう。水元くんはご厚意に甘えるつもりかな、と思いながらわたしは首を振った。

「いえ」「いや」

水元くんもきっぱりと断わったので、わたしは少し驚いて顔を見合わせた。

「後始末をして、引っ越しの用意もしなきゃいけないですしね。今日はこの辺のホテルにでも泊まります」

「引っ越し？……だって、二人とも、また結婚したいと思ってるんでしょ？　掃除だけして、結婚するまで、せめてどっちか一人だけでも、住んでたらいいんじゃないの？」

「いや。やっぱり何もかも一度リセットしないと。そうじゃないと、意味がない……ような気がするんで」

そう言ってちらりとこちらを見る。

「ふーん。なんかめんどくさい」

深尋は納得していない様子だったが、わたしにはよく分かった。わたしも同じ気持ちだったからだ。

もし水元くんが、離婚届を出すことを拒否し、このままやり直そうと言ってたとしたら、今のように冷静に彼を、そして自分を見つめ直すことが出来たかどうか自信がない。

「もっとも、あなたたちがすぐ再婚したりしたら、あの坊やは激怒するかもしれないけどね」

「かもね。——でも大丈夫。答はゆっくり出すつもりだから」

水元くんが何か言うかと思ったが、彼は分かってると言うように頷いただけだった。

最初から彼はこんなにも優しい人だったんだろうか？　こんなふうに話が通じ合う人だったんだろうか？

わたしが彼を見損なっていたのか、それとも彼自身の中でも何かが変わっていったのか。

多分、両方なのだろう。

人の体格だけでなく、性格や才能などの多くの部分がＤＮＡで決まってしまうことは確かだろう。でもどう考えたって、人と人との繋(つな)がりをそれだけで決められるはずがない。それは流動的で、何かの拍子に変わってしまうものでもあるだろう。

わたしたちはあの時、間違いなく最悪の相性だった。そのことは事実だ。今、最高の相性かどうかはよく分からないけれど、そう、食事に誘われたらきっとドキドキする、そんな程度の相性ではある。

それに、サイゾーの言葉を信じるならば、わたしたちの結婚に関して安心できる予測が一つはある。もし子供を作ったら、きっと健康で素敵な子供が生まれるだろう、ということだ（百パーセント、なんてことはないと思うけど）。子供を持つために結婚するなんて考えは持ってないけれど、心配の種は少ないに越したことはない。

色々と慎重に考えるつもりではいるけれど、水元くんが当分の間、再婚候補ナンバーワンの座にいるのは間違いない。

エピローグ

　ぼくたちはそれぞれ一人暮らしを始めた。お互いの会社の近くで、さほど離れていないちょうどいい距離だ。

新居になるはずだったマンションは、ＰＭの補償のおかげで一円も損をすることはなく円満に引き払うことが出来たし、乾さんもぼくもクビにはならなかった。

しかし、二人とも部署は替えられてしまった。

ぼくの方はあろうことか、次期ＰＭ社長を約束された少年、高田未来の秘書室付となったのだ。

　重要な秘密を知ってしまった人間を監視しようというのか、それともぼくや乾さんを通じて月（ルナ）との繋がりを保とうとしているのか。多分その両方なのだろうが、どうも後者の理由の方が大きいように思われた。何かというと最近月はどうしてるか、会ったりしてるのかということを気にしているようなのだ。よりを戻すんじゃないかということに対して複雑な思いを抱いているらしい。

個人的にはよりを戻して欲しくはないものの、それを期待している部分もなくはないのだ。

そう、ぼくたちの離婚は、PMの記者会見によって世界中に知れ渡ることとなった。「特A」という判定を受けながらも、結婚数日で離婚を決めた、世界でも例のない希有な夫婦として。その原因が、マッチングにおける不具合なのか人的ミスなのか、はたまたごく少ない割合でどうしても生まれてしまうレアケースなのかは現在調査中、とのことだった。

PMは関東地方在住の二十代の男女、としか言わず、名前を伏せてくれていた。それでも当然のことながら、親戚や友人の間で大騒ぎになり、それがやがてゴシップメディアに嗅ぎつけられるのは時間の問題だった。大手マスメディアはたいてい目隠しをしてくれたものの、結局ぼくと月の写真は世界中に流れ、半月後には世界的有名人となっていた。

高校時代のアルバムから、幼少期(親か親戚が売ったとしか思えない!)のもの、そして極めつきは結婚式の動画だ。ちっとも花嫁が幸せそうに見えないという大量のコメントがその動画には寄せられた。

一方で、ぼくと月が離婚後も仲良くつきあっている様子も次々と素人に街角でスクープされることとなり、うかつにデートもできない状態だった。

世界が、固唾を呑んでぼくたちがよりを戻すのか否かに注目している状態だった。

ぼくたちが再婚すべきかどうかを勝手に議論し合う場が各国語で立ち上げられ、激論が闘わされ、賭けの対象にされた。よりを戻せばＰＭの正しさの証明となり、戻さなければ「特例」としてさらなる調査の対象となるという。

これらすべてが未来の期待どおりに運んだ結果なのかどうかは分からない。いずれにしても、ぼくと月は予想もしない不自由な状態にさせられてしまったのは確かだ。あちこちで知らない人に指をさされ、話しかけられたり、ひそひそ話の対象になる。サインを求められたこともあったし、空き缶を投げつけられたこともあった。ある種の人にはヒーローであり、ある種の人には嫌悪の対象であるらしかった。

ＰＭ関連株は、一部、マッチング用ソフト、ハードを担当する子会社を除いて、全体で見ればほとんど影響がなかった。

もちろん、ぼくも月も、最大の秘密であるマッチングの真の目的については口を噤んでいた。それが漏れればこの程度の混乱ではすまないことだろう。――いや、それともみんな、実のところＰＭの優生思想をもうすでに心のどこかで受け入れてしまっていたりするんだろうか？

親戚連中からは総スカンを食らった。友人も何人か失った。ぼくは実の両親からも、ほぼ勘当に近い扱いを受けた。

月は、雑誌局局長に迷惑をかけたこともあり、大地な生活社で閑職に追いやられ、辞めさせようという圧力を感じているという。

ただ、月の両親、特に母親の陽子さんだけがぼくたちを百パーセント応援してくれた。陽子さんは娘の判断を信じていたし、娘が（今は）信じているというぼくのことも信じてくれた。再婚するにしろしないにしろ、自分たちのやりたいようにやりなさいと言ってくれ、時折神戸に二人を呼んでくれるようになった。

陽子さんは、見た目も性格も、月にそっくりだった。ただ、少し余分に年を取っている分、刺々しさはずいぶん抜けている。月と結婚し、子供を育てたら、きっと彼女はこんな女性になるのだろう、そう思うとなりふり構わず早く結婚したくて仕方がなくなった。

でも、月は未だにイエスという返事をくれない。ことが大きくなって混乱しているというのもあるだろう。再婚を待ち望んでいる連中を大喜びさせるのが何だか業腹だとか、騒がれたくないとかいった理由もあるようだし、それはぼくも同じ気持ちだ。

この馬鹿げた騒ぎは一過性のもので、世間の興味を惹く別の事件でも起これば、徐々に忘れ去られていくのではないかとぼくは楽観している。そして少しずつ二人の時間を重ねれば重ねるほど、彼女が素直に、そして優しくなってきていることも感じていた。結婚式の時とは比べものにならない、心のこもったキスも時折するようになった。それ以上は拒まれたけれど。

必ずいつか、ぼくたちは再婚――いや、本当の結婚をするだろう。それは間違いない。一年後か、二年後か。

深尋ちゃんにはA判定の相手が見つかり、すぐさま乾さんを捨ててその彼と結婚した。ぼくも月も――乾さんでさえ驚かなかった。

「いやあ、楽しい経験だったよ」とうそぶいていたものだ。

ぼくは驚きはしなかったものの、その後の乾さんが月を狙っているのではないだろうかという不安には時々襲われる。その話をしたら月は「あの人は絶対嫌」と言っていたのでそんなに心配はしていないのだが。

アフターケア部門の連中は黒いスーツをやめ、臙脂色のスーツとネクタイを着用するようになった。心なしか笑顔を浮かべているように見えるときも多い。仕事内容も少し変わっているのかもしれない。

新装版解説

三島政幸（啓文社西条店店長）

いやーな世の中になってしまいましたなあ。

そう思わざるを得ないのが、『さよならのためだけに』の基本設定だ。

舞台は近未来。生涯の伴侶を見つけるために、結婚仲介ビジネスがさらに進化したＰＭ社（パービリオン・マッチメイカー社）が日本で大きく発展し、ＰＭ社を使っての相性診断によるマッチメイクが当たり前のように行われる時代になった。従来のアンケート診断のほか、遺伝子診断も活用されるため、その精度は高く評価され、浸透している。そしてこの物語の男性主人公・水元は、ＰＭ社によって幸せな結婚をした夫婦の子供、いわゆる第二世代だというのだから、そのビジネスがいかに信頼されているかが分かる（この会社が成長・発展していく過程もまた、妙なリアリティを帯びている。こんな会社が近い将来に本当に現れても、なんら不思議ではないだろう。ああ、いやだいやだ）。

本書の主人公は、その第二世代の水元と、妻の月。二人はＰＭ社のマッチングにより、

《特A判定》を受ける。特A判定とは、「運命の相手」のことであり、そのカップルの結婚率はもちろん一〇〇%、離婚例すら存在しない――はずだった。ところが二人は、新婚旅行から帰ってきた時点で、この結婚が間違いだったと悟ってしまった。二人は別れる決心をする。しかし特A判定のカップルの離婚は「あり得ない」世界、しかも最悪なことに、水元は当のPM社の社員なのだ。自分の会社を否定するような行動に出るのは自らのクビを意味する。さあ、どうする!?（そもそも、会社の方針に背く時点でクビは覚悟しろや、と思ってしまうけれど。そういう意味では、水元くんもなんとも頼りない奴である……）

そんなわけで、ベストマッチで離婚率ゼロとされたカップルが、「離婚」という本来なら正当な権利を勝ち取るために奔走する、異色の「〝逆〟恋愛小説」――それがこの、『さよならのためだけに』である。

我孫子武丸（あびこたけまる）氏は、いわゆる「新本格第一世代」に当たる作家だ。古風な舞台と驚愕（きょうがく）のトリックを合わせ持った伝説的な本格ミステリ『十角館の殺人』でデビューした綾辻行人（あやつじゆきと）氏、デビュー作『密閉教室』が「青春ハードボイルド」風だった法月綸太郎（のりづきりんたろう）氏の後を受け、『8の殺人』でデビューした我孫子氏は、どちらかといえば「ユーモア本格ミステリ」の要素が強かったと思う。ところがそのシリーズ続編『0の殺人』『メビウスの殺人』になってくると、それぞれユーモア色は多少残しながらも、新鮮な設定と、予想の遥（はる）かに上をいく驚愕の真相を提示するようになった。途中で失踪した監督が残したフィルムから、撮影されていたミステリ映画の真相を推理する『探偵映画』、腹話術の人形が意志を持ち、事件を解決する『人形はこたつで推理する』と、物語のユーモアよりは設定のユニークさで読ませる作風にシフトしていったように思う。本格ミステリが持つ独特の空気や設定に縛られるのを避けるかのように、こんな変な話はどうだ、こんなのもあるぞ、と次々に新しい形式を提示していくようになる。さらに小説の世界に留まらず、漫画の原作に挑んでみたり、かの有名なサウンドノベル「かまいたちの夜」などのゲームシナリオを手掛けるようになるのも、この頃からだ。そして、電子書籍ブームが来る遥か前に、ミステリ作家が小説を直接販売する電子書籍サイト「ｅ－ＮＯＶＥＬＳ」でも中心的なメンバーとして活動した（現在は終了している）。小説におけるユニークなプロットはその後も加速しており、京都に巨大な××が出現する『ディプロトドンティア・マクロプス』や、ひと癖もふた癖もある刑事たちが特命チームを結成する『警視庁特捜班ドットジェイピー』などを発表、次はどんな手を打ってくるのか、がいつも楽しみな作家の一人だ。

ところで、我孫子氏の作品群にはもうひとつの流れがある。『殺戮にいたる病』『弥勒の掌』といった、飛びきりダークなサスペンスである。『殺戮にいたる病』は、ハードカバー本の帯に「犯人の名前は、蒲生稔！」と明示され、それはそれは強烈な印象を受けたものだ。その猟奇ぶりと描写のエグさには、これがあの我孫子武丸が書いた小説なのか、と拒否反応すら覚えるような作品だった。これを読んだ後は、岡村孝子(おかむらたかこ)の歌を聴くのが怖くなった、という人もいると聞く。もちろん、それだけで終わらせないのが我孫子氏。ラストには強烈な〝最後の一撃〟を浴びせかけるのだ。『弥勒の掌』も、新興宗教をテーマに重い事件が展開していき、最後には驚愕の真相（本格ミステリとしても離れ業に成功している！）と、さらにダークなオチが待ち受けている。どちらも、我孫子氏の作品の中ではかなりの異色作に思える。

『さよならのためだけに』は、そんな我孫子氏の二つの作風、ユニークな設定とダークなサスペンス、両方を融合させたような作品である。恋愛や結婚が形骸(けいがい)化し、PM社のマッチングが全てに優先される世界は、コミカルである以上に、奇妙な世界に他ならない。そして「特A判定のカップルが離婚などするはずがない」ことが常識の世の中において、離婚を目指す二人に立ちはだかる壁の数々は、時折背筋が凍るほどの恐怖を与えてくれる。カウンセリングと称して洗脳まで行おうとする（主人公側の主観だが）PM社の手口は新興宗教を思わせるし、謎の黒服の男たちが追っかけて来るのも、B級サスペンス映画か「逃走中」のハンターか、といったところだ。

そしてついには、PM社の全てを統括する本丸に乗り込んで最終決戦に挑むことになる。

ゲームで例えれば「ラスボス戦」だ。この展開もまた、『弥勒の掌』における、新興宗教の教祖との最終決戦を連想させるではないか。ところがそのラスボスの正体には、一瞬「あっ！」と思うはずだ。カップル仲介の世界を牛耳っているのがこんな……いやいや、ここは伏せておこう。そしてそこからラストにかけての展開で、我孫子氏は新たな焦点を読者に提示してくる。それは、「恋愛とはなにか」「恋するとはどういうことか」という、人間における根本的な問題の一つである。恋愛よりも遺伝子を優先する世界は果たして正しいのか。水元と月のケースを通じて、コンピュータの相性診断によるマッチングではなく、自然に恋をして、自然な恋愛関係を育む(はぐく)ことの素晴らしさをわれわれに教えてくれるのである。

ミステリの世界には「恋愛ミステリ」とでも呼ぶべき作品が少なからず存在する。ミステリなのに恋愛小説の要素もある、とか、恋愛小説と思って読んでいたら、最後に大どんでん返しが待ち受けていた、とか。そんなジャンルの作品の中でも、本書『さよならのためだけに』は異色作、というより、おそらくは本邦初の「本格恋愛ミステリ」ではなかろうか。意外性を含んだサスペンスの面白さと、恋愛という人間の本能や心理を追求し、突き詰めていく要素が入り混じる。両者が複雑に融合し、独特の効果をもたらした小説こそが、この『さよならのためだけに』なのである。従来の我孫子武丸ファンはもとより、我孫子氏の作品を読んだことがない、という方にも広くアピールできる小説だと思う。

と、ここまでは、『さよならのためだけに』文庫初刊行時（二〇一二年）に私が書いた解説である。やや古い表現などに微修正を入れたが、内容はほぼ前と同じだ。（それにしても、わずか十年ほど前の文章でも読み返すとめちゃくちゃ恥ずかしくなって、直したくなるものだなと痛感した。数ページの解説ですらそうなのだから、新装版が出る作家さんの気持ちは如何（いか）ほどなのだろう）

前の解説では最後に、全国の書店員に向けたメッセージを書いていた。本書を大きく売り出したいので、よろしくお願いします！　と。だが残念なことに『さよならのためだけに』はやがて版元品切れとなってしまった。ところが今回、徳間書店さんが新装版として復刊することになり、この解説も再録されることになった。ここではその後の情報などを少し補足していこう。

我孫子武丸氏は『さよならのためだけに』以降も精力的に作品を発表されている。『狼（おおかみ）と兎（うさぎ）のゲーム』『特捜班危機一髪』『裁く眼』『怪盗不思議紳士』など。中でも個人的にお気に入りなのが『監禁探偵』。もともと漫画原作として関わった作品の原作ノベライズで、監禁された少女が、彼女を監禁している男が疑われた別の事件の謎を解く、というひと捻りもふた捻りもあるような異色の設定の本格ミステリだ。真犯人の意外性もあって、とても驚かされたものだ。

日本ミステリ界もこの十年で様々に発展しているが、とりわけ興味深いのが、二〇二〇年代に入ってから呼ばれるようになった「特殊設定ミステリ」というキーワード。もちろんそういう作品が増えてきたことを受けてのことで、特殊設定の下でのミステリがトレンドになっている証しだと思う。

その観点で見れば、本書『さよならのためだけに』は、設定がまさしく「特殊設定ミステリ」と呼ぶべき作品ではなかろうか。今の時代に合った復刊とも言える。

今回の復刊は、ＴＳＵＴＡＹＡさんが既刊の掘り起こしを図って仕掛ける企画「ＴＳＵＴＡＹＡ文庫」の一環として実現したものだそうだ。仕掛け人は、ＴＳＵＴＡＹＡが誇る「仕掛け番長」こと栗俣力也氏。もう何年前のことになるか、一度だけ栗俣氏に店頭でご挨拶させていただいたことがあり、同じミステリファンということで「一度なにかコラボ企画をやりたいですね」と言った記憶がある。もちろんそれ以降、特にコラボする機会などはなかったのだが、今回、思わぬ形でのコラボが実現し、個人的にもとても嬉しく思っている。

時代にマッチした今回の復刊で、我孫子武丸氏の新たな魅力を知っていただきたい。

二〇二一年十月

本書は2012年5月に刊行された徳間文庫の新装版です。
なお本作品はフィクションであり実在の個人・団体などとは一切関係がありません。

徳間文庫

さよならのためだけに

〈新装版〉

2021年11月15日 初刷

著者 我孫子武丸（あびこたけまる）

発行者 小宮英行

発行所 株式会社徳間書店

東京都品川区上大崎三-一-一 〒141-8202
目黒セントラルスクエア

電話 編集〇三(五四〇三)四三四九
販売〇四九(二九三)五五二一

振替 〇〇一四〇-〇-四四三九二

印刷 大日本印刷株式会社
製本

ISBN978-4-19-894687-6 （乱丁、落丁本はお取りかえいたします）

徳間文庫の好評既刊

化石少女

麻耶雄嵩

　学園の一角にそびえる白壁には、日が傾くと部活に励む生徒らの影が映った。そしてある宵、壁は映し出す、禍々しい場面を……。京都の名門高校に続発する怪事件。挑むは化石オタクにして、極めつきの劣等生・神舞まりあ。哀れ、お供にされた一年生男子と繰り広げる奇天烈推理の数々。いったい事件の解決はどうなってしまうのか？　ミステリ界の鬼才がまたまた生み出した、とんでも探偵！